新 潮 文 庫

アウトサイダー

クトゥルー神話傑作選

H・P・ラヴクラフト
南 條 竹 則 編訳

新 潮 社 版

アウトサイダー　目次

アウトサイダー

クトゥルー神話傑作選

アウトサイダー

その夜男爵《だんしゃく》は数多《あまた》の悲しみを夢に見たり。
戦士《もののふ》なる客人《まろうど》も皆、
魔女、悪魔、大いなる蛆虫《うじむし》の影と形に
長く夢見を悩まされたり。

——キーツ（訳注・「聖アグネス祭前夜」最終聯からの引用）

子供の頃の記憶が恐怖と悲しみしかもたらさない者は不幸である。茶色い掛け物がかかり、人を狂わせる古書の列《なら》んだ広い陰気な部屋で過ごす長い時間や、遥《はる》かな高処《たかみ》でねじれた枝を音もなく揺らす、グロテスクな、巨大な、蔦《つた》のからんだ樹々《きぎ》の薄暗い小森で、恐ろしい寝ずの番をしたことをふり返る者は惨《みじ》めである。放心し落胆した者、不毛にして打ちひしがれた者である私に、神々はそのような運命を与えた。それでも私は不思議と満足して、そういう干《ひ》からびた記憶に必死にしがみつくのだ——私の心が一瞬その向こうにあるもう一つの記憶に手を伸ばそうとする時は。

私は自分がどこで生まれたのかを知らない。知っているのはただ城が限りなく古く、限りなく恐ろしく、暗い通路がいくつもあって、高い天井には蜘蛛《くも》の巣と影しか見えなかったことだけだ。崩れかけた廊下の石はいつも気味悪く湿っているようで、累代《るいだい》の死者の亡骸《なきがら》を積み上げてあるかのような、呪《のろ》われた臭《にお》いが到《いた》る処《ところ》に立ちこめていた。明るいことは絶えてなかったので、私は時々蠟燭《ろうそく》を点《つ》け、それをじっと見つめて心を慰めたし、建物の外にも陽の光は射《さ》さなかった――恐ろしい木々が、近づき得る一番高い塔の上まで伸びていたからである。木々よりも上の未知なる外の空へ達している黒い塔が一つあったが、そこは一部分崩れていて、そそり立つ壁を石伝いに攀《よ》じ登るという不可能に近いことをしなければ、上って行かれなかった。

私はこの場所に何年も住んでいたはずだが、時間を計ることができない。誰かが私に必要なものをあてがってくれたにちがいないが、自分以外の人間は思い出せないし、音を立てない鼠《ねずみ》や、蝙蝠《こうもり》や、蜘蛛以外に生き物も思い出せない。誰にしろ私を養ってくれた者は凄《すさ》まじく年老いていたはずだと思う。なぜなら、生きた人間について私が初めて抱いた観念は、揶揄《からか》うように私自身に良く似ているが、歪《ゆが》み、萎《しな》びて、あの城のように朽ちかけた誰かというものだったからだ。深い礎《いしずえ》の間にある石の納骨所のいくつかには骨や髑髏《しゃれこうべ》が散らばっていたけれども、私の目には少しもグロテスクではなかった。私は空想の中でこれらのものを日々の出来事と結びつけ、黴臭《かびくさ》い本の多くに入っている生きた存在の彩色画よりも、かれらの方がずっと自然だと思っていた。私は知っていることをすべてそうした本から学んだ。励ましたり導いたりしてくれる先生はなく、あの年月の間に人間の声は、自分の声すらも聞いた記憶がない。会話というもののことを本で読んだが、声を出してしゃべってみようとは考えもしなかった。また自分の容姿のことも考えなかった。この城には鏡がなく、私はただ直感で、本の挿絵に描いてある若者のようなものと自分を見なしていたのだ。私が若さを感じていたのは、憶《おぼ》えていることが少ないからだった。

城の外では、腐敗した濠《ほり》を越え、暗く押し黙った木々の下によく横たわり、書物で読んだことについて何時間も夢想に耽《ふけ》った。そして果てしない森の彼方《かなた》の陽のあたる世界で、華やかな群衆の間にいる自分を思い描いて憧《あこが》れたものだった。一度、森から逃げ出そうとしたが、城から遠ざかるにつれて影が濃くなり、空気は沈鬱《ちんうつ》な恐れにいっそう満たされたため、私は闇《やみ》の沈黙の迷宮で迷子になってはいけないと、慌《あわ》てふためいて駆け戻った。

私はこうして果てしない薄明の中で夢を見ながら待っていたが、何を待っているのかわからなかった。そのうちに影深い孤独の中で光への憧れがどうしようもなくつのると、もうじっとしてはいられず、森の上に突き抜けて未知なる外の空にとどいている唯一《ゆいいつ》の黒い崩れた塔に向かって、哀願するように両手を差し伸ばした。ついに私は決意を固めた。たとえ転落しようとも、あの塔を登るのだ。一度も陽の光を見ずに生きるよりは、空を一目見て死んだ方がましだからであった。

じめじめした薄闇の中で、私は摺《す》り減った古い階段を登り、やがて階段が終わる高さに到ると、そのあとは上の方へ続く小さな足がかりに危なっかしく取りついて行った。階段のない死せる岩の円筒は身の毛もよだつほど恐ろしかった。真っ暗で荒れ果て、打ち棄《す》てられて、驚いた蝙蝠たちが翼の音も立てずに飛び立つのが無気味だった。だが、それ以上に恐ろしいのは私の進みの鈍《のろ》さだった。登っても登っても頭上の闇は少しも薄くならず、魔に憑《つ》かれた古い土のような冷たさが新たに私を襲ったからだ。私は震えて、どうして明るいところへ辿《たど》り着かないのだろうと怪しみ、もしも勇気があれば下を覗《のぞ》いただろう。突然夜が訪れたような気がして、空《あ》いている手でむなしく窓を探した――その窓から外と上を覗き、登って来た高さを見定められるように。

畏怖《いふ》にかられ、何も見えず、凹《くぼ》んだ恐ろしい絶壁を果てしなく這《は》い上がって行ったあと、頭がいきなり硬いものにぶつかったのを感じて、屋根か、少なくとも床らしいものに突きあたったのだと思った。暗闇の中で空いている手を上げて障壁を探り、それが石で動かないことを知った。それから、ヌルヌルした壁に少しでも取っかかりがあればしがみつき、命がけで塔の内側をまわり始めた。手探りしていると、やがて障壁に動くところがあるのを見つけ、恐ろしい登攀《とうはん》に両手を使っているので、そこの板石だか扉だかを頭で押し上げて登って行った。上の方にも光はなく、両手をさらに上げると、登攀がひとまず終わったことがわかった。その板石は、塔の下の部分よりも円周が大きい平らな石の面に通ずる開口部の揚げ蓋《ぶた》で、その面とは高い広々とした物見の部屋の床にちがいなかったからだ。私は注意深くそこを通り抜け、重い板石をもとの場所に落とすまいとしたけれども、これは上手《うま》く行かなかった。疲れきって石の床に寝ていると、板石が落ちて穴を塞《ふさ》ぐ音が無気味に谺《こだま》したが、必要があればまた持ち上げれば良いと思った。

今は森の呪われた枝々よりもはるかに上の途方もない高さにいると信じて、私はやっと床から立ち上がり、手探りで窓を探した。空というものを初めて見、本で読んだ月と星を見られるように。しかし、どちらを向いても失望した。私が見つけたのは大理石の巨大な棚ばかりで、人を不安にさせる大きさの、厭《いと》わしい長方形の箱が置いてあったからだ。私はさらに考えをめぐらして、下方の城から永劫《えいごう》の歳月にわたって切り離されていたこの高い部屋には、いかなる蒼古《そうこ》たる秘密が存するのだろうと思った。そのうちに手が思いがけず戸口に触れた。そこには、奇妙なやり方で粗く彫った石の扉が掛かっていた。開けようとして、錠がさしてあることを知ったが、渾身《こんしん》の力を込めて障碍《しょうがい》を克服し、扉を内側に引き開けた。そうするうちに、かつて経験したことのない純粋な恍惚感《こうこつかん》が湧《わ》き上がった。新たに見つけた戸口から上がって行く短い石段の先に装飾を施した鉄格子《てつごうし》があり、その向こうに皎々《こうこう》たる満月が静かに輝いていたからだ。それは夢の中と、記憶とはとても呼べないぼんやりした幻の中でしか見たことのないものだった。

もう城の一番高いところに達したのだと思い、扉の向こうにあるわずかな階段を駆け上がろうとしたが、月が突然雲に覆《おお》われたので躓《つまず》き、暗闇の中を手探りしながら、ゆっくりと先へ進んだ。鉄格子に辿《たど》り着いた時はまだ非常に暗く——その鉄格子を注意深く試してみて、施錠されていないことを知ったが、登りつめた驚くほどの高さから転落するといけないので、開けなかった。やがて月が出た。

すべての衝撃のうちでもっとも悪魔的なのは、奈落《ならく》の底のように思いがけず、グロテスクなまでに信じがたいものの衝撃である。それまでに体験したいかなることも、恐ろしさに於《お》いては、私が今見たものと、その光景が意味する異様な驚異には較《くら》べようがなかった。光景自体は、私を茫然《ぼうぜん》とさせたけれども単純なもので、ただこれだけだった――遥かな高所から木々の梢《こずえ》が見渡せる目眩《めくるめ》く眺望の代わりに、鉄格子の向こうに広がっていたのは、同じ高さの堅固な地面にほかならず、大理石の板石や柱がところどころを飾って変化をつけ、古めかしい石造りの教会が聳《そび》えて影を落としていた。

その教会の崩れた尖塔《せんとう》が月光の中に妖《あや》しく光っていた。

私は半ば無意識のうちに鉄格子を開け、二方向に延びている白い砂利道によろめいて出た。気が遠くなり、頭の中は渾沌《こんとん》と乱れていたが、それでも夢中になって光を求めていたので、この異様な驚きさえも私の歩みを留めることはできなかった。自分が体験しているのが狂気なのか、夢なのか、魔法なのかわからなかったが、それはどうでも良くて、何がなんでも輝きと華やかさとをこの目に確《しか》と見るつもりだった。自分が誰で何物なのか、周囲がどういう場所なのかもわからなかったが、よろめきながら進んで行くうちに一種の恐ろしい潜在記憶を意識して、それが私の歩みを必ずしも足まかせではないものにした。私は拱門《きょうもん》を潜《くぐ》って、板石と柱の立つあの場所を出、広々《そ》とした土地を彷徨《さまよ》った。時には目に見える道を行ったが、時には奇妙なことに道を外れて、牧草地を横切った――そこにはここかしこに廃墟《はいきょ》があり、昔、忘れられた道があったことを示していた。一度、流れの急な川を泳いで渡ったが、そこでは崩れかけて苔生《こけむ》した石組が、久しい以前になくなった橋のことを物語っていた。

目的地らしいところへ辿り着くまで、二時間以上かかったにちがいない。そこは木がこんもりと繁《しげ》る荘園《しょうえん》の中の蔦に蔽《おお》われた古城で、狂わしいほど懐《なつ》かしかったが、私を当惑させる妙なところがたくさんあった。濠が埋められ、良く知っていた塔のいくつかが取り壊されていることに気づいた。一方、新しい翼《よく》ができていて、見る私をまごつかせた。だが、私がとくに興味と喜びをもって観察していたのは、開いた窓だった——そこには燈火《ともしび》が豪華に輝き、にぎやかな盛宴の声が聞こえて来た。そうした窓の一つに近寄って中を覗くと、じつに風変わりな衣装を着た人々が、浮かれ騒ぎ、楽しげに話し合っていた。私はそれまで人間の話す言葉を聞いたことがなかったらしく、何を言っているのかぼんやり想像することしかできなかった。人々の顔のあるものは、信じられないほど遠い記憶を呼び醒《さ》ます表情をしているようだったが、他の顔にはまったく馴染《なじ》みがなかった。

私は低い窓から煌々《こうこう》と照らされた部屋に足を踏み入れた。その時、輝く希望の一瞬間は、絶望と悟りの暗澹《あんたん》たる痙攣《けいれん》に変わったのだ。悪夢はすぐに訪れた。私が中に入ると、たちまち想像したこともないほど凄まじい騒ぎが起こった。私が窓枠を跨《また》ぐや否《いな》や、人々全員が突然、何の前触れもなく、おぞましくも強烈な恐怖に襲われて、すべての顔が歪み、ほとんどすべての喉《のど》からいとも恐ろしい悲鳴が迸《ほとばし》った。誰もが逃げ出し、怒号と恐慌《きょうこう》のうちに数人が気を失って倒れ、慌てて逃げる仲間に引き摺って行かれた。大勢の者が両手で目を覆い、先を争って無茶苦茶に駆け出すと、家具を引っくり返したり壁にぶつかったりしながら、数ある扉の一つにやっと辿り着いた。

人々の叫び声は凄まじかった。私は煌々と明るい部屋に一人茫然《ぼうぜん》と立ち尽くし、その声の消えゆく谺に耳を澄ましているうち、自分のそばに姿の見えないものが潜んでいるかもしれないと考えて、身震いした。見たところ部屋にはもう誰もいないようだったが、壁の窪《くぼ》みの一つに向かって動いた時、そこに何か見えたような気がした――金色の迫持《せりもち》造りの戸口はもう一つの似たような部屋に続いているが、そちら側に動くものがあったと思ったのだ。拱門に近づいて行くと、その気配がもっとはっきり感じられて、それから、後にも先にも私が一度だけ出した声、気味の悪い泣き声――それは声を上げる原因となった有毒なものに劣らず強烈に私を嫌悪《けんお》させた――と共に、私はそいつを真正面から、まざまざと見た――想像もしがたく、筆舌に尽くせぬ、口にするのも忌《い》まわしい怪物を。そいつはただ現われただけで、陽気な一座の人々を狂乱して逃げまどう群衆に変えてしまったのだ。

そいつがどんな奴《やつ》だったかは何とも言いようがない。不浄な、無気味な、歓迎されざる、異常な、憎むべきものすべての混ぜ合わせだったのだ。それは腐敗と、古さと、荒廃の食屍鬼《しょくしき》のごとき影、悪《あ》しき啓示の腐汁のしたたる幻影だった。慈悲深い大地がつねに隠しておくべきものがおぞましく暴《あば》かれたのだ。それがこの世のものでなかった――いや、もはやこの世のものでなかったと言うべきだろう――ことは神様も御承知だが、恐ろしいことに、私はその食い荒らされ、骨が剝《む》き出しになった輪郭のうちに、人間の姿形のいやらしい、寒気立《さむけだ》つような戯画を見たのである。黴が生えてぼろぼろになったそいつの服には、言うに言われぬある性質があって、私をいっそうゾッとさせた。

私は身が竦《すく》んでいたが、逃げようとすることができないほどではなかった。よろよろとうしろへ退《さが》ったけれども、名状しがたい声なき怪物が私をとらえた呪縛《じゅばく》は破れなかった。私の眼は、こちらをいやらしく睨《にら》んでいるガラス玉のような眼に魅せられ、どうしてもつぶることができなかったが、有難いことに最初の衝撃のあとは霞《かす》んでいたため、あの恐ろしいものはぼんやりとしか見えなかった。私は片手を上げて目を隠そうとしたが、神経が麻痺《まひ》していて、腕が思い通りに動かなかった。だが、そうしたために身体《からだ》の平衡が乱れ、転ぶまいとして、何歩かよろよろと踏み出さなければならなかった。その時、腐肉の化物がすぐそばにいることを、突然苦悶《くもん》と共に意識した。

そいつの忌まわしいうつろな息遣いが聞こえるような気がした。私は狂いそうになりながらも、間近に寄って来た悪臭を放つ幻をふり払おうとして、手を突き出すことができた。その時、宇宙の悪夢と地獄の異変が襲いかかった驚天動地の一瞬、私の指が金色の拱門の下にいる怪物の伸ばした、腐った手に触れた。

私は悲鳴を上げなかったが、夜風に乗る悪魔のごとき食屍鬼たちが私の代わりに絶叫し、その瞬間、魂を滅ぼす記憶が一つの速い雪崩《なだれ》となって、私の心にどっと崩れ落ちた。私はその瞬間に来《こ》し方《かた》をすべて知った。あの恐ろしい城と森よりもっと前のことを思い出し、自分が今いる様変わりした建物の正体を認めた。何よりも恐ろしいことに、汚された指をそいつの指から引っ込めた時、私の前に立っていやらしい目つきをしている不浄な妖怪《ようかい》が何物であるかを知った。

だが、この宇宙には苦もあれば慰めもあり、慰めとは忘憂薬《ネペンテス》だ。あの瞬間の凄まじい恐怖のうちに、私は自分を怖がらせたものを忘れ、どす黒い記憶の迸りは欲する映像の渾沌のうちに消えて行った。夢の中で私は呪われた魔の屋敷から逃げ出し、月光の中を素早く音もなく走った。大理石の教会墓地へ戻って階段を下りた時、石の揚げ蓋は動かせないことがわかったが、悲しくはなかった。あの古い城も森も大嫌いだったからだ。今、私は嘲《あざけ》り笑う親しい食屍鬼たちと夜風に乗って、昼はナイル川のほとり、鎖《とざ》されて知る者もないハドスの谷の、ネフレン＝カの地下墓地で遊んでいる。ネブの岩の墳墓に射す月光はべつとして、光は自分に向かないことを知っているし、大ピラミッドの下で開かれるニトクリスの名状しがたい饗宴《きょうえん》を除いて、にぎやかなことも自分向きでないのを知っている。それでも、新たな放埓《ほうらつ》と自由を得た私は、人外《にんがい》の辛《つら》さをかえって喜んでいる。

忘憂薬《ネペンテス》は私を鎮《しず》めたものの、私はつねに自分が局外者《アウトサイダー》であることを承知しているからだ。この世紀にまだ人間である連中の間では他所者《よそもの》なのだ。そのことを知ったのは、あの大きな金色の枠の中にいる妖怪に向かって指を伸ばしてから――指を伸ばし、磨かれた鏡の冷たく硬い表面に触れてからであった。

無名都市

名前のないその都市に近づいた時、私はそこが呪《のろ》われていることを知った。私は月下に乾いた恐ろしい谷を旅しており、遠くの砂上にその街が気味悪く突き出しているのを見た。まるで出来の悪い墓から死骸《しがい》の一部が突き出しているようだった。この蒼《そう》古《こ》たる大洪水の生き残り、最古のピラミッドの曾祖母《そうそぼ》であるこの街の歳月に擦り減った石からは、恐怖が語りかけていた。そして目に見えぬ霊気が私を不快にし、いかなる人間も見るべきでなく、かつて他のいかなる人間も見ようとしなかった古代の不吉な秘密から遠ざかることを私に命じた。

アラビアの砂漠の奥に、名前のないその都市はある。崩れかけて、物も言えず、低い城壁は無量の歳月の砂に隠されようとしている。メンフィスの最初の石が積まれる前から、バビロンの煉瓦《れんが》がまだ焼かれていない頃から、この街はこうだったにちがいない。この街に名を与えるほどに、あるいは、それがかつて生きていたことを思い出すほどに古い伝説はない。しかし、この街のことは野営の焚火《たきび》のまわりでささやかれ、

族長の天幕で老婆《ろうば》たちがつぶやいているので、すべての部族が理由も良く知らぬまま

に、この街を避ける。狂える詩人アブドゥル・アルハザードが不可解な対句を歌う前

の晩、夢に見たのは、この街のことだった。

永遠《とこしえ》に寝《い》ぬるものは死せるにあらず
奇《く》しき永劫《えいごう》ののちには死もまた死すべし

アラビア人がこの無名都市を――奇妙な物語に語られはするが、生身の人間が見たことのない都市を避けるには十分な理由がある。私はそれを知っていれば良かったのだが、かれらの言うことを聞かず、駱駝《らくだ》と共に未踏の荒野へ入って行った。私一人があの街を見た。それ故《ゆえ》に、私の顔ほど忌《い》まわしい恐怖の皺《しわ》を刻まれた顔はほかになく、夜風が窓をガタガタ鳴らす時、私のように震え上がる人間はほかにいないのだ。終わりなき眠りの物凄《ものすさ》まじい静寂に沈んだあの街に出遭った時、街は砂漠の熱気のさなかで、冷たい月光に冷えびえとして、私を見た。そして私はこの街を見返した時、それを発見した得意な気持ちも忘れ、駱駝と共に立ちどまって夜明けを待った。

何時間も待っていると、ようやく東空が灰色になって星々が消え、灰色は金色の縁

がついた薔薇色《ばらいろ》の光に変わった。悲しげな唸《うな》り声が聞こえ、空は澄んでいるし、見渡す限りの広大な砂漠は静まり返っているのに、古い石の間で砂嵐《すなあらし》が起こるのを見た。やがて突然、砂漠の遠い地平線に燃える太陽の端がのぞき、通り過ぎる小さな砂嵐を透かして見えたが、熱に浮かされた私は、どこか遠くの深いところから、金属の楽器が鳴って燃える日輪に挨拶《あいさつ》したように思った――ちょうどナイルのほとりからメムノン像（訳注・古代エジプト人がテーベに建てた巨人像。ギリシア人は暁の女神の子メムノンの像と考えた。この像は夜が明けると歌声を発したという）が太陽に呼びかけるように。ゆっくりと駱駝を引いて砂を渉《わた》り、あの声なき石の並ぶ場所へ、あまりにも古く、エジプトもメロエも思い出すことができない場所、生きた人間のうちで私だけが見た場所へ行く時、私の耳はわんわんと鳴り、想像力が沸きたぎった。

　家々や宮殿の形の崩れた土台の間を出たり入ったりして歩きまわったが、かくも遠い昔にこの街を築いて住んでいた人間たち――もし人間だったならば――のことを語る彫刻も碑文も見つからなかった。この場所の古さは不健全であり、私はこの都市を本当に人類が造り上げたことを証明するしるしや仕掛けに遭遇することを願った。この廃墟《はいきょ》には、私が好きになれないある種の均整と大きさがあった。私はたくさんの道具を携行しており、消滅した建物の壁の内側を随分と掘ったが、作業は捗《はかど》らず、重要な物は何も出て来なかった。夜と月が戻って来ると、冷たい風に新たな恐怖を感じた時、街の中に留まる気にはなれなかった。それで古代の城壁の外へ眠りに行った時、背後に小さな砂嵐が起こってため息をつき、灰色の石の上を吹いたが、月は皓々《こうこう》と輝いて、砂漠の大部分は静かだった。

ちょうど夜が明ける頃、私は次から次と現われる恐ろしい夢から醒《さ》めたが、何か金属の響きを聞いたように耳が鳴っていた。無名都市の上を行きまどう小さな砂嵐の最後の突風のうしろに、真っ赤な太陽が覗《のぞ》いていたが、風景の残りの部分は静かであることに気づいた。ふたたび私は勇気を出して、蒲団《ふとん》を被《かぶ》った人喰い鬼のように砂の下でふくれている沈鬱《ちんうつ》な廃墟の中へ入り、もう一度、忘れられた種族の遺物を求めて掘ったが、その甲斐《かい》はなかった。正午《ひる》に休みを取り、午後は多くの時間を費して、壁や、過去の街路や、消えかけた建物の輪郭をなぞった。この街が本当に壮大なものであることを悟り、その偉大さの源はどこにあったのだろうと思った。カルデアですら思い出せないほど遠い時代の栄華を心に描き、人類がまだ若かった頃、ムナールの地にあった凶運のサルナスや、人類が存在する以前に灰色の石を彫って造られたイブのことを考えた。

突然、岩盤が砂の中から急に盛り上がって、低い崖《がけ》となっている場所に出た。そしてここに大洪水以前の人々のさらなる痕跡《こんせき》がありそうなものを見て喜んだ。崖の表面には小さい、低くかがまった、岩窟《がんくつ》の家か神殿のまごう方なき家表《やおもて》がいくつか粗く刻まれていた。外側にあったかもしれない彫刻は、砂嵐がとうの昔に消してしまったけれども、内部には推定もできないほど遠い昔の秘密が多く保存されているかもしれない。

私のそばにある暗い開口部はどれも非常に天井が低く、砂に塞《ふさ》がれていたが、私は鋤《すき》でその一つの砂を取り去り、腹這《はらば》いになって潜り込んだ。そこにあるかもしれぬ神秘はことごとく露《あら》わにしようと、松明《たいまつ》も持って行った。中に入ると、その洞窟は果して神殿であることがわかり、この砂漠が砂漠となる前、ここに住んで礼拝した種族のはっきりした痕跡が見られた。原始的な祭壇、列柱、壁龕《へきがん》——いずれも妙に低い——が欠けてはおらず、彫刻やフレスコ画はなかったが、明らかに人工的な手段によって何かの象徴に形造られたとおぼしい特異な石がたくさんあった。岩を刳《く》り貫《ぬ》いた部屋の天井の低さはじつに奇妙だった。膝《ひざ》をついて、背中をまっすぐ伸ばすこともほとんどできなかったのである。しかし、そこは非常に広かったので、松明で照らしても、一度に見えるのは一部分だけだった。奥の方のいくつかの片隅では妙に身体《からだ》が震えた。ある種の祭壇や石が、恐ろしい、嫌悪《けんお》を催す、説明のできない性質の忘れられた儀式を暗示して、一体どんな人間がこのような神殿を造り、詣《もう》でたのかと怪しんだからだ。私はその場所にあるものを全部見てしまうと、他の神殿に何があるかを調べたくて、また外へ這い出した。

もう夜が近づいていたが、実質のある物を見つけて好奇心の方が恐怖に勝《まさ》っていたため、初めて無名都市を見た時に私を怖気《おじけ》づかせた、月が投げかける長い影から逃げなかった。薄闇《うすやみ》の中でもう一つの開口部から砂を掻《か》き出し、新しい松明を持って中へ潜り込み、石細工や象徴のぼんやりした形をさらに見たが、先の神殿にあったものよりはっきりしたものは何もなかった。部屋はやはり天井が低かったが、幅がずっと狭く、奥は非常に狭い通路になっていて、正体の知れぬ謎《なぞ》めいた廟《びょう》がたくさん並んでいた。そうした廟のまわりを覗いていた時、風の音と外にいる駱駝の声が静けさを破って聞こえて来たので、私は獣が何に怯《おび》えたのかをたしかめに外へ出た。

月は太古の遺跡の上に鮮やかに輝き、前方の崖のどこかから、強いが今は収まりつつある風に吹き上げられたらしい、濃い砂煙を照らしていた。私は駱駝を驚かしたのがこの砂を運ぶ冷たい風だったことを知って、駱駝をあまり風のあたらぬ場所へ引いて行こうとした。その時、ふと見上げると、崖の上には風が吹いていないことに気づいた。私はびっくりし、また怖くなったが、日の出と日没に局地的な突風が吹くのは前にも見たし、話にも聞いたことをすぐに思い出して、これは正常な現象だと判断した。風は洞穴に通じる岩の裂け目から吹いて来るのだと考え、乱れた砂を良く観察して、その源を探ろうとした。やがて、風は南へ遠く離れた、ほとんど視界の外にある神殿の黒々とした穴から吹いて来ることがわかった。私は息の詰まる砂嵐を真っ向から受けながら、一歩一歩その神殿へ向かって行った。近づくにつれて、そこはほかの神殿よりも大きく目の前に迫り、固まった砂があまり詰まっていない入口が現われた。私は中へ入ろうとしたが、氷のように冷たい風の恐ろしい力で松明が消えそうになった。風は暗い入口から猛烈に吹き出し、無気味なため息をつきながら砂を掻き乱して、奇怪な廃墟に広がった。やがて風は弱まり、砂もだんだん動かなくなって、一切がまた静まり返った。だが、街の無気味な石の間を何かが彷徨《さまよ》い歩いているようで、月を見やると、乱れた水面に映る影さながらに揺れているようだった。私は自分でも説明できないほど恐ろしかったが、その恐ろしさも驚異への渇望《かつぼう》を抑えるには足りなかったので、風がすっかり歇《や》むと、さっそくそれが吹いて来た暗い房室《へや》へ乗り込んだ。

　この神殿は外から見て思った通り、その前に入ったどちらの神殿よりも大きく、奥から風が通っていることからすると、天然の洞窟かと思われた。ここではまっすぐに立つことができたが、石や祭壇は他の神殿と同様、低いところにあった。壁と天井に、私は初めていにしえの種族の絵画芸術の痕跡を見た。それは風変わりな渦巻を描く絵の具の条《すじ》で、ほとんど消えるか崩れ落ちるかしていた。そして祭壇のうちの二つに迷路のような、良くできた曲線的な彫刻を見て、興奮が高まるのをおぼえた。松明を高くかざすと、天井の形が自然物にしては整いすぎているように思われ、有史以前に石を切った連中は最初何を使って仕事をしたのだろうと思った。かれらの土木技術は大したものだったにちがいない。

やがて松明の気まぐれな焔《ほのお》が明るく燃え上がって、私が探していたものを——突風が吹き出して来た、さらに奥の深穴への入口を見せた。それが頑丈な岩を彫ってつくった、明らかに人工的な小さい戸口であることを悟った時、私は気が遠くなった。松明を中に突っ込むと、真っ暗なトンネルが見えた。天井は低く弓形《ゆみなり》で、荒削りなごく小さい階段が急傾斜に下の方へ幾段となくつづいていた。あの階段はいつまでも夢に見るだろう。それが何を意味するか知ってしまったからだ。その時は、それを階段と呼ぶべきか、急な下り斜面につけたただの足場と呼ぶべきかわからなかった。私の心には狂った考えが次から次と目まぐるしく浮かんで、アラビア人の予言者たちの言葉と警告が、人間の知る国々から人間が敢《あ》えて知ろうとしない無名都市へ、砂漠を越えて漂って来るようだった。しかし、私はいっとき躊躇《ためら》っただけで門を潜《くぐ》り、急傾斜な通路を、足から先にソロソロと、梯子《はしご》を下りるように用心深く下りはじめた。

あのような地下降りをほかの人間がしたとすれば、それは麻薬か譫妄《せんもう》状態の恐るべき幻覚の中でのことにちがいない。狭い通路は忌まわしい魔の井戸のように果てしなく下方へ続いて、頭上に掲げた松明も、私がのろのろと向かっている未知の深処《ふかみ》を照らすことはできなかった。時間がどれくらい経《た》ったかわからなくなり、時計を見ることも忘れていたが、自分が通って来たはずの距離を考えると慄然《りつぜん》とした。方向や斜面の勾配《こうばい》が時々変わり、一度などは長くて天井の低い平らな通路に出て、そこでは腕を精一杯伸ばして頭上に松明をかかげ、身をよじって足から先に岩床の上を進まねばならなかった。膝をついて身体を伸ばすこともできないほどに天井が低かったのだ。そのあとはまた急な階段になり、また蜿蜒《えんえん》と這い下りて行くうちに弱まっていた松明が消えた。私はその時、それに気づかなかったと思う。気がついた時はまだ松明が燃えているかのように、高くかざしていたからだ。私は奇妙なものの未知なものを追い求める本能のため、まったく精神の平衡を失っていた。その本能あるが故に地上を彷徨い、遠い、いにしえの禁断の場所に赴いたのだったが。

暗闇の中で、私が秘蔵する悪魔的知識の断片が脳裡《のうり》に閃《ひらめ》いた。狂えるアラビア人アルハザードの書物からの文章、ダマスキオスの黙示録《もくじろく》的な悪夢の一節、そしてゴーチエ・ド・メッスの譫語《うわごと》のような『世界の姿』の恥ずべき一節。私は風変わりな章句を抜き出して繰り返し、アフラシヤブと、彼と共にオクソス川を流れ下った魔物たちのことをつぶやいた。そのあと、ダンセイニ卿《きょう》の物語の一節——「音も響かぬ奈落《ならく》の闇」という文句を何度も誦《ず》した。一度、勾配が驚くほど急になった時、トマス・ムーアの詩（訳注・「Alciphron」。引用は「第四の手紙」より）の一節を歌声で暗誦《あんしょう》したが、やがて恐ろしくなって暗誦をやめた。

その闇の貯蔵庫、その暗黒は
月蝕《げっしょく》のうちに蒸溜《じょうりゅう》されし
月の麻薬に満《み》てる魔女の大釜《おおがま》に似たり。
彼《か》の亀裂《きれつ》を歩みて下るは可能なりやと、
前に屈《かが》めば、下に見えしは、
視界の限り、
鏡の如《ごと》く滑らかなる漆黒の側面にして
〝死海〟が泥土の岸に投ずる
どす黒き瀝青《れきせい》を
今し方《がた》塗りつけたる如し。

足がふたたび平坦《へいたん》な床に触れた時、時間というものはまったく存在しなくなってい
た。そして私は、今は計り知れないほどはるかな頭上にある二つの神殿の部屋部屋よ
りも、わずかに天井の高い場所にいた。立ち上がることはできなかったが、膝をつい
てまっすぐに背を伸ばすことはでき、私は足を引き摺《ず》りながら、暗闇の中で出鱈目《でたらめ》に
あちらこちらへ歩いたり、這ったりした。すぐにわかったが、そこは狭い通路で、前
面にガラスを張った木の箱が壁際《かべぎわ》に並んでいた。その古生代の地獄の淵《ふち》のごとき場所
で、磨かれた木とガラスのような手触りのものに触れた時、私はそれが意味し得るこ
とを考えて戦慄した。箱は通路の両側に、一定の間隔を置いて並んでいるようだった。
長方形で、横に寝かされ、形も大きさも忌まわしいほど棺桶《かんおけ》に似ていた。もっと良く
調べるために二つ三つ動かそうとしたが、しっかり固定されているのがわかった。
　私はその通路が長いことに気づいたので、這いながらもがき、素早く前へ進んだ
――暗闇の中で私を見ている眼があったなら、さぞかし恐ろしい光景《ながめ》だったろう。時
折、右から左へ移り、周囲の状況を手で探って、壁と箱の列がまだ続いているかどう
かを確かめた。人間は視覚的に考えることに慣れきっているので、私は暗さをほとん
ど忘れ、木とガラスが低いところに点々と並ぶ果てしない廊下を、あたかも目で見て

いるように思い描いた。そのうち実際にそれを見て、言うに言われぬ感情にかられたのだ。

空想が現実の光景に溶け込んだのがいつだったか正確にはわからないが、前方が次第に明るみ、突然、廊下と箱の輪郭が、何か未知の地底の燐光《りんこう》に照らされて、ぼんやり見えることに気づいた。しばらくの間は光がごく弱かったため、すべて想像した通りだったが、機械的に、つまずきながら前方へ進み続け、もっと強い光の中へ入ると、私の想像は貧弱なものだったことがわかった。この通廊は頭上の街の神殿のように粗末な遺跡ではなく、いとも壮麗にして異様なる芸術の記念碑だった。豊かで、鮮やかで、大胆な奇想に満ちた紋様や絵が壁画の続き物を成しており、その線と色彩は筆舌に尽くしがたかった。箱は奇妙な金色の木材でできており、上面は精巧なガラス張りで、ミイラ化した生物が収めてあったが、そのグロテスクさは人間のもっとも渾沌《こんとん》たる夢をも超えていた。

この怪物たちがどんなものだったかを伝えることは不可能である。かれらは爬虫類《はちゅうるい》の類《たぐい》で、身体の線が時には鰐《わに》を、時には海豹《あざらし》を思わせたが、博物学者や古生物学者が知っているいかなる物にも似ていない点の方が多かった。大きさは小柄な人間ほどで、前脚には繊細な、見るからに柔軟そうな足がついており、それは人間の手と指に奇妙に似ていた。しかし、もっとも奇妙なのは頭で、あらゆる既知の生物学的原理に悖《もと》る外形をしていた。私はすぐさま猫、ブルドッグ、神話のサテュロス、人間といったさまざまなものとの比較を考えたが、何にも上手《うま》く譬《たと》えられなかった。ユピテルですらかくも巨大な突き出した額は持たなかったが、角《つの》があって鼻がないことと鰐に似た顎《あご》とは、この生き物をあらゆる確立された分類の外に置いた。私はしばしこれらのミイラが本物かどうかを考え、人工的な偶像ではないかと半分疑ったが、やがてかれらは無名都市が生きていた時に生息していた太古の種なのだと判断した。かれらの大部分はそのグロテスクさに加えて、ごく上等な生地の服を豪華にまとい、黄金や、宝石や、未知の輝く金属の飾りをふんだんに身に帯びていた。

この匍匐《ほふく》動物はきわめて重要なものだったにちがいない。かれらは壁と天井に描かれたフレスコ画の大胆な絵柄の中で、もっとも目立つ場所を占めていたからだ。画家は比類ない技術で、この生き物をかれら自身の世界の中に描いていた。そこには、かれらの身の丈に合わせて造られた都市や庭園があった。だから、絵に描かれたかれらの歴史は寓意《ぐうい》的なものであり、たぶん、かれらを崇拝する種族の発展を示していると考えざるを得なかった。この生物は、と私は思った、無名都市の人々にとって、ローマ人にとっての雌狼《めすおおかみ》、インディアンの部族にとってのトーテムの獣のようなものだったのだ。

そういう見方をすれば、無名都市の驚くべき叙事詩を大まかに辿《たど》れると思った。アフリカ大陸が波間から立ち現われる以前に世界を支配していた強大な海辺の大都市の物語。そして海が後退し、その都市を擁《よう》していた肥沃《ひよく》な谷に砂漠が忍び込んで来た時の奮闘の物語である。私は見た――この街の戦と勝利を、苦難と敗北を、そのあとの砂漠との恐ろしい戦いを。この時は何千何万という住民が――ここではグロテスクな爬虫類によって寓意的に表わされているが――驚くべきやり方で岩を穿《うが》ち、かれらの予言者が教えたもう一つの世界を目指して地底に降りて行かねばならなかった。すべてがまざまざとして気味悪く、写実的で、私がした畏《おそ》るべき下降との関係は明白だった。私が通った通路さえ、絵の中にそれと認められた。

明るい光の方へ向かって廊下を少しずつ進んで行くと、絵に描かれた叙事詩の後半が見えた。無名都市とそのまわりの谷間に一千万年も住んだ種族の告別。その種族の魂は、かれらの肉体がそんなにも長いこと知っていた場所を去るに忍びない。地球がまだ若かった頃、かれらはそこに流浪《るろう》の民として住み着き、手つかずの岩にああした原初の廟を彫って、けして礼拝をやめなかったのだ。光の加減が良くなった今、私は絵をもっと念入りに見た。そしてあの奇妙な爬虫類が未知の人間を象徴しているにちがいないことを思い出し、無名都市の風習について考えをめぐらした。多くのことが特異で不可解だった。書き文字を持つこの文明は、遥《はる》か後のエジプトやカルデアの文明よりも高い水準に達していたらしいが、奇妙に欠けているものがあった。たとえば、戦争や暴力や疾病《しっぺい》に関係のあるものをべつとして、死や葬《とむら》いの習慣を描いた絵は見つからなかったので、自然死に関して示されたこの寡《か》黙《もく》さは何だろうと思った。まるで地上での不死という理想が、心を励ます幻想として育《はぐく》まれているかのようだった。

　通路の終わりにもっと近いところには、この上なく画趣に富む華麗な情景が描かれていた。棄《す》てられて朽ちゆく無名都市と、この種族が岩を切り開いて到達した新しい国土ないし楽園の風景が対比されていたのである。こうした絵の中では、街と砂漠の谷はつねに月光に照らされ、金色の光輪が崩れた壁の上を漂って、そのかみの輝かしい完全さを半ば露《あら》わにしていた。画家はそれを幽玄に朦朧《もうろう》と描いていた。楽園の場面は華麗すぎて信じられないほどだった。光輝く街々とこの世のものとは思われぬ丘と谷がいくつもある、秘められた永遠の昼の世界を描いていた。最後の最後になって、私は芸術的な衰微のしるしを見たと思った。それらの絵は技巧が劣るが、以前の絵に描かれたもっとも荒々しい場面よりもずっと奇怪だった。それらはこのいにしえの種族の緩やかな頽廃《たいはい》と共に、砂漠に追われて去った外の世界に対する敵愾心《てきがいしん》がつのりゆくさまを記録しているようだった。人々の姿はつねに神聖な爬虫類によって象徴されているが、だんだん痩《や》せ衰えてゆくように見え、一方、月下の廃墟を彷徨う形で描かれるかれらの霊は大きくなった。飾り立てた法衣をまとう爬虫類として描かれる痩せこけた祭司たちは、地上の空気と、それを呼吸するすべての者を呪った。そして、ある恐ろしい最後の場面は、原始人とおぼしい男――おそらく〝円柱の都市〟、古代のイレムの建設者だろう――が先住種族によって八つ裂きにされる様子を示していた。私はアラビア人が無名都市をいかに恐れているかを思い出し、その場所より先へ行くと、灰色の壁と天井に何も描かれていないことが嬉《うれ》しかった。

壁に描かれた歴史の大絵巻を見ているうちに、天井の低い通廊の終わりに近づいていて、大きな門があることに気づいた。あたりを照らす燐光はすべてそこから洩《も》れて来るのだった。私はその門まで這って行き、向こうにあるものを見ると、筆紙に尽くせぬ驚きに思わず声を上げた。そこにあったのはもっと明るいべつの部屋ではなく、一様に輝く限りない虚空《こくう》だけだったのだ。それはちょうどエヴェレストの頂上から、陽のあたる雲海を見下ろしたようなものだった。背後には窮屈でまっすぐ立つこともできない通路があり、前には、地底の目眩《まばゆ》い光輝が無限に広がっていた。

通路から深淵《しんえん》の中へ下りて行く急な階段――私が下りて来た暗黒の通路のそれに似

た、小さい数多くの段——の最上段があったが、二、三フィート下から先は輝く蒸気が一切を隠していた。どっしりした真鍮《しんちゅう》の扉が大きく開いて、通路の左手の壁に押しつけられていた。扉は信じられないほど厚く、幻怪な浅浮彫りに飾られ、それがもし閉まったら、光溢《あふ》れる内部の世界全体を岩の円天井や通路からすっかり閉め出してしまっただろう。私は階段を見たが、今は下りて行く気がしなかった。開け放った真鍮の扉に触れてみたが、びくともしなかった。それから、私は石の床にうつ伏せに横たわった。私の心は、死ぬほどの疲労困憊《こんぱい》も追い払うことができない常軌を逸した考えに燃えていた。

目をつぶってじっと横たわり、あれこれ思いをめぐらしているうち、フレスコ画を見て何となく気づいた多くのことが新たな恐ろしい意味合いを帯びて心に蘇《よみがえ》った——盛時の無名都市と周囲の谷間の植生、商人たちが取引をした遠い国々を描いた場面の数々。匍匐動物の寓意がどこを見ても目立つことが私には腑《ふ》に落ちず、かくも重要な歴史画の中で、かくも厳格に寓意的表現を踏襲することが不思議だった。フレスコ画の中では、無名都市はこの爬虫類に釣り合った大きさに描かれていた。その本当の大きさと壮麗さはいかなるものだったのだろうと私は思い、廃墟で気づいたいくつかの妙な点をふと思い返した。原初の神殿と地下の廊下の天井が低いことは奇妙だった。

そこに祀《まつ》っている爬虫類の神々への敬意から、あんな風に石を切って造ったにちがいないが、あれでは信者たちも這って歩かなければならない。あるいは儀式そのものに、あの生き物を真似《まね》て這うことが含まれていたのかもしれない。しかし、いかなる宗教理論も、あの畏るべき下り道の途中にあった平坦な通路が、神殿と同じくらい天井が低い——いや、もっと低いかもしれない。そこでは膝を突いた姿勢でいることもできなかったのだから——ことは容易に説明できなかった。忌まわしいミイラ化した姿が私のすぐそばにある、あの匍匐動物のことを考えると、新たな恐怖が胸を突いた。連想作用とはおかしなもので、最後の絵で八つ裂きにされていた哀れな原始人を除くと、多くの遺物と太古の生活の象徴のさなかで、私だけが人間の姿をしていることを考えるのが恐ろしかった。

しかし、私の奇妙な放浪生活ではいつもそうだったが、驚異《おどろき》がすぐに恐怖を追い払った。光輝く深淵とそこにあるかもしれないものは、もっとも偉大な探検家が探るにもふさわしい問題を呈していたからだ。妙に小さい階段の遥か下に奇怪な神秘の世界があることは疑い得なかったし、絵の描かれた廊下にはなかった人類の記念物がそこに見つかるはずだった。フレスコ画にはこの低い領域にある信じられない都市や、丘や、谷間が描かれていたから、私は自分を待つ豊かで巨大な数々の廃墟のことを思った。

　実際、私の恐れは未来よりも過去に関わるものだった。私は死んだ爬虫類のミイラと大洪水以前のフレスコ画がある狭苦しい廊下に、私の知る世界の何マイルも下にいて、無気味な光と霧の別世界が目の前にあったが、そういう物理的な位置が感じさせる怖さも、その場所と雰囲気の気の遠くなる古さに感じた致命的な恐れほどではなかった。あまりにも桁外《けたはず》れで測り知るすべもない古さが、無名都市の原初の石と岩を穿った神殿から、厭《いや》らしい目つきでこちらを見下ろしているようだったし、一方、フレスコ画に描かれた驚嘆すべき地図のもっとも新しいものには、人間が忘れてしまった大洋と大陸が載っており、それにはただここかしこに漠然と見《み》憶《おぼ》えのある輪郭が認められるだけだった。絵が描かれなくなり、死を憎むこの種族が憤懣《ふんまん》をおぼえつつ衰退に向かってからの地質学的な悠久の時に何が起こったかは、誰にもわからない。これらの洞窟とその先の光輝く領域に、かつては生命が犇《ひしめ》いていたのだ。今、私はただ一人で生々しい遺物と共にあり、これらの遺物が沈黙のうちに打ち棄てられて寝ずの番を続けていた無量の歳月を思うと、身震いがした。

　突然、あの鋭い恐怖がまた私を襲った。冷たい月の下に恐ろしい谷と無名都市を初めて見て以来、間隔を置いて私をとらえた恐怖だった。私は憔悴《しょうすい》しきっていたが、慌《あわ》てて身を起こし、真っ暗な廊下の先の、外の世界へ上って行くトンネルの方をじっと見つめた。私が感じたものは夜の無名都市を避けたあの感覚にそっくりで、説明はつかないが強烈だった。だが、次の瞬間、はっきりした音の形でさらに大きな衝撃を受けた——それはこの霊廟に似た深処のまったき静寂を破る初めての音だった。太く低い唸り声で、地獄《じごく》堕ちを言い渡された霊の群が遠くで立てているかのように、私が見つめている方向から聞こえて来た。音は急速に大きくなり、たちまち天井の低い通路に恐ろしく響き渡った。それと同時に、冷たい風がやはりトンネルと頭上の街から次第に強く吹いて来るのを感じた。私はこの空気に触れたおかげで、精神の平衡を取り戻したようだ。日没と日の出のたびに奈落の入口のまわりで起こった突風のことを即座に思い出した。実際、その突風の一つが隠れていたトンネルを私に見せたのである。私は時計を見、日の出が近いことを知って、疾風に逆らうため、気を引き締めた。その風は晩に外へ吹き出したように、今は住処《すみか》の洞窟へ吹き込んでいたのである。私の恐怖はまた静まった。自然現象は未知なるものについての暗い考えを追い払ってくれるからだ。

叫び、唸る夜風はますます猛《たけ》り狂って、内なる大地のあの深い穴へ吹き込んだ。私はまたうつ伏せに倒れ、開いた門から燐光を放つ深淵の中へ丸ごと持って行かれはしないかと思って、甲斐なく床にしがみついた。そのような猛烈な風が吹くとは予想しておらず、身体があの深淵の方へ実際に滑って行くのを感じると、新たな不安と想像の恐怖が幾千も押し寄せて来た。突風の孕《はら》む敵意は信じがたい空想を目醒《めざ》めさせた。私はまたあの恐ろしい廊下に描かれた唯一《ゆいいつ》のべつの人間——名前のない種族に八つ裂きにされた男——と自分を引き較《くら》べて、ぞっとした。渦巻く気流が悪魔のごとくつかみかかる激しさには、ほとんど無力であるが故にいっそうつのる復讐《ふくしゅう》の怒りがこもっているような気がしたからだ。私は最後の頃、半狂乱になって叫んだと思う——ほとんど狂いかけていたのだ——だが、そうだとしても、叫び声は吠《ほ》え猛《たけ》る風の亡霊の地獄から来た喧騒《けんそう》のうちに掻き消されてしまった。私は殺人的な見えない激流に逆らって這い進もうとしたが、その場に留まることもできず、じりじりと容赦なく未知の世界の方へ押しやられた。しまいに理性の糸がぷっつり切れてしまったにちがいない。私は無名都市の夢を見た狂えるアラビア人アルハザードの解釈しがたい対句を何度も口走っていたのだ。

永遠に寝るものは死せるにあらず
奇しき永劫ののちには死もまた死すべし

実際に何が起こったのかは、無気味で沈鬱な砂漠の神々だけが知っている――闇の中で私がどんな筆舌に尽くせぬ藻掻《もが》きと争いに耐えたのか、いかなる奈落の魔王が私を導いて生き返らせたのかは。生きている限り、私はいつまでも思い出し、夜風の中で震えなければならない。いずれ忘却が――あるいは、もっと悪いものが――私をさらって行くまで。あれは奇怪で、自然に悖《もと》り、巨大だった――人間のあらゆる考えをはるかに越えて、静寂な、厭らしい、未明の眠れぬ時しか信ずることのできないものだった。

すでに言った通り、荒れ狂う突風の猛威は地獄のよう――悪霊《あくりょう》のよう――で、その声には寂寞《せきばく》たる果てしない歳月の抑えつけられた敵意がおぞましく籠《こ》もっていた。やがてそれらの声は、私の前方ではまだ渾沌としていたが、背後では明瞭《めいりょう》な形を取って、脈打つ私の脳裡に響いて来るようだった。そして暁に照らされた人間界の何リーグ（訳注・一リーグは約三マイル）も下にある、永劫の昔に死んだ無数の古きものの墓場で、奇妙な言語を持つ悪鬼どもの凄まじい呪詛《じゅそ》と悪罵《あくば》を私は聞いた。ふり返ると、深淵の光輝く大気を背にして、廊下の薄闇では見えなかったものがくっきりと輪郭をあらわしていた――それは突進する魔物どもの悪夢の群だった。憎しみに歪《ゆが》み、グロテスクな甲冑《かっちゅう》を身にまとった半透明の——何人《なんぴと》も見間違えようのない悪魔のような種族——無名都市の匍匐する爬虫類だった。
風が歇んだ時、私は食屍鬼《しょくしき》が住む大地の腸《はらわた》の暗闇に沈められた。怪物たちの最後の一匹のうしろで、真鍮の大扉が耳を聾《ろう》する金属的な音を立てて閉まったからだ。その反響は高まって遠い世界へとどき、昇る太陽に呼びかけた——あたかもメムノン像がナイル川のほとりから呼びかけるごとくに。

ヒュプノス

「眠りという、我々が夜毎《よごと》行うあの不吉な冒険に関して、我々はこう言っても良いだろう――人は毎日就寝するが、その大胆さは、危険を知らぬ故《ゆえ》であると承知しなければ、とても理解出来ぬものであろうと」

――ボードレール

慈悲深き神々がもしおわしますなら、意志の力も、人間の知恵が生み出す薬も、私を眠りの裂け目から遠ざけることのできない時間を護《まも》りたまえ。死は慈悲深い。そこから戻って来ることはないからだ。だが、夜のいと深い房室房室《へやべや》から、窶《やつ》れ果て、知識を得て戻って来た者に安息は二度と訪れない。私は愚か者だった――あのような穢《けが》れた熱狂に駆られて、何人《なんぴと》も分け入るべきではない神秘のうちにとび込むとは。彼は愚か者か神であった――私のたった一人の友達、私を導いて前を進んだ男、そして最後には、私もいずれ知るであろう恐怖の中へ入って行った男は。

　思い返せば、私たちが出会った場所は鉄道駅で、彼は物見高い野次馬に囲まれていた。意識を失い、一種の痙攣《けいれん》を起こして、黒い服を着た細い身体《からだ》が奇妙に硬直していた。彼はもうじき四十歳になろうとしていたと思う。青ざめ、頰がこけていたが、卵形のじつに美しい顔に、深い皺《しわ》が刻まれていたからだ。それにふさふさした波打つ髪と、かつては濡《ぬ》れ羽色《ばいろ》だった小さく濃い顎鬚《あごひげ》に白髪が少し混じっていた。その額はペンテリコンの大理石のように白く、背丈と肩幅はまるで神のようだった。私は彫刻家の情熱を心に燃やして、こう思った――この男はいにしえのヘラス（訳注・古代ギリシアの意）から来た半獣神の彫像だ。荒廃をもたらす歳月の冷たさと重さを感じさせるために、神殿の廃《はい》墟《きょ》から掘り出し、何らかのやり方で息苦しい現代に生き返らせたものだ。彼が大きな、落ちくぼんだ、そして荒々しい光をたたえた黒い眼を開いた時、今後私の唯一《ゆいいつ》の友達に――友達を持ったことのない私の唯一の友達になるであろうことを私は知った。そのような目は、通常の意識と現実を越えた世界の――私が空想のうちに秘めていたが、探しても見つからなかった世界の壮麗と恐怖を十分見たにちがいないと悟ったからだ。それで私は野次馬を追い払うと、私の家へ来て私の師に、そして計り知れぬ神秘を探る指導者になって下さいと言い、彼は無言で承諾した。あとで知ったが、彼の声は音楽だった――深い音色のヴィオールと澄みきった天球の音楽だった。私たちは夜に昼に、よく話をした——私が彼の胸像を彫り、彼のさまざまな表情を永遠にとどめるため、象牙《ぞうげ》で小型の頭像を彫っていた時に。

私たちの研究について語ることは不可能である。それは生きている人間が考えるような世界の何物ともほとんど関わりを持たないからだ。それはおぼろな実体と意識の広大で驚嘆すべき宇宙の研究だったが、その宇宙は物質や、時間や、空間よりも深いところにあり、我々はその存在をある種の睡眠——凡人にはけして訪れず、想像力豊かな人間の生涯にただ一度か二度訪れる、夢の彼方《かなた》の稀有《けう》な夢の中でしか感じ取れない。我々が覚醒《かくせい》時に知る世界は、シャボン玉が道化師のパイプから生まれるように、そのような宇宙から生まれ、その宇宙に触れるのは、シャボン玉が道化師の気まぐれによって吸い戻される時、せせら笑うその口元に触れる時だけなのだ。学者はそれがあることにほとんど気づかず、たいていは無視する。賢者は夢を解き、神々は笑った。東洋人の眼をした一人の男は、時間と空間がすべて相対的だと言って、人々に笑われた。しかし、東洋人の眼をしたその男ですらも、ありはしないかと考えるだけだった。私はそれ以上のことをしようと望んで試みたし、私の友は試みて部分的に成功した。それから私たちは二人一緒に試み、古さびたケントにある古い荘園《しょうえん》邸宅の塔の工房で、異国の麻薬を使い、恐ろしい禁じられた夢に近づいた。

私が今になって受ける苦しみの一つに、責苦のうちの最大なるもの——言いたいことを言えぬ苦しみがある。あの神を畏《おそ》れぬ探求の時間に私が学び、目にしたことはけして語ることができない——言葉による象徴や暗示の手段がないからだ。こう言うのは、我々の発見が終始感覚の性質のみを有していたからである。正常な人間の神経組織が受け取ることのできる印象とは関連のない感覚だ。それらは感覚だったが、その中に時間と空間の信じられぬ要素が——根底に於《お》いて明確な存在を持たないものがあった。人間の言語で私たちの体験の大まかな性質を伝えるには、突入とか飛翔《ひしょう》と呼ぶのが一番良いだろう。というのは、啓示のどの段階に於いても、私たちの心の一部は目の前にある一切の現実から大胆に離脱し、衝撃的な、光のない、恐怖に憑《つ》かれた深《しん》淵《えん》を空を行くように突き進み、時にははっきりそれとわかる典型的な障碍物《しょうがいぶつ》——粘り気のある奇怪な蒸気の雲とでも表現するしかない——を突っ切ったからだ。こうした暗黒の、肉体なき飛行の際、私たちは時に独り、時に二人一緒だった。一緒にいる時はいつも私の友が遥《はる》か前方にいた。形というものはなかったが、私は彼がいることを一種の絵画的な記憶によって把握することができた。その記憶によって彼の顔が私の前に現われたのだ。不思議な光で金色に輝き、その無気味な美しさが——異常に若々しい頰、燃える眼、オリュムポスの神のごとき額、そして影を落とす髪の毛と伸びた髭《ひげ》が恐ろしかった。

時の経過について、私たちは記録を残さなかった。時間は私たちにとって錯覚にすぎなくなっていたからだ。ただ、何か非常に特異なことが関わっていたにちがいない。私たちはやがて、自分がなぜ年とらないのかを怪しむようになった。私たちの話は罪深く、いつも忌《い》まわしいほど野心に溢《あふ》れていた――私たちがひそかに企《たくら》んだような発見や征服は、いかなる神も魔物も志したことがないだろう。私はこの話をすると身体《からだ》が震えて、はっきり言う勇気はないが、友はある時、口には出せない望みを紙に書きつけた。私はそれを読んで紙を焼き、星が燦《きら》めく夜空を窓からこわごわと覗《のぞ》いたのだ。そう――ただこれだけ言っておこう――彼は可視宇宙とそれ以上のものを支配する計画、地球と星々が彼の命ずるままに動き、生きとし生けるものの命運が彼に握られるような計画を抱いていた。断言する――誓って言うが――私自身はこの極端な野望に加担していない。私の友はその反対のことを言ったり書いたりしたかもしれないが、それは勘違いだろう。私は言うを憚《はばか》る領域での言うを憚る戦争――それによってのみ成功を収められる戦争――の危険を冒すほど強い男ではないからだ。

一夜、風が未知の空間から吹きつけて、すべての思惟《しい》と存在を越えた無窮の真空に私たちを抗しがたく投げ込んだ。いとも狂わしく伝達不可能な種類の知覚がおびただしく押し寄せた。その時は私たちを悦《よろこ》びに震わせたが、今は一部記憶から失われ、一部は他人に説明できない知覚である。粘り気のある障碍物を矢継ぎ早に掻《か》き分けた末、私たちはそれまで知っていたいかなる領域よりも遥かに遠い領域へ運ばれたのを感じた。私たちが未踏のエーテルの畏るべき大海へ飛び込んだ時、友は私よりもずっと先を行っており、宙に浮かんだ、光輝く、あまりにも若々しい記憶の顔に不吉な狂喜があらわれていた。突然、その顔がぼやけて、たちまち消え、まもなく私は突破できない障碍物にぶつかったことを知った。それは他の障碍物に似ていたが、測り知れぬほど濃密だった。粘ってべたべたする塊とでも言おうか——非物質的な世界に於ける類似した性質にそんな表現を用いられるなら、だが。

私は、自分を導く友が上手《うま》く通り抜けた障壁に阻《はば》まれたのだと思った。もがいているうちに麻薬の夢は終わって、肉体の目を開けると、そこは塔の工房だった。向こうの隅には、青ざめてまだ意識のない夢見仲間の姿が横たわり、月が金色がかった緑の光を大理石を彫ったような顔に照《あ》てていたので、無気味なほど窶れていたが、荒々しい美しさを持っていた。しばらくすると、隅にいるその姿が動いた。憐《あわ》れみ深い天が、あの時私の前で起こったようなことを、二度とふたたび私の目と耳に示さないでくれることを祈る。彼がどんな金切り声を上げたか、恐怖に狂った黒い眼に、いかなる訪れがたい地獄の光景が一瞬あらわれたかを伝えることはできない。言えるのはただこれだけだ——私は失神し、彼自身が回復して私を揺り起こすまで動かなかった。彼は狂乱し、恐怖と心細さを誰かに追い払ってもらいたくて、そうしたのだ。

私たちが自ら進んで夢の洞窟《どうくつ》を探険したのは、それが最後だった。障壁の向こうへ行った友は畏怖《いふ》にかられ、動揺し、ものものしい口ぶりで、二度とあの領域へ行ってはいけないと警告した。自分が見たもののことは語ろうとしなかったが、何かを知った者として、私たちは可能な限り眠らぬようにしなければならない——たとえ目醒《めざ》めているために麻薬が必要になっても、と言った。彼が正しいことはすぐにわかった。意識がなくなると必ず言いようのない恐怖に嚥《の》み込まれたからだ。避けられぬ短い睡眠をとるごとに私は年とったように思え、一方、友はほとんど衝撃的な速さで老いた。目の前で皺ができ、髪の毛が白くなってゆくのを見るのは、おぞましいことだ。私たちの生活の仕方はすっかり変わった。私の知る限り、それまで世捨て人《びと》だった友が——彼は本名や出自についてけして語らなかった——今では独りになることを恐れて半狂乱になったのだ。彼は夜になると一人でいようとせず、二、三人そばにいても落ち着かなかった。顔ぶれが多く騒々しい宴会をして、やっと安心することができたから、陽気な若者の集まりで私たちが知らないものはほとんどなかった。たいていの場合、私たちの外見と年齢は揶揄《からか》いの種になるようで、私はひどく腹を立てたが、友はそれを寂しいよりはましな弊害と見なしていた。彼がとくに懼《おそ》れていたのは、星が輝く時、一人戸外にいることで、余儀なくそういう羽目になると、まるでそこにいる恐ろしいものに追われているように、何度も空をチラチラと盗み見るのだった。いつも空の同じところを見たのではなく――その時々で異なる場所を見ているようだった。その場所は、春の晩には北東の低いところに、夏はおおよそ真上に、秋は北西にあった。冬は東にあったが、たいてい未明のことだった。真冬の晩が彼には一番恐ろしくないようだった。二年経《た》ってようやく私はこの恐怖を特定のものに結びつけたのだが、その時わかって来たのはこういうことだ。彼は空の円天井の特定の一点を見ているにちがいなく、時々のその位置は彼が仰ぎ見る方向に一致していた――大まかに言うと、冠座がある一点だった。

私たちはロンドンに工房を持ち、けして離れなかったが、非現実世界の神秘を探ろうとしていた頃のことはけして話し合わなかった。私たちは麻薬と、放蕩《ほうとう》と、神経の過度の緊張のために老《ふ》けて虚弱になり、友の髪の毛と鬚は薄くなり、雪のように白くなっていた。私たちが長い間眠らずにいられることは、驚くほどだった。一度に一時間か二時間以上、今は恐ろしい脅威となった闇《やみ》に身を委《ゆだ》ねることはめったになかったのだ。やがて濃霧と雨の一月、持ち金が乏しくなって麻薬を買えなくなった。彫像も象牙の頭像もみんな売ってしまい、私には新しい材料を購入する手立てがなかったし、たとえ材料があっても、彫刻を作る元気はなかった。私たちはひどく苦しみ、ある夜、私の友は深い呼吸をする眠りに落ちて、目醒めさせることができなかった。あの場面は今も憶《おぼ》えている——雨が打つ庇《ひさし》の下の、物寂しい真っ暗な屋根裏の工房。ただ一つの置時計がチクタクいう音。鏡台に置いてある私たちの腕時計もチクタクいうような気がする。家のどこか遠いところで鎧戸《よろいど》が揺れて軋《きし》む音。霧と距離のためにくぐもった遠い街の物音。そして何よりも恐ろしいのは、寝椅子《ねいす》に寝ている友の深い、一定の、無気味な息遣い——彼の魂が禁断の、想像を絶する、忌まわしいほど遠い世界を彷徨《さまよ》っている間に味わう、この世ならぬ恐怖と苦悶《くもん》の瞬間瞬間を計っているかのような、リズムに乗った呼吸だった。

寝ずの番の緊張が重く圧《の》しかかって来て、入り乱れた一連の些細《ささい》な印象や連想が、ほとんど箍《たが》の外れた私の心の中をおびただしく通り抜けた。どこかで時計が鳴るのが聞こえ——私たちの時計ではない。それは時報を打つ時計ではなかったから——私の病的な空想はこれを新しい出発点として、由《よし》もない彷徨《ほうこう》を始めた。時計——時間——空間——無限——それから私の思いはまた自分がいる場所に戻った——今の今も屋根と霧と雨と大気の彼方で、冠座が北東の空に昇りつつあることを考えたからだ。友が怖がっていたらしい冠座と、半円形になって燦めくその星々が、ここからは見えないが、今も天空の測り知れぬ深淵の中で輝いているにちがいない。突然、熱に浮かされたように敏感になった私の耳は、麻薬によって拡大された音の柔らかな寄せ集めのうちに、新しいはっきりした構成要素を聞き分けたようだった――それは非常に遠くから聞こえる、低い、忌まわしくも執拗《しつよう》な声だった。低く唸《うな》り、どよめき、嘲《あざけ》り、呼びかける声が北東から聞こえて来るのだった。

しかし、私を茫然《ぼうぜん》自失させて、私の魂に生涯取り除けない恐怖の印を押したのは、その遠い声ではなかった。私が絶叫して痙攣《けいれん》を起こし、同宿の下宿人と警察が扉を破ったのは、そのせいではなかった。それは私が聞いたものではなく、見たものだった。あの暗い、鍵《かぎ》をかけて鎧戸を下ろし、カーテンを引いた部屋の中で、黒々とした北東の隅から恐ろしい赤みがかった金色の光の輻《や》が現われたのだ――その光の輻は暗闇を追い散らす輝きを持たず、苦しそうに眠る男の横たえた頭にだけふりそそいで、輝く奇妙に若々しい記憶の顔を、そこにおぞましく再現して見せた。それは友が障壁を越えて、あの秘密の、内奥《ないおう》の、禁断の悪夢の洞窟に突き進んだ時、深淵の空間と枷《かせ》を外された時間の夢の中で知っていた顔だった。

見ていると、その頭が持ち上がり、黒い、潤《うる》んだ、深く落ちくぼんだ眼が恐怖のうちに開き、影になった薄い唇は分かれて叫ぼうとしているが、あまりにも恐ろしくて声にならぬかのようだった。死人のような硬直した顔は、闇の中でそれだけが光り輝き、若返っていたが、そこには天地がいまだかつて見せたことがないほどの、純然たる、溢れんばかりの、脳も砕けんばかりの恐怖があった。遠い音が次第に近づいて来る中で、一言も言葉は交わさなかったが、私は記憶の顔の狂った眼差《まなざ》しを追って、呪《のろ》われた光の発する方に目を向けた。例の声もそこから聞こえて来るのだ。すると私にもほんの一瞬、彼の眼が見ていたものが見え、耳がわんわん鳴り、私は絶叫と共に癲《てん》癇《かん》の発作を起こして倒れた。そのために下宿人と警察が来たのだった。私はいくら努力しても、自分が実際に何を見たのか言えなかったし、それはあの動かない顔も同じだった。その顔は私より多くのものを見たにちがいないが、二度と口を利《き》くことはあるまい。だが、私は嘲る飽くことのない眠りの王ヒュプノス（訳注・ギリシア語で「眠り」を意味する）に、夜空に、そして知識と哲学の狂った野望につねに警戒しつづけるだろう。

実際に何が起こったのかはわかっていない。私自身の心が不思議な忌まわしい出来事に動顛《どうてん》していただけでなく、ほかの人間たちも、狂気以外の何物も意味しない忘却に染められていたからだ。私にはその理由がわからないが、かれらは言った——私には友達などなく、芸術と哲学と狂気が私の悲惨な生涯を満たしていたと。あの夜、下宿人と警察は私を宥《なだ》め、医者は私の気を鎮《しず》める薬を処方したが、悪夢のようなことが起こったのを誰も理解しなかった。傷ついた友はかれらの同情を惹《ひ》かなかったが、連中は工房の寝椅子の上にある物を見つけて、それ故に私を胸が悪くなるほど褒めそやし、有名にした。私は絶望してそんな名声を拒み、何時間も坐《すわ》っている――頭は禿《は》げ、鬚は白くなり、しなびて、麻痺《まひ》し、麻薬に狂い、打ちひしがれて。人々は自分たちが見つけた物を誉《ほ》め称《たた》え、それに祈りを捧《ささ》げる。

というのも、連中は私が最後の彫像を売ったことを否定し、輝く光の輻が冷たい石にして声も奪ってしまったものを、恍惚《うっとり》として指差すのだ。それは私の友、私を狂気と破滅へ導いた友の今に残るすべてである。いにしえのヘラスのみが生み出すことのできた大理石の神々《こうごう》しい頭像で、時間《とき》を知らぬ若さを湛《たた》え、鬚を生やした顔は美しく、微笑《ほほえ》む弓形《ゆみなり》の唇、オリュムポスの神のごとき額、揺れる豊かな巻毛には罌粟《けし》の花の冠がのっている。私の心に取り憑いて離れないあの記憶の顔は、二十五歳の私自身の顔をモデルにしたのだとかれらは言うが、大理石の台座には、アッティカの文字でただ一つの名前が刻んである――ヒュプノスと。

セレファイス

　夢の中でクラネスは、谷間の街とその向こうの海岸、海を見下ろす雪嶺《せつれい》と、港から出て海と空が合わさる遠い領域へ向かう、華やかに彩色されたガレー船を見た。彼がクラネスという名を得たのも、夢の中でだった。目が醒《さ》めるとべつの名で呼ばれたのである。新しい名前を夢見るのは、たぶん自然なことだったのだろう。彼は一族の最後の生き残りで、ロンドンの無関心な何百万という人間の中にたった一人暮らしていたため、彼に言葉をかける者も、自分が誰だったかを彼に思い出させる者も少なかったからだ。彼は金も地所も失い、周囲の人々の振舞いも気にかけず、夢を見て、その夢を書き留めることを好んでいた。書いたものを他人《ひと》に見せると笑われたので、ある時から人に見せなくなり、ついには書くこともやめてしまった。世間から引き籠《こ》もれば引き籠もるほど、夢は素晴らしいものになったから、紙上に書き表わそうとしても無駄だったろう。クラネスは当世風の人間ではなく、ものを書くほかの人間のようには考えなかった。連中は人生から神話という刺繡《ししゅう》を施された衣を剝《は》ぎ取り、現実である穢《きたな》いものを赤裸《せきら》の醜さのうちに示そうとしたが、クラネスはただ美だけを求めた。真実と経験が美を露《あら》わすことができない時、彼は空想と幻影のうちにそれを求め、それがまさに自宅の玄関先に、幼い頃の物語や夢のぼんやりした記憶の中にあるのを見つけた。

　幼い頃の物語や幻想のうちに、どれほどの驚異が明かされるかを知っている人は少ない。子供として耳を澄ましたり夢を見たりする時、我々はまだ半ばしか形を成さぬ考えを考えるにすぎず、大人になって思い出そうとしても、その時の我々は、人生に毒されて鈍《にぶ》くなり、凡庸になっているからだ。それでも、我々のうちのある者は不思議な幻を見て夜中に目醒める。魔法の丘や庭園、陽光の中に歌う噴水、さざめく海の上に突き出した黄金《きん》色《いろ》の崖《がけ》、はるばると広がって、その先には青銅と石で造られた街々が眠る平野、そして飾り立てた白馬に乗り、こんもりした森の外れを行く英雄たちの影のような一行——そうしたものを見た時、我々は象牙《ぞうげ》の門から驚異の世界を顧みたことを知るのだ。賢く不幸になる以前は自分のものだった世界を。

　クラネスは子供の頃のなつかしい世界に、唐突に出くわした。その時、彼は生まれた家の夢を見ていた。蔦《つた》に蔽《おお》われた大きな石造りの家で、そこには十三代にわたる先祖が住み、クラネス自身もそこで死ぬものと思っていた。月が明るく、彼は馨《かぐわ》しい夏の夜気の中へ忍び出て、庭を抜け、壇を下り、邸地《やしきじ》の大きな樫《かし》の木立を過ぎて、長く白い道を村まで歩いて行った。村はたいそう古く、欠けはじめた月のように端の方が蝕《むしば》まれているようだった。あの小さい家々のとんがり屋根の下に隠されているのは、眠りだろうか、それとも死だろうかとクラネスは思った。街路《とおり》には丈高い草が茂り、左右の窓ガラスは割れているか、曇ってこちらを見つめていた。クラネスはそこにとどまらず、ある目的地へ呼ばれているかのようにトボトボと歩きつづけた。彼には召《よ》び出しに逆らう勇気がなかった——それが目醒めの生活の衝動や熱望のように、どんな終着点へも導かない錯覚だとわかるのが怖かったからだ。やがて彼は引かれるように、村の通りから海峡を見下ろす崖へ向かって行く道を下りて、世界の果てへ辿《たど》り着いた——そこは絶壁と深淵《しんえん》で、村も世界全体も、音も響かぬ無限の虚空《こくう》にいきなり落ち込み、頭上の空さえも虚《うつ》ろで、欠けゆく月にも覗《のぞ》き見する星々にも照らされていなかった。彼は信念に促されて、絶壁を越え、深みへとび込むと、宙に浮かびながら下へ、下へ、降りて行った。暗い、形をなさぬ、見たことのない夢と、一部分は夢に見たかもしれない微《かす》かに光る領域を通り過ぎ、あらゆる世界の夢見る者を嘲《あざけ》るように笑う、翼の生えたものたちのそばを通り過ぎた。やがて前方の闇《やみ》に切れ目が入ったようで、谷間の街が遥《はる》か下方に燦然《さんぜん》と光り輝いているのが見えた——そのうしろには海と空があり、海岸近くに雪を頂く山があった。

クラネスはその街を見たとたんに目醒めたが、短い一瞥《いちべつ》から、それがほかならぬセレファイス、タナリア丘陵の彼方《かなた》、オオト＝ナルガイの谷にある都市であることを知った。ずっと昔、夏の日の午後、彼の精神はそこで永遠とも言えるひとときを過ごしたことがあった。その時、彼は乳母から逃げ出し、村の近くの崖から雲を眺めているうちに、海から吹く暖かい微風《そよかぜ》の快さに眠り込んでしまったのだ。大人が彼を見つけ、起こして家へ連れ帰った時、彼は逆らった。起こされたちょうどその時、黄金のガレー船に乗って、海と空が一つに合わさるあの魅惑の領域へ行こうとしていたからだ。今も、彼は目醒めることに同じくらい腹を立てた。四十年の物憂《ものう》い歳月を経て、ようやくあの素晴らしい街を見つけたところだったからだ。

だが、三日後の夜、クラネスはまたセレファイスへ戻って来た。前と同じように、眠っているのか死んでいるのかわからないあの村と、音もなく宙に浮かびながら下って行かねばならない深淵の夢を最初に見た。それからふたたび切れ目が現われ、彼は街の輝く光塔《ミナレット》を目にし、優美なガレー船が青い港に停泊しているのを見、アラン山の銀杏《いちょう》の樹々《きぎ》が海の微風に揺れているのを見た。だが、今度はよそへ連れ去られることはなく、翼を持つ存在のように、草の茂る丘の上へ次第に下りて行って、しまいに足がそっと芝生に着いた。果たして彼はオオト＝ナルガイの谷と輝けるセレファイスの街へ帰って来たのだ。

クラネスは馨《かぐわ》しい草と色鮮やかな花々の中を歩いて丘を下り、もう何年も前に自分の名を彫った小さな木橋で、泡立つナラクサ川を渡ると、ささやく木立を抜けて、街の門のそばの大きな石橋に出た。何も彼《か》も昔のままで大理石の壁は色も変わらず、壁の上に立ち並ぶ磨き上げた青銅の像も錆《さ》びていなかった。クラネスは自分の知っているものが消えてしまわないかと気を揉《も》む必要はないことを悟った。塁壁《るいへき》に立つ歩哨《ほしょう》さえも以前と同じで、今も記憶にある通りの若さだったからだ。青銅の門をくぐり、縞《しま》瑪瑙《めのう》の舗道を歩いて街に入ると、商人や駱駝《らくだ》引きたちは、彼がどこへも行かなかったかのように挨拶《あいさつ》した。ナート＝ホルタートのトルコ石の神殿でも同じで、蘭《らん》の花冠をかぶった祭司たちは、オオト＝ナルガイに時はなく、あるのは永遠の若さだけだと言った。それからクラネスは〝円柱の通り〟を歩いて、海に面した城壁へ行った。そこには貿易商や船乗りや、海と空が合わさる領域から来た不思議な人間たちが集まっていた。彼はそこに長くとどまり、未知の太陽の下に小波《さざなみ》が燦《きら》めき、遠方から海を渡って来たガレー船が軽やかに波に浮かぶ、輝く港の向こうを見つめた。彼はまた海岸から王者のごとく聳《そび》えるアラン山を見つめた。その裾野《すその》は揺れる緑の樹々に蔽われ、白い山頂は空を摩《ま》していた。

クラネスは今までにもまして、それについて数々の不思議な話を聞いている遠くの場所へ、ガレー船に乗って行きたくなり、ずっと昔に連れて行ってくれると約束した船長を探してみた。アティブというその男は、以前坐《すわ》っていたのと同じ香辛料の箱に腰かけていたが、時が経《た》ったことを感じていないようだった。やがて二人は小船を漕《こ》いで港のガレー船に乗り込むと、水夫《かこ》に命じて、空に連なる波高いセレネリア海へ向かって出帆した。船は数日間波に揺られて海の上を滑るように進み、ついに海と空が合わさる水平線に達した。ガレー船はそこで少しも停まることなく、青空の薔薇色《ばらいろ》を帯びた羊毛のような雲の間にやすやすと浮き上がった。竜骨の遥か下方に不思議な土地や、川や、こよなく美しい街々が、けして弱まりも消えもしないらしい陽射《ひざ》しの中に懶《ものう》く広がっているのが見えた。しまいにアティブはクラネスに言った――旅は目的地に近づいている。もうじき桃色の大理石でできた雲の都セラニアンの港へ入るだろう。その街は、西風が空に流れ込む天空の海岸に築かれているのだ、と。だが、この街で一番高い、彫刻を施された塔が見えて来た時、空のどこかで音がして、クラネスはロンドンの屋根裏部屋に目醒めた。

それから何ヵ月も、クラネスは驚異の街セレファイスと空に向かうガレー船とを探し求めたが、無駄だった。夢は彼を数多くの豪華絢爛《けんらん》な未聞《みもん》の地へ連れて行ったが、彼が出会った者は誰も、タナリア丘陵の彼方なるオオト＝ナルガイがどうすれば見つかるかを教えてはくれなかった。ある夜、彼は暗い山脈の上を飛んでいた。そこにはかすかなキャンプの火が長い距離を置いて寂しげに灯《とも》っており、奇妙な毛むくじゃらの家畜の群がいて、その先頭を行くものにはチリンチリンと鳴る鈴がついていた。この山地のもっとも荒涼とした場所で——辺鄙《へんぴ》なために、そこを見たことのある人間はほとんどいないところで、恐ろしく古い石の壁か土手道が山の尾根と谷間に沿ってジグザグに連なっているのを見つけた。それは途方もなく巨大で、人間の手が築いたとは思われず、どちらの端も見えないほどの長さだった。灰色の暁にその壁を越えて行くと、古風な庭と桜の樹の国へ着き、陽が昇ると、いとも美しい光景を見た——赤と白の花々、緑の葉叢《はむら》と芝生、白い小径《こみち》、ダイヤモンドの小川、青い小さな湖、彫刻された橋、そして赤い屋根の塔《パゴダ》——彼は喜びのあまり、しばらくセレファイスのことを忘れていた。しかし、白い径を赤い屋根の塔《パゴダ》へ向かって歩いて行くうちに、またそのことを思い出した。この土地の人々にセレファイスのことを訊《き》いてみたかったが、そこには誰もおらず、鳥と蜜蜂《みつばち》と蝶《ちょう》がいるだけだった。べつの夜、クラネスは湿った石の螺旋《らせん》階段を果てしなく上って行き、満月に照らされた広大な平野と川を見はるかす塔の窓辺に来た。そして川岸から遠く広がる沈黙の街に、以前知っていた特徴ない建物の配置を見たと思った。下りて行ってオオト＝ナルガイへの道を訊きたかったが、どこか地平線の彼方の遠い場所から恐ろしいオーロラが音を立てながら現われて、廃墟《はいきょ》と街の古さを、葦《あし》の茂る川の澱《よど》みとその国に横たわる死とを示した――死はキュナラトリス王が征服の旅から故国へ戻り、神々の復讐《ふくしゅう》に遭って以来、そこに横たわっていたのだ。

それで、クラネスは驚異の街セレファイスと空のセラニアンへ向かうガレー船とを甲斐《かい》なく探し求めていたが、その間に多くの不思議なことを見、一度などは何とも形容のしがたい高僧からかろうじて逃げ了《おお》せた――その僧は顔に黄絹《こうけん》の覆面を被《かぶ》り、レンの寒冷な不毛の高原にある有史以前の石造の僧院にただ一人で住んでいるのだ。やがて彼は寒々しい昼間が夢を中断することに耐えられなくなり、眠りの時間を延ばすため、麻薬を買いはじめた。大麻は大いに役に立ち、ある時、彼を宇宙の不思議な空間へ連れて行った。そこには形態というものが存在せず、光輝く気体たちが存在の秘密を研究していた。そして菫色《すみれいろ》の気体が、宇宙のこの部分はクラネスが無限と呼んでいたものの外にあるのだと言った。その気体は惑星や有機体のことを聞いたことがなく、ただ物質や、エネルギーや、引力が存在する無限から来た者として、クラネスを認識した。クラネスはもう光塔《ミナレット》の並び立つセレファイスへ戻りたくてたまらなかったので、麻薬の量を増やした。だが、やがて持金が尽き、麻薬を買えなくなった。そして夏のある日、彼は屋根裏部屋を追い出され、あてもなく街を彷徨《さまよ》って、足まかせに橋を渡ると、家が次第にまばらになってゆく場所へ出た。彼の望みはそこで叶《かな》えられた。セレファイスから来た騎士の行列、クラネスを彼《か》の地へ永遠《とわ》に連れて行く者たちと出会ったのだ。

かれらはみな美《うる》わしい騎士で栗葦毛《くりあしげ》の馬に跨《また》がり、輝く鎧《よろい》の上に、風変わりな紋章の入った金襴《きんらん》の陣羽織を羽織っていた。大勢いるので軍隊と見間違えるほどだったが、一行の先導者が言うには、クラネスのために遣わされたのだった。夢の中でオオト＝ナルガイを創造したのは彼である故《ゆえ》に、今、とこしなえにその街の主神に任じられるというのである。やがて、かれらはクラネスに馬を与え、騎馬行列の先頭に押し立てて、全員がサリーの丘陵地帯を威風堂々と進んで行き、クラネスと彼の先祖が生まれた地へ向かって行った。じつに奇妙なことだが、騎馬の一行は先へ進むにつれて、〝時〟を馳足《かけあし》で遡《さかのぼ》っているようだった。薄明の中で一つの村を通り過ぎる時、そこに見えたのはチョーサーか彼以前の人間が見たような家や村だけだったし、時には従者を幾人《いくたり》か従えて馬に乗っている騎士を見かけたのである。暗くなると一行の進みは速くなり、ついには空を飛ぶように無気味に疾走した。仄暗《ほのぐら》い明け方、一行はあの村に着いた。クラネスが子供の頃に生きた姿を見、夢の中では眠っているのか死んでいるのかわからない姿を見た村である。村は今生きており、騎士たちは早起きの村人に会釈《え》《しゃく》されながら、蹄《ひづめ》の音も戛々《かつかつ》と通りを走り、夢に見た深淵に終わる小径へ曲がった。クラネスは夜しかその深淵に入ったことがなく、昼はどんな様子なのだろうと思ったから、行列が縁に近づく間、一心に見ていた。一行が坂を駆足で絶壁まで駆け上ったちょうどその時、東空のどこかから金色の光が射して、眩《まばゆ》い襞《ひだ》のうちに風景をすっかり覆《おお》い隠した。深淵は今薔薇色と空色の光が沸き返る渾沌《こんとん》となり、騎士の一行が崖を飛び越えて、輝く雲と銀色の光彩の中を優雅に舞い下りて行くと、見えざる声が歓喜の歌を歌った。騎士たちは宙に浮かびながら果てしなく下りて行き、馬はあたかも黄金の砂の上を駆足で行くかのように空《くう》を掻《か》いた。やがて光輝く蒸気は広がって分かれ、その間からさらなる輝きが現われた。それはセレファイスの街と、彼方の海岸と、海を見下ろす雪の峰と、港を出て海と空が合わさる遠い領域へ向かう、華やかに彩《いろど》られたガレー船の輝きだった。

それ以来、クラネスはオオト＝ナルガイと近隣の夢の領域すべてを支配し、セレファイスと雲で造られたセラニアンとに交互に宮廷を置いた。彼は今もそこを支配し、いつまでも幸福に支配しつづけるだろう。たとえインスマスの崖の下で、海峡の潮《しお》が、夜明けに半ば無人の村をよろよろと通り過ぎた浮浪者の死体を嘲るように弄《もてあそ》んでいたとしても――嘲るように弄んで打ちつけた岩のそばには、蔦に蔽われたトレヴァー塔が聳え、ひどく肥《ふと》った鼻持ちならぬ億万長者の醸造家が、死に絶えた貴族の気分を金に飽かせて楽しんでいるとしても。

アザトホート

この世に歳月がふりかかり、驚異が人の心から姿を消した時、灰色の街々が煤煙《ばいえん》に汚れた空にいかめしく不格好な高塔を聳《そび》え立たせて、その蔭《かげ》では誰も日の光や春の花咲く草地を夢見ることができなくなった時、学問が地上から美の装《よそお》いを剝《は》ぎとり、詩人はもう内を向いた霞《かす》んだ目に映る歪《ゆが》んだ幻影しか歌わなくなった時——こうしたことが起こって、子供らしい希望が永久に消え去った時、人生の外へ出て、この世の夢が逃げて行った空間を探りに旅立った男がいた。

この男の名前や住居については、ほとんど何も書き残されていない。それは目醒《めざ》めの世界のことにすぎなかったからだが、世に聞こえた名前や場所ではなかったという。不毛の薄明が支配する高い壁ばかりの街に彼が住んでいたこと、一日中影と喧噪《けんそう》のさなかで齷齪《あくせく》働き、晩に帰って来る部屋のたった一つの窓は、野や木立ではなく薄暗い中庭に面しており、他のいくつもの窓が鈍い絶望のうちに見つめていたこと、それだけを知れば十分だろう。その開き窓からは、時折ずっと身を乗り出して、夜空を過ぎ

ていたのでは、多くの夢を見、書物を読む人間はすぐに狂ってしまう。そして壁と窓ばかり見る小さな星を見つめる時のほかは、ただ壁と窓しか見えない。そして壁と窓ばかり見

ていたのでは、多くの夢を見、書物を読む人間はすぐに狂ってしまう。だから、その部屋の住人は夜毎《よごと》外に身を乗り出し、目醒めの世界と聳え立つ灰色の街以外のものを何か一目でも見たいと、空を仰ぐのだった。何年かすると、彼はゆっくりと空を行く星々を名前で呼び、かれらが名残《なごり》惜しげに視界から滑り去ってゆくと、想像の中であとを追うようになった。やがて彼の視覚は、常人の目にはその存在すら感じられぬ数多《あまた》の秘密の展望に開かれた。そしてある夜、大いなる隔たりに橋が架かり、夢に訪れた空がふくらんで、孤独に見つめる男の窓辺へおりて来ると、彼の部屋のむっとする空気と混じり合い、彼を自分たちの信じがたい驚異の一部にしようとした。

その部屋へやって来たのは、黄金の塵《ちり》をまとって燦《きら》めく菫色《すみれいろ》の真夜中の奔流、いやはての空間から溢《あふ》れ出し、諸世界の彼方《かなた》の芳香に満ちた塵と焔《ほのお》の渦だった。阿片《あへん》の大海が部屋に注ぎ込んだが、それは目がけして見ることのできぬ太陽に照らされ、渦巻く水の中には、思い出すこともできない深処《ふかみ》の奇妙な海豚《いるか》やニンフたちがいた。夢見る者のまわりを無限が音もなく旋転し、寂しい窓から強張《こわば》って乗り出した身体《からだ》に触れもしないで、彼を遠くへふわりと飛ばした。そして人の暦には数えられない数日間、彼方の領域の潮は彼を静かに運んで、あこがれていた夢、人々が失った夢の中へ連れ

て行った。数多《あまた》の周期がめぐる間、彼は暁の緑の岸辺に優しく横たえられたまま眠っていた。ロトスの花が馨《かぐわ》しく香り、赤いキャマロートの花が星のようにちりばめられた緑の岸辺に。

ポラリス

私の部屋の北向きの窓に北極星が無気味な光をふりそそぐ。長い地獄めいた暗黒の時を通じて、あの星はそこに輝いている。そして一年《ひととせ》の秋、北風が呪《のろ》うようにヒュウヒュウと泣き、紅葉した沼地の樹々《きぎ》が、欠けゆく弓張り月の下で深更にささやき合う時、私は開き窓のそばに坐《すわ》り、あの星を見守っている。時が経《た》つにつれて、光輝くカシオペア座が旋回して空の高みから下り、その間に、夜風に揺れ、靄《もや》に湿った沼地の樹々のうしろから、北斗七星が重々しく上って来る。夜明け間近に、アルクトゥルスが低い小丘の墓地の上から赤く瞬《また》き、髪の毛座は遥《はる》か遠くの神秘な東空で無気味にチラチラと光る。だが、それでも北極星は暗黒の円天井の同じ場所から横目に見下ろし、狂える見張りの眼のように厭《いや》らしく瞬《まばた》きをする——何か奇妙な報《しら》せを伝えようとしているが、かつて伝えるべき報せがあったことしか憶《おぼ》えていないかのように。時々空が曇っていると、私は眠れる。

巨大なオーロラが出現した夜のことを良く憶えている。その夜、沼地の上に悪魔の明かりの凄《すさ》まじい閃光《せんこう》が舞った。光のあとに雲が出て、それから私は眠った。

私があの街を初めて見たのは、欠けゆく弓張り月の下でだった。街は奇妙な峰々の間の窪地《くぼち》にある奇妙な高原に、静かに眠っていた。その城壁も、塔も、円柱、円屋根、敷石も青白い大理石でできていた。大理石の街路には大理石の柱が立ち並び、柱の上の方は彫刻を施されて、鬚《ひげ》を生やした厳《いか》めしい男たちの像になっていた。空気は温かく、微風《かぜ》もなかった。頭上には、天頂から十度と外《そ》れていないところに、見張りをする北極星が輝いていた。私は長い間その街を見つめていたが、太陽は昇らなかった。低空《ひくぞら》に瞬いているが、けして沈まぬ赤いアルデバランが地平線上を四分の一も這《は》い進んだ頃、家々と街路に明かりと動きが見えた。奇妙な服をまとっているが、気高く、かつ親しみをおぼえさせる人々が往来を歩き、欠けゆく弓張り月の下で人々は叡智《えいち》を語った。その言葉は私の知るいかなる言語にも似ていなかったが、私はそれを解した。そして赤いアルデバランが地平線上を半分以上這い進んだ時、ふたたび暗闇《くらやみ》と静寂が訪れた。

目醒《めざ》めた時、私はもう以前の私ではなかった。私の記憶にはあの街の光景が刻み込まれ、心の底にもう一つのもっとおぼろな思い出が立ち現われたが、それがどういうものなのか、その時は良くわからなかった。以来、眠ることのできる曇りの晩にあの街を何度も見た。時にはあの欠けゆく弓張り月の下で、時には沈まずに地平線上を低《てい》徊《かい》する太陽の熱く黄色い光の下で。そして空が晴れた夜は、北極星が以前とは異なる様子で、こちらを横目に見た。

次第に私はこんなことを考えるようになった——奇妙な峰の間の奇妙な高原にあるあの街で、自分はどんな立場にあるのだろう？　初めのうちは、すべてを観察する肉体のない存在として、情景を見ていることに満足していたが、今は自分とこの街との関係をはっきりさせ、公の広場で毎日話し合う厳かな人々に自分の心を語りたかった。私は思った。「これは夢ではない。なぜなら、あのもう一つの生活の方が現実だとどうやって証明できるというのだ？　無気味な沼地と低い小丘の墓地の南にある石と煉《れん》瓦《が》の家——夜毎《よごと》北極星が北向きの窓から覗《のぞ》き込む、あの家での生活が」

ある夜、数多《あまた》の彫像が立ち並ぶ大きな広場で話に耳を傾けていると、ふと変化を感じ、自分がついに肉体を持ったことを悟った。私はもうサルキスの高原の街、ノトンとカディフォネックの峰に挟まれたオラトーエの街路《とおり》で他所者《よそもの》ではなかった。その時話していたのは私の友アロスで、彼の演説は私の魂を喜ばせた。国を愛する誠実な男の言葉だったからだ。その夜、ダイコスが陥落し、イヌート族が進撃して来たという報せがもたらされた。イヌート族はずんぐりした、おぞましい黄色い悪鬼どもで、五年前に未知の西方から現われ、我らが王国の国境地帯を荒らし、ついには町々を攻囲するに至ったのだ。山の麓《ふもと》にある要塞《ようさい》化した町々を奪ってしまったので、今やかれらの道は高原まで遮《さえぎ》るものもなかった——市民一人一人が十人力で抵抗できるというならば、べつだが。あのずんぐりした連中は戦闘に長《た》けているし、背が高く灰色の眼をした我々ロマールの男たちに無慈悲な征服を許さない、道義心故《ゆえ》の節度を知らなかったからだ。

私の友アロスは高原に於《お》ける全軍の指揮者で、我が軍の最後の希望は彼にあった。この時、彼は直面せねばならぬ危険を語り、ロマール人のうちでももっとも勇敢なオラトーエの男たちに、先祖の伝統を守れと説いていた。その先祖たちは、大氷床が押し寄せて来て、ゾブナから南へ移らねばならなかった時（そのように、我々の子孫もいつかロマールの地から逃れなければならないだろう）、行く手に立ちふさがる毛むくじゃらで腕の長い、人を喰うグノプケー族を雄々しく蹴《け》散《ち》らしたのである。アロスは私に戦士の役割を与えなかった。私は身体《からだ》が弱く、緊張や苦難にさらされると妙に気を失う癖があったからだ。だが、プナコトゥス写本とゾブナの父祖たちの叡智の研究に日々長時間を費やしたにもかかわらず、私の目は街で一番良かったから、私が無為に過ごすことを望まない友は、またとなく大事な義務《つとめ》を与えてくれた。タプネンの見張り塔に私を遣わし、我が軍の眼として働かせることにしたのだ。イヌート族がノトンの峰のうしろにある狭い山道から城を奪って、守備隊の不意を突こうと試みたら、私は火の合図を送る。それが待機する兵士たちへの警告となり、迫り来る災禍から町を救うはずであった。

私は独り塔に上った。頑健な男子はみな下の山道で必要とされていたからだ。私の頭は興奮と疲労のためにひどくぼんやりしていた。何日も眠っていなかったのだ。それでも、私の決意は固かった。生まれ故郷のロマールと、ノトンとカディフォネックの峰々の間にある大理石の街オラトーエを愛していたからである。

しかし、塔の天辺《てっぺん》の部屋に立っていると、欠けゆく弓張り月が、遠いバノフの谷の上に立ちこめた靄を透かして、赤く無気味に震えているのが見えた。屋根の天窓の向こうに青白い北極星が光り、生けるがごとくわななないて、誘惑する魔物のように厭らしい目つきで見た。その霊が邪《よこしま》な入れ知恵をささやき、忌《い》まわしい約束を、リズムに乗った言葉で何度も何度も繰り返して、私を裏切りの眠りに誘ったのだと思う。

眠れ、見張りよ、天球が
二万六千年の周転《めぐり》を終えて、

私が今燃えている
場所へ戻るまで。
他の星々はやがて
天空の軸に昇るだろう、
甘美なる忘却によって
慰める星々と祝福する星々が。
だが、私の一周転《ひとめぐり》が終わる時、
過去は汝《なんじ》の扉を騒がすだろう。

私は睡魔と闘い、この奇妙な言葉をプナコトゥス写本から学んだ天空の知識と結びつけようとしたが、無駄だった。重くなって眩暈《めまい》のする頭は胸先に垂れ、次に面《おもて》を上げた時は夢の中だった。夢の沼地に揺れる恐ろしい樹々の上から、北極星が窓ごしにニヤニヤ笑いかけていた。そして私は今も夢を見ている。

私は恥辱と絶望に苛《さいな》まれ、時折半狂乱になって叫んで、まわりにいる夢の生き物たちに私を起こしてくれと頼む――イヌート族がノトンの峰のうしろの山道をひそかに登り、砦《とりで》を急襲して奪う前に。しかし、この生き物たちは悪魔なのだ。私を嘲笑《あざわら》い、おまえは夢など見ていないと言うのだ。私が眠り、ずんぐりした黄色い敵が音もなく忍び寄っているかも知れない時に、私を揶揄《からか》うのだ。私は義務《つとめ》を怠り、大理石の街オラトーエを裏切った。友にして指揮官であるアロスの期待に背《そむ》いた。だが、それでもこの夢の影たちは私を嘲笑う。かれらは言う――ロマールの国などはおまえの夜の想像のうちにしかない。北極星が高く輝き、赤いアルデバランが地平線上を低く這うところには、何千何万年の間、氷と雪のほかに何もなかったし、寒さに害されるずんぐりした黄色い連中、「エスキモー」と呼ばれる連中以外に人間がいたためしはない、と。

そして私が罪の意識の苦しみに悶《もだ》え、刻々と危険が迫る街を救おうと躍起《やっき》になって、無気味な沼地と低い小丘の墓地の南にある、石と煉瓦で造った家の不自然な夢をふり払おうと甲斐《かい》なく足掻《あが》いている間に、邪悪にして奇怪なる北極星は暗黒の円天井から横目に見下ろし、何か奇妙な報せを伝えようとしているが、かつて伝えるべき報せがあったことしか憶えていない、狂える見張りの目のように厭らしく瞬いている。

ウルタルの猫

スカイ川の彼方《かなた》にあるウルタルでは、何人《なんぴと》も猫を殺すことは許されぬと言われているが、暖炉《だんろ》の前でごろごろと喉《のど》を鳴らす猫を見るにつけても、まことにさもありなんと思われる。なぜなら猫は謎《なぞ》に満ち、人間には見えない未知なる物に近いからだ。猫はいにしえのアイギュプトス（訳注・エジプトの意）の魂であり、メロエ（訳注・ナイル川中流域の王国）やオフル（訳注・旧約聖書に見える港ないし地域）にあった忘れられた都市の物語の語り部である。猫は密林の王者の眷属《けんぞく》であり、年古《としふ》りた邪悪なアフリカの秘密を相続している。スフィンクスはその従姉妹《いとこ》であり、猫は彼女の言葉をしゃべるが、スフィンクスよりも古くからいて、彼女が忘れてしまったことを憶《おぼ》えている。

　市民が猫を殺すことを禁ずる前、ウルタルに老いた小屋住みの農夫とその妻が住んでいた。二人は近所の猫を罠《わな》にかけ、殺しては喜んでいた。なぜそんなことをしたのかはわからないが、夜の猫の鳴き声を嫌い、黄昏《たそがれ》に猫が庭や花園をこそこそ走りまわることを悪く取る人間は多い。だが、理由は何にしても、この老夫婦は自分たちのあばら屋に近づいたすべての猫を罠にかけて殺すことを楽しんでおり、暗くなってから聞こえて来る音によって、村人の多くは、よほど異様な殺し方をしているのだろうと想像した。だが、村人はそのことを老夫婦に言ったりはしなかった。二人の皺《しわ》だらけな顔に習慣的に浮かぶ表情のため、またかれらの小屋がたいそうちっぽけで、草ぼうぼうの庭の奥に枝を張る樫《かし》の木立の暗い蔭《かげ》に隠されていたためである。本当のところ、猫の飼主たちは変わり者の夫婦をひどく憎んでいたが、それにも増して怖がっていた。だから、非道な殺し屋としてかれらを非難することはせず、ただ自分たちの可愛《かわい》がる猫、鼠《ねずみ》を捕ってくれる猫が、暗い木蔭のあばら屋の方へ迷い込まぬように気をつけるのだった。何か避けられぬ不注意で猫がいなくなり、暗くなってから音が聞こえて来ると、飼主は取り乱して嘆き悲しむか、いなくなったのが自分の子供でなかったことを運命に感謝して自らを慰めるのだった。ウルタルの人々は純朴で、すべての猫がその昔どこから来たかを知らなかったからである。

ある日、南から来た見慣れぬ放浪者のキャラヴァンが、玉石を敷いた狭いウルタルの街路《とおり》へ入って来た。浅黒い肌の放浪者で、毎年二回村を通って行く他の流浪者《ながれもの》とは様子が異なっていた。かれらは市場で銀貨と引き換えに運勢を占い、商人から華美な数珠玉《じゅずだま》を買った。この放浪者たちの国がどこなのかは誰も知らなかったが、かれらは奇妙な祈禱《きとう》に熱心で、人間の胴体に猫や、鷹《たか》や、羊や、ライオンの頭がついている奇妙な姿が幌馬車《ほろばしゃ》の横に描いてあった。そしてキャラヴァンの隊長は、二本の角《つの》と、角の間に風変わりな円盤がついている頭飾りを被《かぶ》っていた。

この奇異なキャラヴァンに、父も母もなく、一匹の小さな黒猫を可愛がっている幼い少年がいた。疫病《えきびょう》は彼に酷《むご》い仕打ちをしたが、悲しみを和らげるため、この小さな毛皮の動物を残してくれたのだった。幼い頃には、黒い子猫が元気良く滑稽《こっけい》な仕草をしてみせるのが大きな慰めになる。だから、浅黒い連中がメネスと呼ぶ少年は、おかしな絵の描かれた幌馬車の上がり段に坐《すわ》って、優美な子猫と戯《たわむ》れていれば、泣くよりも微笑《わら》っていることの方が多いのだった。

放浪者たちがウルタルに来て三日目の朝、メネスは子猫の姿が見えないのに気づいた。市場でしくしく泣いていると、村人たちが例の老人夫婦と夜に聞こえて来る音のことを話した。少年はそれを聞くと、泣きやんでじっと考え込み、しまいに祈りはじめた。太陽に向かって両腕を伸ばし、村人には理解できない言葉で祈った。もっとも、村人たちはあまり理解しようともしなかったのだ。かれらの多くは空と、雲が取りつつある奇怪な形に注意を惹《ひ》かれていたからである。じつにおかしなことだが、少年が願いごとを言うにつれて、頭上には異様なものどもの暗い模糊《もこ》とした姿が、二本の角に挟まれた円盤を頭につけた雑種の生き物の形があらわれて来るようだった。自然は、想像力の強い者に感銘を与えるこうした幻覚に満ちているのだ。

その夜、放浪者たちはウルタルを去り、二度と姿を見せなかった。そして家の主《あるじ》たちは村中に猫が一匹もいなくなったことに気づいて、不安に襲われた。見慣れた猫がどの家の炉端からも姿を消していたのだ――大きいのも、小さいのも、黒猫も、灰色猫も、虎猫《とらねこ》も、黄色いのも、白いのも。市長のクラノン老人は、浅黒い肌の連中がメネスの子猫が殺された仕返しに猫を連れて行ったのだと断言し、キャラヴァンと幼い少年を呪《のろ》った。だが、痩《や》せっぽちの公証人ニトは年寄りの農夫と妻の方が怪しいと言った。あの二人が猫を憎むことはみんな知っているし、最近やることがますます大胆になって来たではないかと。それでも、無気味な夫婦に敢《あ》えて意見をする者はなかった。宿屋の主人の幼い息子アタルが、黄昏時に木蔭のあの忌《い》まわしい庭で、ウルタルの猫という猫が、誰も聞いたことのない獣の儀式を行ってでもいるかのように、二匹ずつ横に並んで、ゆっくりと荘重に、小屋のまわりを回っているのを見たと誓った時でさえも。そんな幼い子供の言葉をどこまで真《ま》に受ければ良いか、村人にはわからなかったのである。邪悪な夫婦が猫を魔法にかけて殺したのではないかと思っていたが、あの暗く気味悪い庭の外で会わないうちは、老農夫を咎《とが》めたくなかった。

かくてウルタルの街は空《むな》しい怒りを抱いて眠りについたが、夜明けに人々が起きると――見よ！　猫はみな住み慣れた炉端に戻っているではないか！　大きいのも、小さいのも、黒猫も、灰色猫も、黄色いのも、白いのも、一匹たりと欠けていなかった。猫たちはたいそう毛がつやつやして肥《ふと》ったように見え、満足げに喉をゴロゴロ鳴らしていた。市民たちはこのことを語り合い、少なからず驚いた。クラノン老人はまた言い張った――猫を連れて行ったのは浅黒い肌の連中である、老人夫婦の小屋から猫が生きて戻ったことはないのだから、と。しかし、誰もが一つのことを認めた。どの猫も餌《えさ》を食べず皿に入れた乳を嘗《な》めようともしないのが、じつに妙だということである。そして丸二日間、毛がつやつやして気怠《けだる》げなウルタルの猫たちは食べ物に触れようとせず、暖炉のそばや日向《ひなた》でまどろんでばかりいるのだった。

たっぷり一週間は過ぎてから、村人は、夕暮れになっても木蔭の小屋の窓に明かりが灯《とも》らないことに気づいた。やがて痩せっぽちのニトが、猫がどこかへ行った晩以来、誰も老人夫婦に会っていないと言った。それからさらに一週間経《た》つと、市長は自分の義務《つとめ》として恐怖を抑え、不思議に静まりかえった家を訪れることに決めたが、念のために鍛冶屋《かじや》のシャンと石切人のトゥルを立会人として連れて行った。小屋の脆《もろ》い扉を打ち破った時、三人が見たのは、土間に転がっている綺麗《きれい》にしゃぶり尽くされた二体の骸骨《がいこつ》、そして薄暗い片隅に這《は》うたくさんの奇妙な甲虫——それだけだった。

その後、ウルタルの市民の間でさかんに噂話《うわさばなし》が始まった。検死官のザートは痩せっぽちの公証人ニトとさんざん言い争い、クラノンとシャンとトゥルは質問攻めに遭った。宿屋の幼い息子アタルでさえ、あれこれと問い詰められ、そのかわりに砂糖菓子をもらった。人々は老いた農夫と妻のこと、浅黒い肌の放浪者のキャラヴァンのこと、幼いメネスと黒い子猫のこと、メネスの祈りと祈っている間の空のこと、キャラヴァンが去った夜の猫の振舞いのこと、そしてのちに気味悪い庭の暗い樹蔭《こかげ》の小屋で見つかったものについて語った。

結局市民たちは、ハテーグの商人の語り草となり、ニルの旅人の話の種となっている、あのいみじき法律を定めたのである——何人《なんぴと》もウルタルに於《お》いて猫を殺すことは許されぬと。

べつの神々

地上でもっとも高い峰々の頂上に大地の神々は住み、何人《なんぴと》にも神々を見たと言うことを許さない。神々はかつてもっと低い峰々を住処《すみか》としていたが、平原から来た人間が休みなしに岩と雪の斜面をよじ登り、神々を高い山へ、さらに高い山へと追いやって、今では最後の山々しか残っていないのだ。神々は古い峰々を去る時、自分たちのいた痕跡《こんせき》をすべて持ち去った。ただ一度、ングラネクと人の呼ぶ山の面《おもて》に彫像を残して行ったと言われている。

しかし今、神々は何人も足を踏み入れぬ凍てつく荒野の未知なるカダスへ行《い》ってしまい、人間が来たら逃げて行くもっと高い峰がないので、情容赦をしなくなっている。神々は容赦をしなくなり、かつて人間に明け渡した場所にも今は人間が来ることを禁じ、来たら、去ることを禁ずるのだ。凍てつく荒野のカダスを知らないのは、人間にとって良いことである。さもなければ、無分別にもそこへ登ろうとするだろうから。

大地の神々は時折故郷が恋しくなると、静まりかえった夜にかつて住んでいた峰々を訪れ、忘れ得ぬ斜面で昔のように遊び戯《たわむ》れようとしては、さめざめと泣く。人間たちは白雪を戴《いただ》いたトゥライで神々の涙を感じたが、それを雨だと思っていた。そしてレリオンの物悲しい暁の風の中で、神々のため息を聞いたのだ。神々はいつも雲の船に乗って旅をするので、賢い農夫たちは言い伝えに従い、曇りの晩にはいくつかの高峰に近づかない。神々は昔のように寛大でないからである。

スカイ川の彼方《かなた》にあるウルタルに、かつて大地の神々の姿を見ようと望んでやまぬ老人が住んでいた。フサンの七つの神秘の書に精通した男で、遠い凍りついたロマールのプナコトゥス写本にも詳しかった。その名を〝賢者バルザイ〟といい、村人たちは彼が奇妙な月蝕《げっしょく》の夜に、ある山へ登った話を語る。

バルザイは神々のことを良く知っていたので、神々の往来を語ることができ、かれらの秘密の多くを解きあてたため、彼自身半ば神のような存在と思われていた。ウルタルの市民が猫を殺すことを禁ずるいみじき法律を定めた時、かれらに賢い助言をしたのはバルザイだったし、聖ヨハネ祭の前夜の真夜中に黒猫たちがどこへ行くかを若い祭司アタルに初めて教えたのも彼だった。バルザイは大地の神々に関する伝承に造詣《ぞうけい》が深く、神々の顔を見たいという望みを抱いていた。神々について秘密の知識をたくさん持っているので、その怒りから身を守れると信じており、高い岩だらけのハテーグ＝クラの頂上に、神々が来るとわかっている夜、登ることを決意した。ハテーグ＝クラはハテーグ——山の名はこの町にちなんでいる——の彼方遠くの石の多い砂漠にあり、静寂な神殿の岩の彫像のようにそそり立っている。山頂のまわりには、いつも霧が悲しげに戯れている。霧は神々の記憶であり、神々は往時ハテーグ＝クラに住んでいた時、この山を愛したからだ。大地の神々はよく雲の船に乗ってハテーグ＝クラを訪れ、蒼白《あおじろ》い靄《もや》をその斜面に投げかけると、さやかな月に照らされた頂上で昔を懐《なつ》かしみながら踊りをおどる。ハテーグの村人が言うには、どんな時でもハテーグ＝クラに登るのは良くないし、蒼白い靄が頂上と月を隠す夜に登るのは命《いのち》奪《と》りである。だが、バルザイは近隣のウルタルから弟子の若い祭司アタルを連れて来た時、人々の言うことに耳を貸さなかった。アタルは宿屋の亭主の息子にすぎず、時に怖がることもあったが、バルザイの父親は古城に住む方伯《ほうはく》だったから、その血に凡俗の迷信は混じっておらず、恐ろしがる農夫たちを笑うばかりだった。

バルザイとアタルは農民たちの願いも聞かずにハテーグを出て、石の多い砂漠に入り、夜は篝火《かがりび》の傍らで大地の神々のことを語った。幾日も旅を続け、悲しげな霧の光輪をまとった高いハテーグ＝クラを遠くから見た。十三日目に寂しい山の麓《ふもと》へ着き、アタルは彼の不安を語った。だが、バルザイは老いて学識があり、不安など抱いていなかったから、先に立って勇敢に斜面を登って行った。黴臭《かびくさ》いプナコトゥス写本に恐ろしげに記されているサンスーの時代以来、誰も登ったことのない斜面であった。

道は岩ばかりで、岩の裂け目や、断崖《だんがい》や、落石があって危険だった。やがて寒くなり、道は雪に覆《おお》われ、バルザイとアタルは杖《つえ》と斧《おの》を持って石を刻み、足重に一歩一歩登りながら、何度も滑ったり転んだりした。しまいに空気が薄くなり、空の色が変わって、登山者たちは息をするのも苦しくなったが、それでも骨折って登りつづけ、景色の奇妙さに目を瞠《みは》り、月が出て青白い靄があたりに広がった時、山頂で何が起こるのだろうと考えてワクワクした。かれらは三日間、世界の屋根へ向かって高く、高く登りつづけた。それから野宿をし、月が曇るのを待った。

四日にわたって晩になっても雲は出ず、沈黙の尖峰《せんぽう》を取り巻く悲しげな薄霧を透かして、月光が冷たく降りそそいだ。五日目の晩は満月だった。バルザイは遥《はる》か北の方《かた》に濃い雲を見て、それが近づいて来るのを見守るため、アタルと共に起きていた。雲は厚く堂々として、ゆっくりと進んで来た。見張っている二人よりも高いところで峰のまわりに並び、月と山頂を視界から隠した。見張る二人は長いこと見つめていたが、その間に靄が渦を巻いて、雲の帷《とばり》はだんだんと厚くなり、落ち着かなくなった。バルザイは大地の神々に関する伝承を知悉《ちしつ》していたから、ある種の音を聞こうとして耳を澄ましたが、アタルは靄の冷たさと夜の恐ろしさを感じて、ひどく不安になった。バルザイがさらに登り始め、しきりに手招きしても、アタルは中々ついて行こうとしなかった。

靄が濃く立ちこめていたため、道は難儀だった。アタルはようやくついて行ったが、月光は雲を透かして洩《も》れて来るばかりで、上の仄暗《ほのぐら》い斜面にいるバルザイの灰色の姿はほとんど見えなかった。バルザイはずっと先を進んでおり、高齢にもかかわらずアタルよりも楽々と登って行くようだった。斜面は屈強で勇敢な男でなければ登れないほど険しくなって来たが、それをものともせず、アタルには跳び越すのもやっとな広い黒々した亀裂《きれつ》があっても、立ちどまらなかった。こうして二人は岩と深い割れ目を越えて大胆に登った――滑ったりつまずいたりして、時には、荒涼たる氷の尖峰と黙《もだ》せる花崗岩《かこうがん》の急斜面の巨大さと恐ろしい静寂に畏怖《いふ》をおぼえながら。

突然、バルザイがアタルの視界から消えた。こちらに迫《せ》り出して、大地の神々の霊感を受けていない登攀者《とうはんしゃ》の行手を阻《はば》むかのような、恐ろしい崖《がけ》をよじ登ったのだ。アタルははるか下方にいて、その場所に着いたらどうしようかと考えていたが、その時、不思議なことに光が強くなっているのに気がついた。雲のない山頂と月光に照らされた神々の集いの場所は、もうすぐそこのようだった。迫り出した絶壁と明るい空に向かって這《は》い登って行くうちに、アタルはこれまで感じたことのないような凄《すさ》まじい恐怖に襲われた。やがて高い霧の中から、姿の見えぬバルザイが喜んで荒々しく叫ぶのが聞こえて来た。

「わしは神々の声を聞いたぞ！　ハテーグ＝クラで大地の神々が宴《うたげ》を催し、歌う声を聞いたぞ！　大地の神々の声は預言者バルザイに知られたのだ！　霧は薄く、月は輝いている。わしは神々が若かりし頃に愛したハテーグ＝クラで激しく踊るさまを見るであろう！　バルザイは叡智《えいち》によって大地の神々より偉大になり、彼の意志に対しては、神々の呪文《じゅもん》も障壁も無に等しい。バルザイは神々を見るであろう。誇り高き神々を、秘密の神々を、人間に見られることを拒む大地の神々を！」

アタルにはバルザイの聞いた声は聞こえなかったが、彼ももう迫り出した絶壁のそばにいて、足場を探していた。やがてバルザイの声がさらに甲走《かんばし》って大きく聞こえて来た。

「霧は薄く、月が斜面に影を投げかけている。大地の神々の声は高く、乱れている。かれらは自分たちよりも偉大な賢者バルザイが来るのを恐れている……月の光が揺らめく。大地の神々が月を背にして踊っているからだ。わしは月光の中で跳びはね、わめく神々の踊る姿を見るであろう……光が弱まり、神々は怖《おそ》れている……」

バルザイがこうしたことを叫んでいる間に、アタルは空気の異様な変化を感じた。まるで地上の法則がもっと大きな法則に屈しようとしているかのようだった。行く手は今までよりも険しいのに、上へ向かう径《みち》が今はおそろしく楽になり、迫り出した絶壁もそこまで行くとほとんど障碍《しょうがい》にならず、彼はその凸面を危うく滑って登ったのだ。月の光が奇妙に翳《かげ》り、アタルは霧の中を上へ突き進みながら、賢者バルザイが暗がりで絶叫するのを聞いた。

「月は暗く、神々は闇《やみ》に踊る。空には恐怖がある。月面に、人の書物にも大地の神々の書物にも予言されざる触《しょく》があらわれたからだ……ハテーグ＝クラの上に未知の魔術が働いている。脅《おび》えた神々の悲鳴は笑いに変わり、氷の斜面が暗黒の空へ果てしなくそそり立ち、わしはその方へ突き進んでいる……やあ！　やあ！　ついに！　おぼろな光の中に大地の神々が見えるぞ！」

今、アタルは眩暈《めまい》をおぼえつつ、想像もしがたい急斜面を上の方へ滑って行きながら、暗闇の中で厭《いや》らしい笑い声を聞いた――それには、口に言い得ぬ悪夢の焔《ほのお》の川以外では、誰も聞いたことのないような悲鳴が混じっていた。取り憑《つ》かれた生涯の恐怖と苦悶《くもん》が、残虐《ざんぎゃく》な一瞬に凝縮されて響き渡る悲鳴だった。

「べつの神々じゃ！　べつの神々じゃ！　かよわい大地の神々を護《まも》る外の地獄の神々

じゃ！……目を逸《そ》らせ！……引き返せ！……見てはならぬ！……見てはならぬ！　無限の深淵《しんえん》の復讐《ふくしゅう》じゃ……あの呪《のろ》われた、忌《い》まわしい奈落《ならく》の底……慈悲深き大地の神々よ、私は空へ落ちて行きます！」

アタルは目をつぶり耳をふさいで、未知なる高処《たかみ》からの恐ろしい引力に逆らって、跳び下りようとした。その時、ハテーグ＝クラの山上であの凄まじい雷鳴が轟《とどろ》いた。それは平原の善良な農夫たちと、ハテーグとニルとウルタルの正直な市民たちの目を醒《さ》まさせ、人々は雲を透かして、いかなる書物も予言したことのない、あの奇妙な月蝕を見たのだった。そしてついに月があらわれた時、アタルは大地の神々も、べつの神々も見ないままに、山の低い雪面に下りていて無事だった。

さて、黴臭いプナコトゥス写本には、世界がまだ若かった頃、サンスーがハテーグ＝クラに登ったが、物言わぬ氷と岩のほかには何もなかったと記されている。しかし、ウルタルとニルとハテーグの人々が、恐怖心を抑えて、賢者バルザイを捜しに日中魔の急斜面を登った時、かれらは頂上の剝《む》き出しの岩に奇妙な、巨大なしるしが彫ってあるのを見つけた。それは幅が五十キュービット（訳註・一キュービットは五十センチ弱）もあり、巨大な鑿で岩を削ったかのようだった。そのしるしはプナコトゥス写本の古すぎて読めない恐るべき個所に、学者たちが見出《みいだ》したものに似ていた。見つかったのはそれだけだった。

賢者バルザイはついに行方が知れなかったし、聖なる祭司アタルは、いかに説得されても、彼の魂の安息のために祈ろうとはしなかった。その上、今日に至るまでウルタルとニルとハテーグの人々は月蝕を恐れ、青白い靄が山頂と月を被《おお》い隠す夜には祈りを捧げるのだ。そして大地の神々は、時折ハテーグ＝クラの霧の上で昔を懐かしみながら踊る。かれらは自分たちが安全であることを知っており、未知なるカダスから雲の船に乗って訪れては、昔のように遊ぶのが好きだからだ――大地がまだ新しく、人間が近づきがたい場所へ登ろうとしなかった頃のように。

恐ろしき老人

アンジェロ・リッチとジョー・チャネクとマヌエル・シルヴァは、〝恐ろしき老人〟を訪問するつもりだった。老人は海に近いウォーター街のたいそう古い家に独りきりで住んでおり、たいそうな金持ちで、たいそう身体《からだ》が弱いという噂《うわさ》だ。これはリッチ、チャネク、シルヴァ三氏の職業に携わる人間にとって、じつに魅力的な条件である。その職業とはほかでもない、強盗という立派なものなのだから。

キングスポートの住民は〝恐ろしき老人〟についていろいろなことを言ったり考えたりし、老人はそのおかげで、普通はリッチ氏とそのお仲間のような紳士方の注意を免れている。彼が黴臭《かびくさ》くて古色蒼然《そうぜん》たる住居《すまい》のどこかに計り知れぬ財産を隠していることは、ほぼたしかな事実なのだが。まことに彼は変わり者で、かつて盛んなりし頃は東インド会社の快速帆船の船長だったと信じられている。あまりにも年老《としと》っているため、彼の若い頃を記憶する者は一人もなく、寡黙《かもく》なので、本名を知る者もほとんどいない。老人は古くてろくに修繕もしない家の前庭の節くれだった木の間に、大岩の奇妙なコレクションを並べている。岩は妙な具合に取り分けられ、彩色されて、名も知れない東洋の寺院にある偶像のように見える。〝恐ろしき老人〟の長い白髪と顎鬚《あごひげ》を嘲《あざけ》ったり、その住家《すみか》の小さいガラスを嵌《は》めた窓を怪《け》しからぬ飛び道具で割ったりする子供たちも、ほとんどがこのコレクションを怖がって、寄りつかない。だが、物見高い大人が時々家にこっそり近づいて、埃《ほこり》だらけのガラス窓から中を覗《のぞ》き込むと、べつのものがかれらを怖がらせる。そうした連中の話によると、一階のがらんとした部屋のテーブルに妙な壜《びん》がたくさん置いてあって、それぞれの中に、小さい鉛の塊が振子のように紐《ひも》で吊《つ》るしてある。そして〝恐ろしき老人〟はこうした壜に話しかけ、ジャックとか、向こう傷《スカー・フェイス》とか、背高《せいたか》トム、スペイン・ジョー、ピーターズ、エリス航海士といった名前で呼びかける。老人が話しかけると、必ず壜の中の小さい鉛の振子が、まるで返事をするようにはっきり揺れるという。長身瘦軀《そうく》の〝恐ろしき老人〟がこうして奇怪な会話をするのを見た者は、二度と老人の様子を覗いて見たりしなかった。

しかし、アンジェロ・リッチとジョー・チャネクとマヌエル・シルヴァはキングスポートの血を引く者ではなかった。ニューイングランドの生活と伝統という魔法の輪の外にいる、新来の雑多な異国人種だったから、〝恐ろしき老人〟をよちよち歩く無力な老いぼれ――瘤《こぶ》のある杖《つえ》に縋《すが》らなければ歩くこともままならず、ほっそりした弱い手は哀れに震える年寄りとしか思わなかった。誰もが毛嫌いし、犬が異常に吠《ほ》えつく孤独で不人気な老人を、かれらもかれらなりに気の毒だと思っていた。だが商売は商売であるし、職業に魂を打ち込む強盗にとって、高齢で身体の弱ったこの人物には魅力があり、仕事のし甲斐《がい》がある——老人は銀行口座を持たず、村の店でわずかな必需品を買う時は、二百年前に鋳造されたスペイン金貨と銀貨で支払うのだ。

リッチ、チャネク、シルヴァの三氏は四月十一日を訪問の日に選んだ。リッチ氏とシルヴァ氏が気の毒な老紳士と会見し、その間、チャネク氏は老人の屋敷の裏手にまわって、シップ街に面している高い塀の門前に屋根つきの自動車を停め、二人とかれらが背負《しょ》って来るであろう金属の荷物を待つのだ。警官がひょっと邪魔に入って、無用の弁解をするようなことは避けたいので、計画は目立たぬよう静かに実行することにした。

三人の冒険者はあとで心ない疑いをかけられぬよう、打ち合わせ通りべつべつに出発した。リッチ氏とシルヴァ氏は、ウォーター街に面した老人の家の正面の門で落ち合った。節くれだった木々の芽吹いた枝から彩色した岩に月影が射《さ》す光景は、どうも好きになれなかったが、つまらない迷信よりも、もっと大事なことを考えねばならなかった。貯《た》め込んだ金銀のことを〝恐ろしき老人〟にしゃべらせるのは、不愉快な仕事になるかもしれないと案じていたのだ。年老いた船長というものは得《え》てして頑固でへそ曲がりだからである。それでも、相手はたいそうな年寄りで身体が弱く、こちら側は二人いるのだ。リッチとシルヴァ両氏は厭《いや》がる人間をおしゃべりにする技術《わざ》に長《た》けていたし、虚弱で非常に高齢な人間の悲鳴は容易に抑えることができる。それで二人は一つだけ明かりのともった窓に近寄り、〝恐ろしき老人〟が子供のように、振子の入っている壜に話しかけるのを聞いた。それから覆面を被《かぶ》り、雨風に汚れた樫《かし》の木の扉を礼儀正しくノックした。

チャネク氏は随分長い間待っているような気がした。〝恐ろしき老人〟の家の裏門はシップ街にあったが、彼はそこに停めた屋根つきの自動車の中で、落ち着かずソワソワしていた。チャネク氏は人一倍心が優しく、仕事を決行すると約束した時刻のすぐあとに、古い家から聞こえて来た凄《すさ》まじい悲鳴が気に入らなかった。悲しい老船長にはできるだけ優しくするようにと仲間たちに言っておいたではないか？　彼はひどく気を揉《も》んで、蔦《つた》の這《は》う高い石塀の狭い樫の門を見守っていた。何度も時計を見て、出て来るのが遅いのを怪しんだ。老人が宝物の在処《ありか》を言う前に死んでしまい、とことん家《や》捜《さが》しすることが必要になったのだろうか？　チャネク氏はそんな場所の暗がりで、いつまでも待たされることを好まなかった。やがて、門の中の小径《こみち》をそっと踏むか、コツコツ叩《たた》くかする音が聞こえ、錆《さ》びた掛け金を静かにまさぐる音がして、狭いどっしりした扉が内側に開いた。たった一つの街灯の薄暗く青白い光の中で、彼は目を凝らし、うしろにぼうっと聳《そび》えている無気味な家から仲間が持ち出したものを見ようとした。しかし、見えたのは期待したものではなかった。仲間はそこにおらず、〝恐ろしき老人〟が瘤のある杖に静かに寄りかかって、厭らしくニヤニヤ笑っているだけだったのだ。チャネク氏はそれまで老人の眼の色に気づかなかった。今、その眼が黄色いことを知った。

小さな町では小さなことが相当の興奮を呼び起こす。だから、その年の春から夏にかけて、キングスポートの人々は潮が打ち上げた三つの身元不明の死体のことをずっと噂していた。死体はたくさんの剣で斬《き》りつけたようにズタズタにされ、大勢の靴の踵《かかと》が残酷に踏みにじったように、恐ろしく潰《つぶ》れていた。人々の中には、シップ街に乗り捨ててあった自動車だとか、夜更《よふ》かしの市民が聞いた――おそらく迷子《まいご》の獣か渡り鳥の声だろう――とても人間のものとは思えぬ絶叫といった些細《ささい》なことを語る者さえあった。だが、〝恐ろしき老人〟は埒《らち》もない噂話に少しも関心を払わなかった。彼は生来打ちとけない性格だったし、人間年をとって弱くなると、倍も取っつきにくくなるものだ。それに、かくも齢《よわい》を重ねた船長ならば、誰も憶《おぼ》えていない遠い若かりし日に、これよりずっと血湧《ちわ》き肉躍る出来事をたくさん見て来たにちがいない。

霧の高みの奇妙な家

朝になると、キングスポートの外れの崖《がけ》に近い海から霧が立つ。白い羽のような霧は、湿った牧場とレヴィアタンの洞窟《どうくつ》の夢を連れて、大海原から兄弟である雲のもとへ上って来る。そのあと、雲は詩人たちの家の傾いた屋根を打つ静かな夏の雨と共に、そうした夢の小片を撒《ま》き散らす――人間が往古の奇妙な秘密や、惑星が夜、惑星だけに語る驚異の噂《うわさ》なしで暮らすことがないようにと。トリトンたちの洞窟を物語がさかんに飛び交《か》い、海藻の街々で法螺貝《ほらがい》が〝最初のもの《いやさき》ら〟から教わった荒々しい曲を吹き鳴らす時、大いなる霧たちは伝承を背負って天にいそいそと群れ集まり、岩場から大洋を望む眼はそこにただ神秘な白一色を見るのだ――あたかもその崖の縁《へり》が地の縁であり、浮標《ブイ》の荘厳《そうごん》な鐘は妖精《ようせい》の天空で自由に鳴っているかのように。

さて、古さびたキングスポートの街の北には険しい岩山が一段また一段と高く奇妙にそそり立ち、その最北端は、あたかも風を孕《はら》む灰色の雲が凍りついたように、空にかかっている。そこは果てしない空に突き出す寒々しい一点として孤立している。というのも、海岸がそのあたりで急に曲がり、大いなるミスカトニック川が、森林地帯の伝説とニューイングランドの丘々の小さな古趣ある記憶を運んで、アーカムの向こうの平原から海へ注ぎ込んでいるからだ。キングスポートの漁師たちは、よその漁師が北極星を見上げるようにその崖を見上げ、それが大熊座《おおくまざ》や、カシオペア座や、竜座を見せたり隠したりする様子によって夜番の時間を定めるのだ。かれらにとってこの崖は天空と一つであり、たしかに霧が星や太陽を隠すと、この崖も隠れてしまう。漁師たちはいくつかの崖を愛している。たとえば、そのグロテスクな輪郭を〝海神親爺《かいじんおやじ》〟と呼んでいる崖や、柱状になった段々を〝土手道〟と言う崖などだが、この崖はあまりにも空に近いので恐れている。航海を終えて入港して来るポルトガルの船乗りたちは初めてそれを見ると十字を切るし、ニューイングランドに生まれ育った老人たちは、そこをよじ登るのは――もしそんなことが可能なら――死よりもずっと由々《ゆゆ》しき事だと信じている。ところが、その崖に一軒の古い家があり、夕暮れ時、人々は小さいガラスを嵌《は》めた窓に明かりが灯《とも》るのを見るのだ。

その古い家は昔からずっとそこにあり、そこに住む人物は大海原から立ち昇る朝霧と語らい、崖の縁が地の縁になって、妖精の白い天空で厳かな浮標《ブイ》が自由に鐘を鳴らす時、おそらく大海《おおうみ》の方《かた》に奇異なものを見るのだという。人々はこれを噂に聞いて語るだけだ。あの険しい岩山は絶えて訪れる者がなく、土地の人間はそこに望遠鏡を向けることさえ嫌うからだ。たしかに夏の逗留客《とうりゅう》は双眼鏡で遠慮なしにそこを見たが、見えたのはとんがった、柿葺《こけらぶ》きの、灰色の古ぶるしい屋根と、ほとんど灰色の土台まで垂れ下がっている庇《ひさし》と、夕暮れにその庇の下からこちらを覗《のぞ》く小窓のぼんやりした黄色い明かりだけだった。こうした夏場の客は同じ〝人物〟がその古い家に何百年も住んでいるという話を信じないが、自分たちの異説を生粋《きっすい》のキングスポートの人間に証明することもできない。壜《びん》に入れた鉛の振子に話しかけ、何百年も前のスペイン金貨で食料品を買い、ウォーター街の古色蒼然《そうぜん》たる家の庭に石の偶像を並べている〝恐ろしき老人〟でさえ、こうしたものは自分の祖父が少年だった頃も今と同じだったとしか言えないのだが、それは想像もつかない昔、ベルチャーかシャーリーかパウナルかバーナードが国王陛下のマサチューセッツ湾植民地の総督だった頃のことにちがいない。

　ところが、ある年の夏、一人の哲学者がキングスポートへやって来た。名前をトマス・オルニーといい、ナラガンセット湾のそばの大学で難しいことを教えていた。肥《ふと》った妻と跳ねまわる子供たちを連れて来ており、その目は長年同じものを見ることに飽き、同じ秩序立った思考法でものを考えることに飽きていた。彼は〝海神親爺〟の王冠から霧をながめ、〝土手道〟の巨大な段々を伝って、白い神秘の世界に踏み込もうとした。来る朝も来る朝も崖の上に横たわり、地の縁の向こうの謎《なぞ》めいた天空を見ながら、奇怪な鐘の音と、鷗《かもめ》かもしれないものの荒々しい啼《な》き声に耳を傾けていた。やがて霧が晴れ、海が蒸汽船の煙を立てて退屈な姿を現わすと、ため息をついて街へ下りて行った。街では古い細路《ほそみち》を縫うように上り下りして、逞《たくま》しい漁師たちを幾世代も雨風から護《まも》って来た、途方もない、今にも崩れそうな切妻屋根と風変わりな柱のある玄関をながめるのが好きだった。そして見知らぬ人間を嫌う〝恐ろしき老人〟とさえ話し合い、老人のひどく古めかしい家に――低い天井と虫喰いだらけの羽目板が、暗い夜更《よふ》けに不穏な独語の谺《こだま》を聞いている、その家に招かれた。

人が訪れぬ灰色の家が空を背にして立っているのにオルニーが気づくことは、むろん避けられなかった。その家は、霧や天空と一つである無気味な北の岩山にあった。それはつねにキングスポートを見下ろし、その謎はキングスポートの曲がりくねった路地でつねにささやかれていた。〝恐ろしき老人〟はゼエゼエ息をしながら、父親から聞いた話をしてくれた――ある夜、あの尖《とが》った家から高空の雲に向かって、稲妻が上に走ったというのだ。シップ街には、苔《こけ》と蔦《つた》に蔽《おお》われた腰折れ屋根の小さな家があるが、そこに住むオーン婆《ばあ》さんは、彼女の祖母が人から又聞きしたことをしわがれ声で話した。それは東の霧の中からハタハタと羽ばたいて飛び出し、近寄りがたいあの家にある狭いただ一つの扉の中へ、まっすぐ入って行ったものたちの話だった——というのも、その扉は大海に向かって岩山の端近くに作られており、海を行く船からチラと見えるだけだったのだ。

新奇なものを求めてやまないオルニーは、キングスポート人の恐れにも、夏の逗留客の怠惰さにも引き止められず、ついに恐ろしい決断をした。保守的な教育を叩《たた》き込まれていたにもかかわらず——いや、むしろそれ故《ゆえ》にだった。単調な生活は未知なるものへの切ない憧《あこが》れを生むからである——彼は人の避ける北の崖に登って、空に見える異様に古びた灰色の家を訪ねようと大それた誓いを立てた。彼の心の正常な部分はこう考えたのだと思われる——あの家に住む人々は内陸から、ミスカトニック川の河口に近い登りやすい尾根からあそこへ行くのだろう。おそらく、キングスポート側の住民があの住家《すみか》を好かないことを知っているか、たぶんキングスポート側の崖を下りて来ることができないので、アーカムで買い物などをしているのだろう。オルニーは小さい崖を歩いて行き、あの大きな崖が傲然《ごうぜん》と躍り上がって天界のものどもと交わる場所に出ると、人間の足ではとても突き出した南の斜面を登り下りすることはできないと確信した。東側と北側は水面から何千フィートも垂直に切り立っているので、アーカムに近い内陸の西側だけが残った。

八月の早朝、オルニーは近寄りがたい尖峰《せんぽう》への道を探しに出かけた。気持ちの良い田舎道を北西へ向かって行き、フーパー池と古い煉瓦《れんが》造りの火薬庫を通り過ぎて、ミスカトニック川を見下ろす尾根まで牧草地が上り坂になっているところへ来た。そこでは何リーグも続く川と草地の向こうに、アーカムの白いジョージ王朝様式の尖塔が美しい姿を見せていた。彼はここでアーカムへ行く木蔭《こかげ》の道を見つけたが、目ざしている海の方には踏み分け道一つなかった。林や野原が河口の高い土手までみっしりと続いていて、人のいる気配はまったくなかった。石垣もなく、迷い牛もおらず、インディアンの祖先が見たかもしれないような丈高い草と巨木と、もつれ合った茨《いばら》の茂みがあるばかりだった。彼はゆっくりと東の方へ、左手に河口を見下ろしながら次第に高く登って行き、ますます海へ近づいたが、道は険しくなるばかりだった。忌《い》み嫌われるあの家の住人は、一体どうやって外の世界へ出るのだろう、アーカムへはよく買い物に来るのだろうかと彼は思った。

やがて木々がまばらになり、右手遥《はる》か下方に、キングスポートの丘と古めかしい屋根と尖塔が見えた。この高さから見ると、セントラル・ヒルさえも小人のようで、会衆派教会病院のそばの古い墓地――噂によると、その地下には恐ろしい洞穴や横穴が隠されているという――が、かろうじてそれとわかった。前方にまばらな草とブルーベリーの小藪《こやぶ》があり、その向こうには岩山の剝《む》き出しの岩と、人も恐れる灰色の家の細いとんがり屋根があった。尾根はもう幅が狭まり、オルニーはたった一人空にいるような気がして眩暈《めまい》をおぼえた。南には恐ろしい絶壁がキングスポートの上にそそり立ち、北には崖が河口まで一マイル近く垂直に落ちている。突然、目の前に深さ十フィートほどの大きな亀裂《きれつ》が現われたので、彼は両手で岩につかまりながら下りて行き、傾斜した岩床に飛び下りると、今度は反対側の壁にある天然の隘路《あいろ》を危なっかしく這《は》い上がって行かねばならなかった。してみると、あの無気味な家の連中は、こうやって大地と空の間を行き来しているのだ！

亀裂から這い上がると朝霧が集まって来たが、前方にある高い不浄な家ははっきりと見えた。壁は岩のような灰色で、高い屋根は海側の乳白色の靄《もや》を背に、くっきりと輪郭を截《た》っていた。建物の陸の側に扉はなく、十七世紀風の鉛の枠に汚れた円いガラスが嵌まっている小さな格子窓《こうしまど》が二つあるだけだった。まわりは悉皆雲《しっかいうん》と渾沌《こんとん》で、下方には、白く果てしない空間以外何も見えなかった。オルニーはたった一人空にいて、この妙な、ひどく心を騒がせる家と向き合っていた。身体《からだ》を横にして正面へまわると、家の壁と崖の縁が一直線に続いているので、ただ一つの狭い扉へは何もない空からしか近づけない。そのことを知った時、高さだけでは説明できない恐怖をはっきりと感じた。それに、これほど虫喰いだらけの杮板《こけらいた》が残っていて、これほど崩れた煉瓦がまだ煙突の形を留めているのは、何とも奇妙だった。

霧が濃くなって来たので、オルニーは北と西と南の壁面にある窓のところへそろそろとまわって行き、窓が開《あ》くかどうか試してみたが、どれも堅く施錠してあった。彼はそのことが何となく嬉《うれ》しかった。見れば見るほど、この家の中に入りたくなくなって来たからだ。やがて物音がしたので、彼は立ちどまった。錠前がガチャガチャいい、掛け金の外れる音が聞こえて、重い扉がゆっくりと慎重に開かれているようなギイッという音がした。それは彼には見えない大海の側のことで、狭い入口が、波の上数千フィートの霧のかかった虚空に向かって開いたのだ。

それから、家の中でゆっくりと歩く重い足音がし、最初は彼と反対側の北側で、次に角をまわったところの西側で窓が開く音がした。この次はオルニーが立っている側の大きな低い庇の下で、南の窓が開くはずだ。一方にこの厭《いと》わしい家が、もう一方に虚《うつ》ろな高空があると思うと、彼は不愉快という以上のものを感じたと言わねばならない。近い方の開き窓で錠をまさぐる音がすると、オルニーはまた忍び足で西側へまわり、今は開《あ》いている窓の横の壁にぺったりと身を押しつけた。家の持主が帰って来たのは明らかだったが、陸上から来たのではなく、考えられるいかなる気球や飛行船に乗って来たのでもなかった。ふたたび足音がして、オルニーはソロソロと北側へまわったが、隠れる場所を見つける前に優しく呼ぶ声がして、この家の主《あるじ》に対面しなければならないことを悟った。

西の窓の一つから、黒い顎鬚《あごひげ》を生やした大きな顔が突き出した。未聞《みもん》のさまざまな光景を見て来たらしいその眼は燐光《りんこう》を放っていたが、穏やかな声は床《ゆか》しい昔の人の声のようだったから、窓から入るのを助けようと茶色い手が伸びて来ても、オルニーは怯《おび》えなかった。中は天井の低い部屋で、黒い樫《かし》の腰羽目を張りめぐらし、彫刻の施されたテューダー様式の家具があった。男はたいそう古めかしい衣裳《いしょう》をまとい、海の言い伝えと高いガリオン船の夢を、正体の知れぬ後光のように身にまつわらせていた。オルニーは男が語った不思議の多くを思い出せないし、彼の名前も忘れてしまったが、変わった優しい人物であり、測り知れない時空の隙間《すきま》の魔法を山ほど知っていたと言う。その小さい部屋は水底のように仄《ほの》かな光で緑色に照らされているらしかった。遠い東の窓はもう閉めてあり、霧のかかった空は古い壜の底のような曇った厚いガラスの向こうにあった。

鬚を生やした主《あるじ》はまだ若そうだったが、いにしえの神秘に浸《ひた》った眼をしていた。彼が語った素晴らしい往昔の話からすると、村人の言う通り、下の平野に彼の黙《もだ》せる住《すま》居《い》を見上げる村ができてからこの方、彼は海の霧や空の雲を友としているのだと考えざるを得なかった。そうして日は闌《た》けたが、オルニーはなおも古い昔と遠い場所の噂に聴き入り、アトランティスの諸王が大洋の底の裂け目から出て来たヌラヌラする冒《ぼう》瀆《とく》的怪物といかにして戦ったかを、そして柱が立ち並び、海藻のからんだポセイドニスの神殿を難破する船が今も真夜中にチラと見ること、船の者はそれを見たので難破することを知るという話を聞いた。巨人族のいた昔も回想されたが、神々も〝最初《いやさき》のものら〟もまだ生まれていないおぼろな最初の時代、スカイ川の彼方《かなた》、ウルタルに近い石だらけの砂漠にあるハテーグ＝クラの峰へ、べつの神々だけが踊りに来た頃の話をする時は、この家の主も臆病《おくびょう》な様子になった。

扉を叩く音がしたのは、その時だった。外には白い雲の深淵《しんえん》があるばかりの、あの鋲《びょう》を打ちつけた古い樫の扉である。オルニーはぎょっとして身をすくめたが、顎鬚の男は静かにしろと身振りで制し、爪先立《つまさきだ》ちで扉のところへ歩いて行くと、ごく小さな覗き穴から外を見た。彼はそこにいたものが気に入らなかったので、唇に指をあて、爪先立ちでまわって行って全部の窓を閉め、錠を下ろすと、客人の傍らの古い長椅子《ながいす》に戻った。そのあと、オルニーは見た——曇った四角い半透明の小窓の向こうに奇妙な黒い輪郭が現われ、しばらくじっと佇《たたず》んでいてから、順々にべつの窓の向こうに現われるのを。訪問者は立ち去る前に動きまわって様子を窺《うかが》ったのだ。だからオルニーは家の主がノックに応《こた》えなかったのを喜んだ。大いなる深淵には奇妙なものがおり、夢の探求者は性質《たち》の悪い連中を刺激したり、出会ったりしないように気をつけねばならないからだ。

やがて影が集まり始めた。初めは小さいコソコソした影がテーブルの下に、それからもっと大胆な影が羽目板を張った暗い隅に。鬚の男は謎めいた祈りの仕草をして、珍しい細工を施した真鍮《しんちゅう》の蠟燭《ろうそく》立てに長い蠟燭を灯した。彼は誰かが来るのを待っているように、何度も扉をチラチラ見たが、やがてそれに応えるかのごとく、奇妙なコツコツという音がした。それは何か遠い昔の秘密の暗号に従っていたにちがいない。家の主は今回は穴を覗きもせず、大きな樫のかんぬきを抜いて掛金を外し、重厚な扉を星々と霧に向かって大きく開け放った。

すると、隠微な和音の響きにつれて、大海原からその部屋の中に、海に沈んだ地球の〝偉大なるものたち〟のあらゆる夢と記憶が流れ込んだ。金色の焔《ほのお》が海藻のからんだ髪のまわりに戯《たわむ》れ、オルニーは跪《ひざまず》いて敬意を表しているうちに眩暈がして来た。三《みつ》叉《また》の鉾《ほこ》を持つ海神《ネプトゥヌス》がそこにいて、陽気なトリトンたちと不思議な姿のネレイスたちもいた。海豚《いるか》の背の上に縁がギザギザになった大きな貝殻が乗っており、その中に〝大いなる深淵の主〟、原初の神ノーデンスの白髪で威厳に満ちた姿があった。トリトンたちの法螺貝は無気味に鳴り、ネレイスたちは暗黒の海洞に潜む未知の生き物のグロテスクで良く響く殻を叩いて、不思議な音を立てた。やがて頭《かしら》に霜を置くノーデンスが皺《しわ》だらけの手を伸ばし、オルニーと彼の歓待役を助けて巨大な殻の中に入れると、法螺貝と銅鑼《どら》が荒々しい恐るべき音を立てた。途方もない一行は旋回しながら無限の天空へ昇って行き、かれらの喚声は雷の反響に掻《か》き消された。

キングスポートの人々は一晩中、嵐《あらし》と霧の中に垣間《かいま》見《み》える、あの高い崖を見守っていた。未明になって、小窓のぼんやりした明かりが消えると、恐怖と災厄のことをささやいた。オルニーの子供たちと肥《ふと》った妻はバプテスト派の穏やかで上品な神に祈り、雨が朝までに歇《や》まなかったら、彼が蝙蝠傘《こうもりがさ》とゴム長靴を借りることを願った。やがて朝日が水を滴《したた》らせながら、霧の冠をかぶって海から昇り、白い天空の渦巻の中で浮標《ブイ》が厳かに鐘を鳴らした。正午《ひる》に妖精の角笛《つのぶえ》が大海の上に鳴り渡った頃、オルニーは濡《ぬ》れもせず軽やかな足取りで、崖から古めかしいキングスポートの街へ下りて来た。その目には遠い場所を見て来たような不思議な表情が浮かんでいた。彼はいまだに名前のわからぬ隠者の、空に引っかかった小屋でどんな夢を見たのか思い出せなかったし、他人の足が越えたことのない岩山をどうやって下りて来たのかも言えなかった。それにこういう話ができる相手は〝恐ろしき老人〟だけで、老人はあとになって、長い白鬚の隙間《すきま》から奇妙なことをモグモグとつぶやいた。あの岩山から下りて来た人間はそこを登った人間と完全に同じではなく、どこかあの灰色のとんがり屋根の下に、あるいは無気味な白い霧が想像もつかぬほど広がる中に、トマス・オルニーだった男の迷える魂は今も留まっているのだ、と。

そしてこの時以来、単調にだらだらと続く灰色の倦怠《けだる》い歳月を通じて、哲学者はせっせと働き、食い、眠り、市民が為《な》すべきことを不平も言わずにやった。もう遠い彼方の丘の魔法に憧《あこが》れることもなく、底知れぬ海から緑の岩礁《がんしょう》のようにこちらを覗き見る秘密を求めて、ため息をつくこともなかった。毎日が変わりばえしないことも、もう彼に悲しみを与えず、彼の心にとっては、秩序立った思考が十分なものとなった。愛妻はますます肥り、子供たちは成長していっそう平凡な、役に立つ人間になり、彼は時によって必要とあれば自慢げに微笑《ほほえ》むことをけして忘れない。彼の眼差《まなざ》しに落ち着かぬ光は少しもなく、厳かな鐘の音や遠い妖精の角笛の音に耳を澄ますとしても、それは昔の夢がさまよう夜のことにすぎない。彼はキングスポートをふたたび見ていない。彼の家族はおかしな古い家が嫌いで、下水施設がひどすぎると文句を言ったからだ。今はブリストル・ハイランズに小綺麗《こぎれい》なバンガローを持っているが、そこには高い岩山が聳《そび》えてもいないし、隣近所の人間は都会的な現代人だ。

しかし、キングスポートでは奇妙な話が広まっており、〝恐ろしき老人〟ですら、祖父から教わったことのない事実を認めている。というのも、今は、北風が騒がしく吹き来《きた》って、天空と一つである高処《たかみ》の古い家を通り過ぎると、キングスポートの海岸に住む農夫たちを悩ませていた不吉で沈鬱《ちんうつ》な静寂が破られるのだ。楽しげな声がそこで歌を歌い、地上の喜びを越えた喜びにふくらんだ笑い声が聞こえると老人たちは語り、夕暮には低い小窓が以前よりも明るく輝いていると言う。また、かれらの言うことには、凄《すさ》まじいオーロラが前よりも頻繁にあの場所へ来て、北の空に青く輝きながら凍りついた世界の幻を見せ、その間、あの岩山と家は乱れ狂う閃光《せんこう》を背景にして、黒々と怪しい姿を見せているそうである。そして夜明けの霧は以前よりも濃く、海の方から聞こえて来るくぐもった鐘の音がすべて厳かな浮標《ブイ》の立てる音なのかどうか、船乗りたちも確信が持てない。

だが、何よりも困るのは、キングスポートの若者の胸に古い恐怖心が薄らいで行き、夜、北風の遠いかすかな音に聴き耳を立てるようになったことだ。あの高処にあるとんがり屋根の家には害や苦しみが住んでいるはずがないと若者らは断言する。なぜなら新しい声の中には喜びが脈打ち、笑いと音楽のさざめきが聞こえるからだ、と。海の霧があの憑《つ》かれた最北端の頂にどんな物語を運ぶのかは知らないが、雲がうんと厚い時、崖の上に口を開いた扉を叩く驚異について、何か手がかりでもつかみたいと若者たちは願っている。長老たちが惧《おそ》れるのは、いつかかれらが一人また一人とあの近づきがたい空の頂へ辿り着き、岩と星とキングスポートの古き恐怖の一部である、急傾斜な柿板の屋根の下に何百年もいかなる秘密が隠されていたかを知ることなのだ。そうした冒険好きな若者たちが帰って来ることはかれらも疑わないが、その眼からは光が、胸からは意志が消えているかもしれないと思っている。それに長老たちは望まないのだ——細い坂路と古風な切妻屋根のある昔床しいキングスポートが物憂《ものう》げに年《とし》月《つき》を送る一方、霧と霧の夢が海から空へ行く途中に一休みする、あの未知の恐るべき高処の家では声また声が加わって、大勢の笑い声がいっそう強く奔放になることを。

若者たちの魂が古きキングスポートの楽しい炉端や腰折れ屋根の居酒屋から去ることをかれらは望まないし、あの高い岩場で笑い声と歌声がさらに大きくなることも望まない。というのも、近頃聞こえて来る声が海から新しい霧を、北の空から新しい光をもたらしたように——と老人たちは言うのだ——さらにべつの声はさらなる霧と光をもたらし、しまいにはきっと太古の神々（かれらは会衆派教会の牧師さんに聞かれないように、その存在をヒソヒソ声で仄《ほの》めかすだけだが）が大海原と凍《い》てつく荒野にある未知なるカダスから現われて、自分たちにふさわしいあの邪悪な岩山を住処《すみか》とするかもしれない。その岩山は、おとなしい素朴な漁民が住む穏やかな丘と谷間のすぐそばにあるのだ。かれらはそれを望まない。普通の人間にとって、この世ならぬものは歓迎できないからだし、あの家の孤独な住人が恐れたノックと、霧を背にして、鉛の枠がついている風変わりな半透明のガラス窓の向こうに見えた、様子を窺う黒い姿についてオルニーが言ったことを、〝恐ろしき老人〟はしばしば思い出す。

だが、こうしたことを決められるのは〝最初《いやさき》のものら〟だけであり、今のところ、朝霧はなおもとんがり屋根の古い家がある、あの寂しい目の眩《くら》むような頂のそばに立ち昇る。庇の低く垂れた灰色の家に人影は見えないが、夕暮れになると、あたりを憚るようにそっと明かりが灯り、北風は奇妙な宴《うたげ》のことを伝える。白い羽のような霧は、湿った牧場とレヴィアタンの洞窟の夢に満ちて、大海原から兄弟である雲のもとへ昇って行く。トリトンたちの洞窟で物語がさかんに飛び交い、海藻の街にいる法螺貝が〝最初のものら〟から教わった荒々しい曲を吹き鳴らすその時、大きな靄が伝承を背負って、いそいそと天へ群らがる。そしてキングスポートはあの畏怖《いふ》すべき岩の歩哨《ほしょう》が覆《おお》いかぶさる低い崖の上に心細く横たわって、大海の方《かた》に神秘な白一色を見る——

あたかもあの崖の縁が地の縁であり、浮標《ブイ》の厳かな鐘は妖精の天空で自由に鳴っているかのように。

銀の鍵《かぎ》

ランドルフ・カーターは三十歳《さんじゅう》になると、夢の門の鍵を失《な》くしてしまった。彼はその時まで、夜毎《よごと》宇宙の彼方《かなた》にある不思議な古代の街々や、天空の海の向こうの美しく信じがたい園生《そのう》の国へ遠出をして、生活の無味乾燥を埋め合わせていたのだが、中年という年齢が彼の上に硬く凝りかたまると、こうした自由が少しずつ逃げ去って行くのを感じ、ついにはまったく道を断たれてしまった。もう彼のガレー船はオウクラノス河をさかのぼって、トランの金色《こんじき》の尖塔《せんとう》の前を行くこともできなかったし、彼の象のキャラヴァンがクレドにある馨《かぐわ》しい密林を通り抜けることもできなかった——その密林には、縞《しま》のある象牙《ぞうげ》の柱が立ち並ぶ忘れられた宮殿の数々が、美しく無傷のまま月下に眠っているのだったが。

彼はあるがままの物事についてたくさんの本を読み、あまりに多くの人々と語り合った。善意の哲学者たちは事物の論理的関係を探り、思考や空想を形造る過程を分析することを教えた。驚異は消え去り、彼は忘れてしまった——人生はすべて脳裡《のうり》にあらわれる一連の映像にすぎず、その中では、現実の事物から生まれる映像と内なる夢想から生まれる映像との間に違いはなく、一方を他方より尊ぶ理由はないということを。手に触れられて物理的に存在するものへの迷信的な崇敬の念を、習慣が彼の耳にうるさく吹き込み、彼は幻影の中に住むことを密《ひそ》かに恥じるようになった。賢人たちは彼の単純な空想が虚《うつ》ろで子供じみていると言い、彼もそうかもしれないと思ったので、その言葉を信じた。彼が思い出せずにいたのは、現実の行為も同じように虚ろで子供じみており、空想よりももっと馬鹿《ばか》げていることだった。なぜなら、それを行う者は、自分のすることに意味や目的が十分あると思い込んでいるが、盲目の宇宙には目的もなく、無から有へ進んでは、また有から無へ戻って、暗闇《くらやみ》の中に時折一瞬だけ閃《ひら》めく精神たちの願いも存在も意に介さぬし、知りもしないからである。

かれらはカーターを実際にある事物に縛りつけ、この世から神秘が消え去るまで、そうした事物の働きを説明した。カーターは不平を言い、薄明《はくめい》の領域へ逃げたいと思った。そこでは魔法が彼の心の小さな生き生きした断片や大切な連想をかたどって、息を呑《の》む期待と抑えきれぬ歓《よろこ》びの展望を作り上げる。そんな時、かれらは新たに発見された科学の偉観にカーターの目を向けさせ、原子の渦や天空の広がりの神秘のうちに驚異《おどろき》を見出《みいだ》せと命ずるのだった。そして彼が、その法則がわかっていて計測し得る事物のうちにこうした恩恵を見つけることができないと、物質的な世界という幻覚よりも夢の幻覚を好むおまえは想像力に乏しく、未熟だと言うのだった。

それで、カーターは他人と同じことをしようと試み、俗人の平凡な出来事や感情の方が、稀有《けう》で繊細な魂の幻想よりも重要だと思うふりをした。現実生活で刺し殺される豚や消化不良の農夫が感じる動物的苦痛の方が、彼が夢に見てぼんやりと憶《おぼ》えている、百の彫刻を施された門と玉髄《ぎょくずい》の円屋根のあるナラトの比類ない美しさより大事だと言われても異を唱えず、かれらの指導の下に、努めて同情と悲劇の感覚を培《つちか》った。

それでも時々、彼は気づかずにいられなかった――人間の大望すべてがいかにあさはかで、気まぐれで、無意味であるか、我々の真の衝動が、我々が抱いていると称する御大層な衝動に較《くら》べていかに空虚なものであるかに。そんな時、彼は夢の途方もなさや不自然さに対して用いよと教えられた愛想笑いに頼るのだった。我々の世界の日常生活は、どこを取っても、同じくらい途方もなく不自然であり、美しさに乏しい上、自身が道理と目的を欠くことを愚かしくも認めようとしない――それ故《ゆえ》に、夢よりもずっと尊重に値せぬことを見て取ったからだ。こうして、彼は一種の諧謔家《ユーモリスト》になった。一貫性や非一貫性の真の基準を持たない、精神なき宇宙の中でも、諧謔《ユーモア》まで空虚だとは思わなかったからだ。

現実に縛られるようになった最初の頃、彼は父祖たちが素朴に信じていたので慕わしさを感じていた穏やかな教会の信仰に目を向けた。そこからは、生からの逃避を約束してくれそうな神秘の道が伸びていたからだった。だが、近寄ってつぶさに見ると、想像と美の枯渇《こかつ》、気の抜けた陳腐凡庸さ、賢《かしこ》ぶったしかつめらしさと確固たる真理という滑稽《こっけい》な主張――こういったものが、その信仰を公言するたいていの人々の間で、うんざりするほど圧倒的に威勢をふるっていることに気づいた。また、未知なるものと直面した原始種族の無用な恐れや臆測《おくそく》を、文字通りの事実として生かし続けようとする見苦しさをつくづくと感じたのだ。自慢の科学が一歩一歩論破する古い神話から、人々がいかに厳かに俗っぽい現実を作り上げようとしているか、そしてこの場違いな真剣さが、古い教義に対して彼が保っていられたかもしれない愛着をいかに殺《そ》いだか――カーターはこういうことにほとほとうんざりした。人々がもし鳴り響く儀式と感情の捌《は》け口《ぐち》を、霊妙な幻想という真の装《よそお》いのままで与えることに満足していたなら、彼は愛着を持ち続けられたかもしれないのに。

しかし、古い神話を捨て去った人々を観察してみると、そうしなかった人々よりもさらに醜悪だった。美とは調和のうちにあり、目的のない宇宙に於《お》いて、生の美しさは、渾沌《こんとん》の中から最初に我々の小さな世界を切り取り、盲目的に象《かたど》った夢や感情との調和以外に基準を持たないことをかれらは知らなかった。善悪美醜は世界の展望を飾る果実にすぎず、その唯一《ゆいいつ》の価値は、偶然が我々の先祖に考えさせ感じさせたこととの繋《つな》がりにのみ存し、細かい部分は人種や文化によってそれぞれ異なることが、かれらにはわからなかった。かれらはこうしたことを理解する代わりに、ことごとく否定するか、それらを獣や田夫野人《でんぷやじん》と共有する粗野で曖昧《あいまい》な本能に転嫁《てんか》するのだった。その結果、かれらは苦痛と醜悪と不均衡のうちに悪臭を放つ生を送っていたが、そのくせ、己を今もとらえているものより不健全なわけではないものから逃げ出したことに、馬鹿げた誇りを抱いていた。かれらは恐怖と盲目の崇敬という偽りの神々を、放縦と無秩序という偽りの神々に取り換えたのだ。

カーターはこうした現代的な自由を深くは味わわなかった。その安っぽさと薄汚なさは美のみを愛する精神を辟易《へきえき》させたし、一方、その唱道者たちが、捨てた偶像から剝《は》ぎ取った神聖さで獣的衝動に鍍金《めっき》を被《き》せようとする薄弱な論理に、彼の理性が反撥《はんぱつ》したからだ。かれらの大半は自分たちが見捨てた聖職者の考えと同様に、生に人が夢想する意味以外の意味があるという錯覚から逃れられなかった。そして、すべての自然が科学的発見の光を浴びて、無意識と非人格的な非道徳性とを大声で叫んでいる時でさえも、美の倫理や義務以外に倫理や義務があるという粗雑な考えを捨てられなかった。正義や、自由や、一貫性といった、前々からの妄想に歪《ゆが》められ、凝り固まったかれらは、古い信仰と共に古い伝承や古い習わしを捨てて、一度も立ちどまって考えてはみなかった——その伝承や習わしだけがかれらの現在の思考や判断を造ったのであり、定まった目的も、確固たる視座もない無意味な宇宙に於いては、それだけが指針であり基準であることを。こうした人工的な舞台装置を失ったために、かれらの生活には方向と劇的な興味がなくなり、揚句の果てに、かれらは空騒ぎと見せかけの有用さ、喧噪《けんそう》と興奮、野蛮な見せびらかしと動物的感覚のうちに倦怠《けんたい》をまぎらそうとした。こうしたことにも飽き、失望し、あるいは嫌悪《けんお》の吐き気を催すと、かれらは皮肉と辛辣《しんらつ》さを磨いて、社会秩序のあら探しを始めた。自分たちの獣じみた拠所《よりどころ》が、先人の神々と同様に変わりやすく矛盾するものであり、一時《いっとき》の満足は次の一時の災いの元であることを、かれらはけして理解できなかった。穏やかな永続する美は夢の中にしか現われないが、世人は現実を崇拝して子供時代と無垢《むく》の秘密を投げ捨てた時、この慰めも投げ捨ててしまった。

こうした空虚と不安の渾沌のただ中にあって、カーターは鋭い思考力と良き伝統を持つ人間にふさわしい生き方を試みた。彼の夢は時代の嘲《あざけ》りの下に色褪《いろあ》せて行き、何も信じることはできなかったが、調和への愛は彼を自分の種族と身分の習わしに近いところに保っていた。彼は人々の街を無感動に歩き、どんな眺望《ながめ》も十分現実的に見えないので、ため息をついた。高い屋根を照らす黄色い陽光の閃きも、夕暮れ時最初にともる燈火《ともしび》の明かりにチラと見える柵《さく》をめぐらした広場も、かつて知っていた夢を思い出させ、もう見つける手立ての知れない天上の国々への郷愁を掻《か》き立てるだけだったからだ。旅行は茶番に過ぎなかったし、世界大戦すら彼の心をほとんど動かさなかった——彼は最初からフランスの外人部隊に従軍したのだったが。しばらくの間、彼は友達を求めたが、やがてかれらの感情の粗雑さ、かれらの夢想の変わりばえのなさと俗悪さに厭気《いやけ》がさした。彼は親戚《しんせき》がみな遠縁で、連絡が絶えていることを何となく嬉《うれ》しく思った。自分の精神生活を理解してもらえるはずがないからだ。祖父と大叔父のクリストファーはべつだったが、この二人は亡《な》くなって久しかった。

やがて彼はふたたび本を書きはじめた。夢が最初に彼を見捨てた時、執筆をやめていたのだ。しかし、ここにも満足や達成はなかった。彼の心には俗世の泥がついていて、昔のように美しい物のことを考えられなかったからだ。彼が建てた薄明の光塔《ミナレット》を皮肉な諧謔《ユーモア》がすべて引き倒してしまい、ありそうもないということを恐れる卑俗な気持ちが、妖精《ようせい》の花園に咲く繊細な驚くべき花々を枯らした。取ってつけた同情という約束事が、彼の描く登場人物に甘ったるい感傷をふりかける一方、重要な現実とか人間の意義深い出来事や感情といった神話が、彼の高等な幻想を見え透いた寓話《ぐうわ》や安直な社会諷刺《ふうし》に堕落させた。新しく書いた小説は、旧作がけして得られなかった成功を収めた。頭の空《から》な大衆の気に入るからには空っぽなものにちがいないと知っていたので、彼は原稿を焼き、筆を折った。それらはいとも優雅な小説であり、彼は気軽にスケッチした夢を上品に笑ったのだ。しかし、洗練がそれらの生命をすっかり奪い去ってしまったことに気づいていた。

　意識して錯覚を育《はぐく》み、平凡陳腐なものへの解毒剤《げどくざい》として、怪異や奇矯という考えに手を出したのは、そのあとだった。しかし、こうしたものの大半はたちまち貧弱さと不毛さを露呈した。彼はオカルティズムの通俗な教義が、科学の学説と同じように素っ気なく杓子《しゃくし》定規でありながら、その埋め合わせとなる真理というわずかな緩和剤すら持たないことを知った。ひどい馬鹿馬鹿しさや、偽りや、混乱した思考は夢ではなく、高い水準の訓練を受けた精神にとっては、生からの逃避にならない。それでカーターはさらに奇妙な書物を買い、摩訶《まか》不思議な知識を積んだ、深慮に富む恐ろしい人々を探し求めた。そして足を踏み入れた者がほとんどいない意識の奥秘《おうひ》を探り、生と、伝説と、遠い古代の秘密の底なし穴に関することを学んだが、それは後にずっと彼を悩まし続けた。彼は今までよりも稀有な生活をすることに決め、変わりゆく気分に合わせてボストンの家を模様替えした。一つの気分に一つの部屋を当てて、然《しか》るべき色の壁紙を貼《は》り、然るべき本や品物を置き、光、熱、音、味、匂《にお》いの適切な感覚をもたらす物を用意した。

ある時、彼は南部に住む一人の男の噂《うわさ》を聞いた。その男はインドやアラビアから密輸入された有史以前の書物や粘土板に記してある瀆神《とくしん》的な事柄を読んだというので忌《い》み嫌われ、恐れられていた。彼はその男のもとを訪れ、七年間一緒に住んで研究を共にしたが、ある真夜中に知られざる古い墓地で恐ろしいことが起こり、二人が入ったところから一人しか出て来なかった。それから彼は父祖が住んだニューイングランドのアーカムへ、魔女の憑《つ》いた恐るべき古い街へ戻り、柳の古木と今にも崩れそうな腰折れ屋根に囲まれ、暗闇の中である種の体験をした。それ故に、奔放な精神を持った先祖の日記の一部を永久に封印したのだった。しかし、こうした恐怖も彼を現実の縁《へり》へ連れて行ったにすぎず、若い頃に知っていた本当の夢の国のものではなかった。そんなわけで、彼は五十歳になると、美が存在するためにはあまりにも忙《せわ》しなく、夢が存在するためにはあまりにも賢《さか》しくなった世界で、安心や満足を得ることを諦《あきら》めた。

現実の事物の空虚と無益をついに悟ったカーターは隠棲《いんせい》して、夢に満ちていた幼い頃のせつない切れぎれの思い出のうちに日を送っていた。わざわざ生き続けることを少し馬鹿馬鹿しいと思い、南米の知人から、苦しみなしに忘却の世界へ連れて行ってくれる珍しい水薬をもらった。しかし、惰性と習慣の力が行動を先延ばしさせた。彼は昔のことを考えながらぐずぐずと躊躇《ためら》い、壁から奇妙な掛け物を外して、家を幼い頃のように改装した――紫の窓ガラス、ヴィクトリア朝の家具等々で。

しばらく時が経《た》つと、彼は躊躇っていて良かったと思うようになった。幼い頃の品々や世間からの隔絶のおかげで、生と知的な洗練は遥《はる》かに遠い非現実のものに思われたからだ。おかげで、一抹《いちまつ》の魔法と期待が夜毎の眠りに忍び入って来たほどだった。もう何年も彼の眠りは、どんな平凡な眠りにも現われるような毎日の事物の歪んだ反映しか知らなかったが、今はもっと不思議で桁外《けたはず》れのものが、閃くように戻って来たのだ。心に内在して、何か漠然と畏怖《いふ》を感じさせるものの幾分かが、子供時代の刻明《こくめい》な映像という形をとり、長い間忘れていた些細《ささい》なことを考えさせた。彼は何度も母親や祖父を呼んでいるうちに目醒《めざ》めた――二人共、四半世紀も前に墓に入ったのだが。

ある夜、祖父が鍵のことを彼に思い出させた。白髪の老学者は在りし日のままに生き生きとして、かれらの古い家系のことや、それを構成する繊細で感じやすい人々が見た不思議な幻影のことを長々と真剣に語った。サラセン人の捕虜になって、かれらの途方もない秘密を知った、焔《ほのお》の眼を持つ十字軍戦士のこと。エリザベスが女王だった時に魔術を研究した初代サー・ランドルフ・カーターのこと。またセイレムの魔女事件で辛《から》くも絞首刑《こうしゅけい》を免れ、先祖から伝わる大きな銀の鍵を古めかしい箱にしまったエドマンド・カーターのことを祖父は語った。カーターが目醒める前に、優しい来訪者はその箱の在処《ありか》を教えてくれた。古き世の驚異を納めた彫刻のある樫《かし》の箱――この二百年間、そのグロテスクな蓋《ふた》を何人《なんぴと》の手も開けていないのだ。

大きな屋根裏部屋の埃《ほこり》と影の中で、カーターはそれを見つけた――箱は背の高い箪《たん》笥《す》の抽斗《ひきだし》のうしろに忘れられていた。縦横およそ一フィートで、ゴシック式の彫刻がひどく恐ろしかったから、エドマンド・カーター以来誰も開けようとしなかったというのも不思議はないと彼は思った。振っても音はしなかったが、嗅《か》いだことのない神秘的な香料の香りがした。その中に鍵が入っているというのは、実際曖昧な言い伝えにすぎず、ランドルフ・カーターの父親はそんな箱が存在することさえ知らなかった。箱には錆《さ》びた鉄の留め具がついており、頑丈な錠前を開ける手段はなかった。箱の中には失われた夢の門の鍵があるのだろうとカーターはおぼろげに察したが、それをどこでどのように使うかについて、祖父は何も教えてくれなかった。

年老いた使用人が彫刻の施された蓋をこじ開けた。その時、使用人は黒ずんだ木の部分から厭《いや》らしいいくつもの顔がこちらを見ているために、また、妙に見憶えのある感じがしたために、ぶるぶると震えていた。箱の中には、変色した羊皮紙に包まれて、謎《なぞ》めいたアラベスク模様に蔽《おお》われた、巨《おお》きな曇った銀の鍵が入っていた。しかし、読める説明の類《たぐい》はなかった。羊皮紙は嵩張《かさば》るものだったが、未知の言語の奇妙な象形文字が昔の葦《あし》のペンで書いてあるだけだった。カーターはその文字を見たことがあった。ある真夜中、名も知れぬ墓地で姿を消した南部の恐るべき学者が持っていたパピルスの巻物に書いてあったのだ。あの男はその巻物を読む時、いつも身震いしていたが、今はカーターが震える番だった。

しかし、彼は鍵を綺麗《きれい》に磨き、香り高い古い樫の箱に入れて、夜毎自分のそばに置いた。彼の夢はその間に鮮やかさを増し、昔のように不思議な街や信じがたい庭園を見せてはくれなかったが、はっきりした傾向を帯びつつあって、その目的は間違えようがなかった。夢は彼を何年も昔に呼び返し、すべての先祖の総意によって、どこか隠された一族の故地へ彼を引きつけているのだ。やがて彼は過去に戻って、古いものどもと溶け合わなければならないことを知り、来る日も来る日も、北にある丘々のことを考えた。そこには取り憑かれたアーカムと、勢い良く流れるミスカトニック川と、彼の一族の寂しい田舎屋敷があった。

秋の沈鬱《ちんうつ》な日射《ひざ》しの中で、カーターはなつかしい思い出の道を辿《たど》り、なだらかに起伏する丘の優美な線や、石塀に囲われた牧草地、遠い谷と懸崖《けんがい》の森、湾曲した道路、木《こ》蔭《かげ》に見え隠れする農場、そして、うね曲がってここかしこに田舎びた木橋や石橋が架かっているミスカトニック川の透きとおった流れの前を通り過ぎた。とある道の曲がり目で、大きな楡《にれ》の木の林を見た。百五十年前、一人の先祖が奇妙な失踪《しっそう》を遂げたところだ。風が何か意味ありげにその木々の間を吹き抜けた時、カーターはゾッとした。それから、魔女グッディー・ファウラー婆《ばあ》さんの朽ちかけた農家があった。小さい邪悪な窓がついていて、傾斜した大屋根は北側の地面にとどきそうだった。彼はそこを通る時、自動車の速度を上げ、丘に登るまで速度を緩めなかった。その丘は彼の母親と母親の先祖たちが生まれたところで、古い白塗りの家が今も誇らしげに道路の向こうを見渡し、その方には、岩がちな斜面と緑の谷間の息を呑むほど美しい景観がひらけて、地平線上にキングスポートの遠い尖塔があり、遥か彼方に、夢に満ちた古き海の気配があった。

やがて一段と急な斜面に差しかかった。もう四十年以上も見ていない、古いカーター家の屋敷がある場所だ。斜面の麓《ふもと》に着いた時は午後も大分遅くなっており、彼は半分登ったところの曲がり角に車を停めて、西日が斜めにふりそそぐ魔法の洪水の中に金色に輝く田園地帯の広がりを見渡した。近頃見た夢の不思議さと期待が、静まり返ったこの世ならぬ風景の中にあるような気がして、彼は他の惑星の未知な寂しい場所のことを思った。彼の目は崩れた塀の間に波打って輝く、人気《ひとけ》のない天鵞絨《びろうど》のような芝生と、遠くに連なる紫の丘の稜線《りょうせん》を引き立てる妖精の森の木立と、鬱蒼《うっそう》とした無気味な谷が暗蔭の中で湿った窪地《くぼち》へ落ち込んでゆくさまを見ていた。その窪地では、ふくらんで歪んだ木の根の間をちょろちょろと流れる水が小声で歌い、喉《のど》を鳴らしていた。

これから行くところに自動車は場違いだと何となく思ったので、彼は森の外れに車を置き、大きな鍵を上着のポケットに入れると、歩いて丘を登り始めた。今は木立の中にすっかり嚥《の》み込まれたが、家のある高い円丘は、北側を除いて木《き》を伐り払ってあることを知っていた。家の様子はどんなだろうと思った。三十年前、変り者の大叔父クリストファーが死んで以来、彼はそこを空家のまま手入れもしないで放っておいたからだ。少年の頃、彼は長いことその家に泊まって大いに楽しみ、果樹園の向こうの森に奇怪な驚異《おどろき》を見つけたものだった。

あたりの影が濃くなった。夜が近づいて来たのだ。一度、右手の木立に切れ目が開《あ》いて、何リーグと連なる黄昏《たそがれ》の牧草地の向こうが見渡せ、キングスポートのセントラル・ヒルにある古い会衆派教会の尖塔が見えた。塔は最後の夕映えを受けて桃色に染まり、丸い小窓のガラスが焔を映して燃え上がっていた。それからまた深い影の中に入った時、彼はハッと思い出した。チラリと見えたその光景は、子供の頃の記憶だけから現われたにちがいない。古い白亜の教会はずっと以前に取り壊され、会衆派教会病院に場所を譲っていたからである。彼はそのことを報じる記事を、興味深く読んだのだった。新聞は教会の下の岩山に奇妙な横穴か通路が見つかったと書いていたからだ。

当惑していると、甲高い声が聞こえて来た。何年も前に聞いた憶えのある声だったので、彼はまたハッとした。ベナイジャ・コリー爺《じい》さんはクリストファー叔父の雇い人で、あの遠い昔、少年の頃に訪れた時でさえすでに年寄りだった。今では優に百歳を越しているはずだが、その甲高い声はほかの人間の声ではあり得なかった。言葉は聞き取れなかったが、声の調子は耳底に残っていて、間違えようがなかった。あの「ベナイジー」がまだ生きているとは！

「ランディー坊ちゃん！　ランディー坊ちゃん！　どこにいなさる？　マーシー叔母さんが心配しておっ死《ち》んじまってもいいんですかい？　午後はおうちのそばにいて、暗くなったら帰っておいでと叔母さんは言いませんでしたかい？　ランディー！　ランン……ディー！　……やれやれ、あんなに森へ逃げ込むのが好きな子供は見たことがねえ。日に半分は上の材木林で、蛇の穴のまわりをうろついとるんじゃからな！……おおい、ラン……ディー！」

ランドルフ・カーターは真っ暗闇の中に立ちどまり、手の甲で目をこすった。何かが変だった。彼はどこか行くべきでないところに行った。自分の場所ではないひどく遠いところへ迷い込んで、言訳が立たないほど遅くなってしまったのだ。彼はキングスポートの尖塔で時間を見ていなかった。懐中用の望遠鏡で時計を見ることは造作もなかったのに。だが、自分が今遅くなっているのは何か非常に奇妙で、今までにないことだとわかっていた。小さい望遠鏡を持って来たかどうか自信がなかったので、上着のポケットに手を入れて探した。望遠鏡はなかったが、どこかで箱に入っているのを見つけた大きな銀の鍵があった。いつかクリス叔父は、古い開けたことのない箱に鍵が入っているとかいう変な話をしたが、マーサ叔母がいきなりその話をやめさせたのだ——ただでさえ奇妙な空想で頭が一杯になっている子供にする話ではないと言って。彼はその鍵をどこで見つけたのか思い出そうとしたが、何かがひどく混乱しているようだった。それはボストンの自宅の屋根裏部屋でだったと推測し、週給の半分をやるから箱を開けるのを手伝ってくれ、このことは内緒だとパークスに言ったことをぼんやり思い出した。だが、それを思い出した時、パークスの顔が妙な具合に目に浮かんだ——まるで元気の良い小柄なロンドンっ子に長い歳月の皺《しわ》ができたかのようだった。

「ラン……ディー！　ラン……ディー！　おおい！　おおい！　ランディー！」

揺れるランタンが真っ暗な曲がり角をまわって来て、ベナイジャ爺さんが、途方に暮れて黙っている巡礼の姿に飛びついた。

「何じゃ、坊、こんなところにいたんですかい！　おめえさんの頭にゃ、べろはついとらんのですかい、返事もできねえとはよ。わしゃア三十分も呼んでおったから、とっくに聞こえたはずじゃろうに。おめえさんが暗くなっても帰らねえから、マーシー叔母さんがずっとイライラしてたのを知らねえんですかい？　クリス叔父さんが帰って来たら御注進《ごちゅうしん》しますぜ。いいですか、ここの森はこんな時間にほっつき歩く場所じゃねえんです！　誰にも良《い》いことをしねえ奴《やつ》らが出歩いておりますからな。わしの爺さんがそう言うとりました。さあ、ランディー坊ちゃん、いらっしゃい。さもねえと、ハンナが晩飯を片づけちまいますぜ！」

そこで、ランドルフ・カーターは足早に道を上って行った。高い秋の大枝の間に、星が不思議そうにチカチカと光っていた。向こうの曲がり角で小さいガラスの嵌《は》まった窓に黄色い明かりが点《つ》くと、犬が吠《ほ》え、ひらけた円丘の向こうに昴《すばる》が燦《きら》めいて、その丘に大きな腰折れ屋根が仄暗《ほのぐら》い西空を背にして黒々と立っていた。マーサ叔母が戸口にいたが、ベナイジャがずるけ者を中へ押し込んでも、あまりきつくは叱《しか》らなかった。彼女はクリス叔父を良く知っていたから、カーター家の血を引く者がこういうことをするのは仕方がないと思っていたのだ。ランドルフは鍵を見せず、黙って夕食を食べ、寝る時間が来た時だけ逆らった。彼は時として目醒めている時の方が良く夢を見ることができ、あの鍵を使いたかったのだ。

翌朝、ランドルフは早起きして上の材木林へ駆けて行こうとしたが、クリス叔父が彼をつかまえ、無理矢理朝食の席に着かせた。ランドルフは部屋の中を所在なく見まわした。そこは天井の傾斜が緩《ゆる》く、襤褸《ぼろ》を織り交ぜた絨毯《じゅうたん》と剝《む》き出しの梁《はり》と隅柱があった。果樹園の大枝が裏手の窓の鉛枠のついたガラスを引っ掻いた時、彼は初めて顔をほころばせた。木々と丘はすぐ近くにあり、彼の本当の国である時間のない領域の門をなしていた。

それからようやく解放されると、上着のポケットを探って、鍵のあることをたしかめ、果樹園を横切って、その向こうへ跳ねて行った。そこでは森に蔽われた丘がまた登り坂になり、木のない円丘よりも上の高処《たかみ》へ続いていた。森の地面は苔《こけ》が生えて謎めいており、薄明かりの中でここかしこに、地衣類に蔽われた大岩がぬっそりと立っていた。まるで聖なる神林のふくらんでねじくれた木の間に、ドルイドの一本石が立っているようだった。登って行く途中に一度、ランドルフは流れの早い小川を渡った。少し離れたところで、その小川が滝となり、隠れひそむファウヌスやアイギパン（訳注・牧神の一種）やドリュアスに向かって秘密の呪文《じゅもん》を歌っていた。

やがて彼は森の斜面にある奇妙な洞穴に来た。土地の連中が避け、ベナイジャが近寄らぬようにと何度も戒めた、人も恐れる「蛇の穴」だ。そこは深かった。そんなに深いとは、ランドルフ以外の人間は思ってもみなかった。というのも、少年は穴の突きあたりの真っ暗な片隅に、その向こうのもっと高い洞窟《どうくつ》へ通じる裂け目を見つけていたのである――その岩穴は心に憑いて離れない墓穴のような場所で、花崗岩《かこうがん》の壁はわざと造ったもののような、奇妙な錯覚をおぼえさせた。今回、彼はいつものように腹這《はらば》いになってもぐって行き、居間のマッチ箱からくすねたマッチで行く手を照らしながら、自分にも説明のできない熱心さで、身体《からだ》を横にして最後の割れ目を通り抜けた。自分がなぜそんなに確信を持って奥の壁に近づくのか、そうしながら本能的に銀の鍵を引っ張り出したのはなぜなのか、わからなかった。しかし、彼は先へ進み、その夜小躍りしながら家に帰った時は、遅くなった言訳もしなかったし、午餐《ごさん》の合図の笛を無視したといって叱られたが、少しも気にしなかった。

現在遠い親戚全員が認めているが、十歳の時に、何かランドルフ・カーターの想像力を高めるようなことが起こったらしい。シカゴに住むアーネスト・B・アスピンウォール氏は彼よりもちょうど十歳年上の従兄《いとこ》だが、一八八三年の秋以降、少年が変わったのをはっきりと憶えている。ランドルフはほとんどの人間が見ることのできなかった幻想の光景を見ていたが、それよりも奇妙なのは、彼がごく世俗的な物事との関係で示した性質のいくつかだった。要するに、彼は妙な予言の才能を身につけたらしいのである。あることに彼が異常な反応を示すと、その時は無意味に思われるけれども、あとになって、もっともだと首肯《うなず》かれるのだった。数十年の歳月が経つうちに、新しい発明や、新しい名前や、新しい事件が次々と歴史の本に現われたが、人々は時々不思議がりながら思い返すのだった――カーターが何年も前にふと漏らした言葉が、当時はまだ遠い先のことだった物事に疑いなく関係していたことを。彼自身そうした言葉を理解していなかったし、ある種の事物が自分にある種の感情を抱かせる理由もわからず、何か思い出せない夢のせいだろうと考えていた。ある旅行者がベロワ・アン・サンテール（訳注・フランス北部の町。第一次世界大戦最大の戦い「ソンムの戦い」の一部がここで行われた）というフランスの町の名を口にして、カーターが蒼白になったのは一八九七年のことだったが、一九一六年に世界大戦で外人部隊に従軍中、彼が瀕死《ひんし》の重傷を負うと、友人たちはそれを思い出した。カーターの親類がこういう話をよくするのは、彼が最近失踪してしまったからだ。小柄な老いた使用人パークスは長年彼の奇行に辛抱強く耐えて来たが、カーターを最後に見たのは、彼が最近発見した鍵を持って自動車に乗り、一人で出かけた朝だった。パークスは鍵を古い箱から取り出すのを手伝ったが、箱に刻まれた奇妙な彫刻と、それとはべつの何とも言いようのない異様な感じに、妙な胸騒ぎがしたという。カーターは出て行く時、アーカム付近の、祖先が住んだ古い土地へ行くと言っていた。楡山《エルム・マウンテン》の中腹、昔のカーター家の屋敷跡へ行く途中の道端に、注意深く停めてある彼の自動車が見つかった。車の中に香り高い木の箱があったが、その彫刻は箱を偶然見つけた土地の者をぎょっとさせた。箱には風変わりな羊皮紙が入っているだけで、それに書いてある文字は、言語学者も古文書学者もいまだに解読や同定をすることができない。足跡があったとしても雨がとうに消し去っていたが、ボストンの調査官たちは、カーター屋敷の崩れ落ちた材木に掻き乱された形跡がある云々《うんぬん》と言っていた。そう遠くない以前に、誰かが廃墟《はいきょ》を手探りで歩きまわったようだったとかれらは断言した。上の丘の斜面にある森の岩蔭に、ありふれた白いハンカチが見つかったが、失踪した男の物かどうか確かめることはできない。

ランドルフ・カーターの土地財産を相続人に分配する話が出ているが、私は彼が死んだとは信じないので、断固これに反対するつもりだ。この世には夢見る者だけが見抜ける時間と空間の、幻影と現実のねじれがある。私がカーターについて知っていることからすると、彼はただそうした迷路を横断する方法を見つけただけだと思うのだ。彼がこの先帰って来るかどうかはわからない。彼は失った夢の国を求め、子供時代に憧《あこが》れていた。そのうちに鍵を見つけて、それを不思議に上手《うま》く使うことができたのだと、私はなぜかそう信じたいのだ。

彼に会ったら訊《き》いてみようと思う。私はもうじき、私たち二人が以前よく訪れた夢の都市で彼に会うつもりなのだ。スカイ川の彼方のウルタルでは、新しい王がイレク゠ヴァードのオパールの玉座につくと噂している。イレク゠ヴァードは素晴らしき小塔の街、ガラスのうつろな崖《がけ》の上に建ち、そこから見下ろす黄昏の海の中には、鬚《ひげ》を生やし、鰭《ひれ》のあるグノリ族が特異な迷宮を築いている。私はこの噂をどう解釈するべきか知っているつもりだ。そう、私はあの大きな銀の鍵を見ることを無性《むしょう》に楽しみにしている。その謎めいたアラベスク模様には、盲目的に人格を持たぬ宇宙の目的と神秘がすべて象徴されているかも知れないからだ。

名状しがたいもの

秋の日の午後遅く、私たちはアーカムの古い墓地にある崩れかけた十七世紀の墳墓の上に腰を下ろし、名状しがたいものについて思いをめぐらしていた。共同墓地の真ん中には柳の大樹が立っていて、その幹が古くて碑銘も読めない傍らの墓石を呑《の》み込まんばかりになっている。私はそちらの方を見ながら、柳の樹《き》の太々と張った根が、その古さびた埋葬地から吸い取っているにちがいない、口には出せぬおぞましい養分について荒唐無稽《むけい》な説を述べたところだった。するとわが友人は、くだらんことを言うなとたしなめ、ここではもう百年以上埋葬は行われていないのだから、格別変わったものがその樹に滋養を与えているはずはない。それに君は年中「名状しがたい」ものだとか「口には出せぬ」ものだとかの話をするけれども、まったく幼稚で、うだつの上がらぬ作家にお似合いだと決めつけた。君の物語では、しばしば結末に至ると、凄絶《せいぜつ》な光景や音響に主人公の心神が麻痺《まひ》して、自分の体験を語る気力も言葉も連想観念も失《な》くしてしまう。そんな話が多すぎる、と言うのだった。我々が事物を知覚するのは、五感か宗教的直覚によるほかはない。従って事実の明確な定義、もしくは神学の――願うべくは会衆派教会の――正しい教義、加うるに各々《おのおの》の伝統や、サー・アーサー・コナン・ドイル（訳注・ここでは心霊主義者としてのドイルに言及している）が加えるかもしれないいくらかの修正、それらを以《もっ》て明確に記述説明し得ぬ物体だの光景だのに言及することは、まったく不可能である――これが彼の御高説だった。

この友ジョエル・マントンとは、しばしば気怠《けだる》い言い争いをしたものだった。彼はイースト・ハイスクールの校長を務めていたが、ボストン生まれのボストン育ちで、人生の微妙なニュアンスを解さないニューイングランド人の独善性が染《し》みついていた。彼の意見によると、正常で客観的な経験のみが美的価値を有するのであって、芸術家の本分とは、行為や陶酔や驚愕《きょうがく》によって強烈な感情を掻《か》き立てることよりも、日常を正確緻密《ちみつ》に活写して穏やかな関心と審美眼を保つことにある。彼は私が神秘的なものや不可解なものに執心することをとくに嫌った。超自然の存在は私よりずっと本気で信じていたが、そうしたものが文学の題材になるほどありふれているとは認めようとしなかったからだ。人の心が日々の単調な仕事の桎梏《しっこく》からの逃避を、またふだんは習慣と疲れから現実世界の陳腐な紋切型に塡《は》め込んでいるイメージの数々を、独創的、劇的に再構築することを至上の喜びとする――そんなことは彼の明晰《めいせき》で実際的、論理的な知性にとっては、ほとんど思議《しぎ》の外であった。彼にとってあらゆる事物と感覚とはかっちりと定まった大きさ、特性、原因と結果を持っていた。精神には時として、それよりもはるかに非幾何学的で類別しがたく、御《ぎょ》しがたい幻影や感覚が生じることを薄々《うすうす》知ってはいたが、自分勝手な境界線を引っ張り、平均的市民に経験も理解もできないものは一切無視しても構わないと信じていた。加えて、彼は真に〝名状しがたい〟ものなどあるはずがないとほとんど確信していた。そんなものは意味をなさぬ言葉に聞こえたのだ。

こういう唯我《ゆいが》独尊の日向《ひなた》人種に向かって、想像力に富む形而上学《けいじじょうがく》的な議論をしても始まらないことはわかっていたが、この午後の対話の舞台には、つねにもまして私の弁を奮い立たせるものがあった。朽ちかけた粘板岩の墓石、老いた大樹、四方に広がる魔女に憑《つ》かれた古い街の幾星霜を閲《けみ》した腰折れ屋根――それらすべてに元気を煽《あお》られて、私は自分の仕事を弁護したのだ。私はやがて敵陣に攻め込んだ。実際、反撃を開始するのはさして難しくなかった。ジョエル・マントンは、洗練された人々がとうの昔に打ち捨てて顧みない多くの他愛ない迷信に、半分しがみついていたからだ。臨終《いまわ》の際《きわ》の人間が遠く離れた場所に現われるとか、一生涯そこから外を凝視《みつ》めていた人々の顔が窓に焼きつくといったことである。そういう田舎の老婆《ろうば》のひそひそ話を信ずることは、霊的な物が肉体を離れて、肉体の死後も地上に存在するのを信ずることにほかならない、と私は主張した。だとすれば、あらゆる通常の観念を超えた現象を信じられることになる。なぜなら、もしも死者が己の姿を視覚や触覚にうったえる形で地球の裏側に送ったり、数百年後まで残留《とど》めたりできるものなら、無人の廃屋が知覚力を持つ奇妙なものに満ちているとか、古い墓地に幾世代にもわたる人間の恐るべき、肉体を持たぬ意識がうようよしていると考えることが、どうして馬鹿《ばか》げているだろう？　しかも、霊がそれに帰せられる種々の現象を惹《ひ》き起こす場合は、物質界のいかなる法則にも縛られるはずがないのだから、心霊として生きる死者たちが、これを目撃した人間にはまったく〝名状しがたい〟凄《すさ》まじい形をしている――というより、形を持たないでいる――と想像することが、どうして突飛であろう？　こうしたことを考えるにあたって、〝常識〟などは、想像力と精神の柔軟性との愚かな欠如にすぎない、と私はいささか熱っぽく説き立てた。

あたりに暮色が垂れ込めて来たが、二人とも話をやめる気はなかった。マントンは私の議論に動じず、反駁《はんばく》の闘志満々な様子だった。自分の意見に自信があり、教師として出世したのもそのおかげに相違ない。私の方も論拠に自信があったから、負けるものかと思っていた。夕闇《ゆうやみ》が下り、遠くの窓に仄《ほの》かな明かりが灯《とも》ったけれども、私たちは動かなかった。墓の上はしごく坐《すわ》り心地が良かったし、わが友は散文的な人間である。古い煉瓦《れんが》造りの墳墓が樹の根に荒らされて、私たちのすぐ後ろにぽっかりと洞穴のような割れ目が開《あ》いていることも、今にも崩れ落ちそうな十七世紀の廃屋が、街《がい》燈《とう》の灯っている近くの道を蔽《おお》い隠して、私たちのいる場所を真っ暗闇に閉ざしていることも、気にはしないことを私は知っていた。その暗がりの中、廃屋に近い穴の空いた墳墓の上で、私たちは〝名状しがたいもの〟のことを語り続け、友人が嘲弄《ちょうろう》を終えると、私は彼がもっとも嘲弄した小説の背景にある、畏《おそ》るべき証拠を語った。

　私が書いた物語は「屋根裏の窓」という題で、「ウィスパーズ」誌の一九二二年一月号に掲載された。あちこちで、とりわけ南部と太平洋岸では阿呆《あほう》な臆病者《おくびょうもの》から苦情が出たため、雑誌は売店から撤去されたが、ニューイングランドの人間は怖がりもせず、私の奇抜な物語に肩を竦《すく》めるだけだった。第一、そんなものは生物学的にあり得ない、と断言された。土地の狂った言い伝えを真に受けたコットン・マザーがまとまりのない『美国基督大業記《マグナーリア・クリスティー・アメリカーナ》』（訳注・一七〇二年に出たマザーの著書。ラテン語の原題「Magnalia Christi Americana」は、訳せば「アメリカに於けるキリストの大いなる御業」というほどになる）に詰め込んだうちの一つにすぎず、しかも信憑性《しんぴょうせい》に乏しいため、さしもの著者も怪事が起こったという場所を記していないではないか、と。それに、この昔の神秘家が簡略に書き留めただけの内容を私が潤色した筆法といったら――まったくとんでもない、それこそ軽薄で空想好きな三文文士のやり方だった！　たしかにマザーはそのものが生まれたことを記している。しかし、それが成長して夜な夜な人家の窓を覗《のぞ》き込み、生きているうちはおろか死後もある家の屋根裏にひそんでいて、数百年後、誰かが窓辺にいるそいつを見たが、自分の髪の毛を真っ白にしたものがどんな様子だったか説明もできない――等々といった尾鰭《おひれ》は、低俗な煽情《せんじょう》小説家以外の誰も思いつくまい。すべて愚にもつかぬ由《よし》なし事で、友人マントンはさっそくその点を突いた。そこで私が持ち出したのは、一七〇六年から一七二三年にわたってつけられた古い日記帳のことだった。その日記帳は、二人が坐っている場所から一マイルと離れていない家の古文書の中から見つかったものだが、私はそこに書いてあった内容を語り、私の先祖が胸板と背中に傷を負ったという日記の記述がたしかに事実であることを指摘した。さらに界隈《かいわい》の他の住民が抱いていた恐怖のこと、それが蔭《かげ》で代々語り継がれて来たこと、また一七九三年に、廃屋に入り込んで、そこにあると考えられるある種の痕跡《こんせき》を調べようとした少年が、現実に発狂したことを語った。

それは奇々怪々な出来事だった――気の弱い研究家が、マサチューセッツ州のピューリタン時代に戦慄をおぼえるのも不思議はない。表面下で起こっていたことについては、ごくわずかしか知られていない――本当にわずかしか。だが、ああいう醜怪な潰爛《かいらん》は時折腐敗の泡を立てて、おぞましい相貌《すがた》を見せるのである。魔女の恐怖は、人々の圧《お》し歪《ゆが》められた脳髄の中で煮えたぎっていたものにおそるべき光を照《あ》てるが、それすらも氷山の一角にすぎない。あの時代には美もなければ自由もなかった——今に残る建築や家財道具や、凝り固まった聖職者たちの悪《あく》どい説教を見てもわかる。そして、あの錆《さ》びた鉄の拘束衣の中には、狂える醜奇と倒錯と悪魔崇拝がひそんでいた。ここには、まさに名状しがたいものの極致があった。

コットン・マザーは、何人《なんぴと》も日が暮れてから読むべきではないあの禍々《まがまが》しい第六巻で、言葉を選ばず呪詛《じゅそ》を吐きかけている。ユダヤの預言者のように峻厳《しゅんげん》な彼は後世の誰も及ばぬ簡潔冷徹な筆致を以《もっ》て、獣以上で人間以下のもの——片眼に斑点《しみ》のある生き物——を産んだ獣のことを、そして同じような眼をしているので吊《つ》るし首になった、わめく飲んだくれのことを語っている。そこまでは飾らずに述べているのだが、そのあとに起こった出来事には一言も触れていない。知らなかったのかもしれないし、知りながら敢《あ》えて記さなかったのかもしれない。ほかに知っている者はいたが、口にする勇気がなかった。子供のない、うちひしがれた偏屈老人が、人の忌《い》み嫌う墓のそばにまっさらな粘板岩の墓石を立て、その老人の家の屋根裏に通じる階段の扉には錠が下ろしてあるという噂《うわさ》だったが、その理由を仄めかす記述は、公の記録にはまったく出て来ない。だが、取りとめもない言い伝えを調べてゆくと、いかに剛毅《ごうき》な人間の血も凝《こご》るような内容が浮かび上がって来るのだ。

こういったことはすべて、私が発見した先祖の日記帳に書いてある。いずれも夜の窓辺や、森の近くの人影稀《まれ》な牧草地に出没する、片眼に斑点のあるものについて密《ひそ》かにささやかれたあてこすりや噂話である。私の先祖は暗い谷間の道で何物かに襲われ、胸には角《つの》で突いた傷、背には猿が引っ掻《か》いたような傷を負った。人々が踏みしだかれた地面に足跡を捜したところ、先が割れた蹄《ひづめ》と、どことなく人間の手を思わせる前足の跡が入り乱れて残っていたという。またある時は、馬車に乗った郵便配達人がこんな話をした。夜明け前、月の光もかすかな時刻に、メドウ・ヒルで、大っ跳びにとびはねる異様な得体の知れないものを、老人がおおい、おおいと叫びながら追いかけていたというのだ。多くの者がその話を信じた。一七一〇年のある夜は、たしかに奇妙な噂が立った。その夜、子供のないうちひしがれた老人が、まっさらな粘板岩の墓石がすぐそばに見える自宅の裏手の納骨所に葬《ほうむ》られたのだ。人々は屋根裏への扉に下ろした錠をけっして外さず、家全体を怖がって寄りつかずに放置した。家から物音が聞こえて来ると、ささやき合って震えおののき、屋根裏への扉の錠が堅牢《けんろう》であることを願った。だが、やがて牧師館で惨劇が起こるに及んで、願いは絶たれたのである。事件の現場は、生存者はおろか、五体満足な屍骸《しがい》さえ一つもないという状態だった。さらに年月が経《た》つと、言い伝えは幽霊話のような性格を帯びて来る——私の想像だが、そのものがもし生き物だったとすれば、死んだのではなかろうか。だが、忌まわしい記憶は残っていた——ひた隠しにされただけに、いっそう忌まわしいものとなって。

話の間、わが友マントンはすっかり静かになり、私の言葉が功を奏したことがわかった。私は一息入れたが、彼は笑いもせず、一七九三年に発狂した少年、私の小説の主人公と言っても良い少年のことを真剣に訊《たず》ねた。私は彼が人の忌み嫌う廃屋を訪れたわけを語り、少年は窓辺に坐っていた者の像が窓ガラスに残っていると信じて、興味を唆《そそ》られたにちがいないと言った。少年は窓の中に見えたというものの話を聞いて、あのおそろしい屋根裏の窓を見に行き、錯乱状態でわめきながら帰って来たのだ。

マントンは私が話している間、何か考え込んでいる様子だったが、次第に分析家らしい心持ちを取り戻した。彼は議論のために、尋常ならぬ怪物が実在したことは認めたが、自然が生んだもっとも病的な奇形といえども、必ずしも名状しがたいものであったり、科学的に記述できなかったりするとは限らないと指摘した。私は彼の明晰な頭脳と粘り腰に感心して、古老から聞き集めた話をさらに語り聞かせた。それら後代の幽霊伝説は、と私は説明した、血肉を持つ生物では到底あり得ぬほど恐ろしい、奇怪なあやかしにまつわるものである。時には目に見え、時には触ることしかできない獣形の巨怪。それが闇夜に宙を漂い、納骨所が裏手にある古家と、碑銘の読めない板石の傍らに若樹が芽生えた墓のまわりに出没するというのだ。裏づけのない言い伝えが語るように、妖怪《ようかい》が人を角で突いたり圧死させたりしたかどうかはともかくとして、それらは一貫した強烈な印象を生んでいた。そして今でも土地の古老は密かに怪物を怖《おそ》れていたが、若者やその親の世代にはあらかた忘れられて——人がそのことを考えなくなったために滅びかけているらしい。さらに美学的理論に関していえば、もしも人間の心霊的流出物でさえグロテスクに歪んだ形をしているとすると、それ自体が自然に対する病的な冒瀆にほかならぬ、有害で渾沌《こんとん》とした奇形体が亡霊と化したなら——そのような法《のり》を外れた穢《けが》らわしい怪物の姿を、脈絡のあるいかなる説明が表現したり描写したりできるであろう？　悪夢の雑種生物の死せる脳髄に象《かたど》られた、かかる捉《とら》えどころのない妖怪こそ、忌まわしくも絶妙に、阿鼻叫喚のごとくに名状しがたいものではあるまいか？

大分夜も更《ふ》けていたようだ。妙に音を立てない蝙蝠《こうもり》が飛んで来て、私の頬をかすめた。そいつはマントンにも触ったらしく、暗闇で見えはしないが、彼が片腕をふり上げるのがわかった。しばらくしてマントンが言った。

「だけど、その屋根裏の窓がある家はまだ立っているのか？　やっぱり空家かね？」

「ああ」と私はこたえた「僕はあすこを見たよ」

「で、そこに何かあったかい――屋根裏かどこかに？」

「庇《ひさし》の下に骨が転がっていた。例の少年が見たのはそれだったのかも知れん――もし感じやすい性質《たち》だったら、窓ガラスに焼きついたものなんか見なくても、イカれていただろうよ。あの骨が全部一つの個体についていたんだとしたら、そいつは見たら取り乱すような物凄《ものすご》い怪物だったにちがいない。あんな骨をこの地上に放っておくのは神への冒瀆だと思ったから、僕は麻袋を持って来て、骨を裏手の墳墓に運んだ。ちょうど割れ目があったから、その中に放り込んだ。馬鹿なことをしたなんて言いなさんな――君だってあの頭蓋骨《ずがいこつ》を見たらわかる。四インチ位の角《つの》が左右に生えていたが、顔や顎《あご》は君や僕と同じようだったんだ」

いつのまにやら私のそばにすり寄っていたマントンの身体《からだ》を、ついに本物の震えが走り抜けるのがわかった。それでも彼の好奇心は熄《や》まなかった。

「それで窓ガラスはどうだった？」

「ガラスはもうなかったよ。片方の窓は窓枠自体外れていたし、もう片方にもガラスは全然なくて、小さい菱形《ひしがた》の穴が残っているだけだった。あれは、ほら――一七〇〇年以前に廃《すた》れた古い型の格子窓《こうしまど》さ。たぶんここ百年かそこらは吹き通しだったんじゃないかな――窓まで調べたとしたら、例の少年が毀《こわ》したんだろう。言い伝えじゃその辺はわからない」

マントンはふたたび考え込んでいた。

「その家を見たいな、カーター。どこにあるんだい？　ガラスがあってもなくても、少し調べてみなきゃならん。それに君が骨を放り込んだ墳墓と、碑銘のないもう一つの墓石――全部合わせるとちょっと凄いことになるな」

「……もう見ているよ。見えていたろう？――暗くなるまで」

わが友は思いのほかこたえていたらしい。無害な劇的効果を狙《ねら》ったこの一言で、彼はハッとして私から身体を離し、ゴクッと息を呑むようにすると、それまでの緊張が解けて、叫び声を上げた。奇妙な叫び声だった。しかも恐ろしいことには、これに応ずるものがあったのだ。その声がまだ谺《こだま》しているうちに、墨を流したような闇から、ギイッと金属の軋《きし》む音が聞こえて来た。私たちのそばに立っているあの呪《のろ》われた古家の格子窓が開いているのだ。ほかの窓枠はみんなとうに落ちてしまっているから、それはほかでもない、あの悪魔の屋根裏の窓についている、ガラスの取れた忌まわしい窓枠に決まっている。

と、同じ恐ろしい方向から、悪臭のする冷気が有害な突風となって吹きつけて来た。続いて、人と怪物が眠るあのおぞましい裂けた墳墓の上、私の隣で金切り声がした。次の瞬間私は何か目に見えないものに凄まじい一撃を喰らい、無気味なベンチから叩《たた》き落とされた。そいつは途轍《とてつ》もなく巨大な、しかし、わけのわからない物だった。叩きのめされた私があの身の毛もよだつ墓場の、樹の根が這《は》う土の地面に大の字になっていると、くだんの墳墓から、喘《あえ》ぐ息とはためく翼の音が騒然と入り乱れて鳴り響いたので、私は漆黒の闇にミルトンの歌う武運つたなき堕獄の群を思い描いた。やがて身を切る氷のような冷風の大渦巻が起こり、緩んだ煉瓦や漆喰《しっくい》のガタガタ鳴る音が聞こえたが、幸い私は気を失って、何が始まったのかわからなかった。

マントンは私より小柄だが芯《しん》は丈夫である。彼の方が深傷《ふかで》を負ったのに、目を開けたのは二人共ほとんど同時だった。私たちのベッドは隣同士で、気がつくとすぐ、ここは聖母マリア病院だと教えられた。看護人たちは好奇心満々の体《てい》でまわりを取り巻き、私たちの記憶を助けようとして、病院に担《かつ》ぎ込まれた時のことを話してくれた。それから聞いたところによると、正午《ひる》頃、ある農家の主人がメドウ・ヒルの向こうの寂しい野原で私たちを見つけたそうである。そこは例の古い墓地から一マイルほど離れており、昔屠畜場《とちくじょう》があったという場所だった。マントンは胸板に二カ所重傷を負ったほか、さほどひどくはないが、切り傷や、鑿《のみ》で抉《えぐ》ったような傷が背中のあちこちについていた。私の怪我《けが》は大したことはなかったが、なんとも不可解な蚯蚓腫《みみずば》れや打撲傷に全身を蔽われ、その中には先の割れた蹄の跡もあった。明らかにマントンの方が多くを知っている様子だったが、彼は興味深げに首をひねる医師たちには、傷の状態を聞かされるまで何も言わなかった。それから、じつは忌々しい暴れ牛にやられたのだと語った――もっとも、牛がそんな場所にいたというのは少し無理な話だったが。

　医師や看護婦が立ち去ってから、私は小声でおそるおそる訊《き》いてみた。

「いやはや、マントン。あれはなんだったんだ？　その傷――あいつはそんな風だったのか？」

　彼はささやき声で、半ば期待通りの返事をしたが、私はまだ頭がぼうっとしていて、勝ち誇る余裕もなかったのである。

「とんでもない――全然ちがう。あれはそこらじゅうにいた――ゼラチンというか――粘液というか――でも、形はあった。とても思い出せないような物凄い形が無数に。双《ふた》つの眼があって――片方に斑点《しみ》があった。あいつは地獄の大穴――大渦巻――窮極の醜悪だった。カーター、あいつは名状しがたいものだったよ！」

家の中の絵

　恐怖を探し求める者は奇妙な遠い地へ出向いて行く。プトレマイス（訳注・古代エジプトの都市）の地下墓地や、悪夢の国々の彫刻を施された霊廟《れいびょう》はかれらのためにある。かれらはライン川の荒城《こうじょう》の月光に照らされる塔に登り、アジアの忘れられた街々に散らばった石の下の、真っ暗な蜘蛛《くも》の巣の張った階段をよろめきながら下りてゆく。魔の森や荒涼たる山はかれらの神殿であり、かれらは無人島の無気味な一本石のまわりに去りやらず佇《たたず》む。しかし、恐ろしきものの真の享楽家《きょうらくか》、言いようのないおぞましさが生む新たな戦慄《せんりつ》こそが生きる主目的であり理由である人間は、ニューイングランドの未開な森林地帯にある古い寂しい農家を何よりも珍重する。そこでは力や、孤独、グロテスクさ、無知といった暗い要素が組み合わさって、忌《い》まわしいものの極致を形造っているからだ。すべての光景の中で一番恐ろしいのは、人の行き交う道筋から遠く離れた、ペンキも塗らない小さな木造の家々で、それらはたいてい草深いじめじめした斜面にうずくまっているか、露出した巨大な岩に寄りかかっている。二百年以上もそこに寄りかかったりうずくまったりしているうちに、蔦《つた》が這《は》い、木々は太くなって枝を広げている。こうした家は、無法に繁《しげ》る緑と影という守護者の経帷子《きょうかたびら》のうちにほとんど隠されているが、小さいガラスをいくつも嵌《は》め込んだ窓は、今なおゾッとするような目つきで見つめている——まるで言語に絶するものの記憶をぼかすことによって狂気を払い除《の》ける、死の昏迷《こんめい》の中で瞬《まばた》いているかのように。

そうした家には、この世界に類を見ない奇妙な人間が何代も住み続けて来た。陰鬱《いんうつ》で凝り固まった信仰心にとり憑《つ》かれて同胞から追放されたかれらの先祖は、自由を荒野に求めた。征服種族の末裔《まつえい》たちは、実際そこで仲間の掣肘《せいちゅう》から解き放たれて繁栄《さか》えたが、己の心が生み出した陰気な幻影に怯《おび》え、その奴隷《どれい》となって、恐ろしい状態に陥っていた。文明の教化から切り離された、こうした清教徒たちの力は特異な捌《は》け口《ぐち》に向かった。そして孤立と、病的な自己抑圧と、仮借《かしゃく》ない自然との命がけの闘いの中で、冷たい北方の血脈が持つ有史以前の深処《ふかみ》から、暗い胡乱《うろん》な性向がかれらに現われた。必要によって実際家になり、哲学によって厳格になったこれらの人々は、罪に於《お》いて美しくなかった。すべての人間が犯すように過《あやま》ちを犯すと、頑《かたく》な掟《おきて》に強いられて何よりも先に隠匿《いんとく》を求め、そのため隠匿するものに関してますます見境がなくなった。ただ奥地にある物言わぬ、眠たげに目を開いた家々だけが、往時からの秘め事をすべて知っていたが、忘却を助けてくれる眠気を払いたくないために黙りこくっているのだ。時として、こうした家は取り壊した方が情け深いと思うことがある。かれらはよく夢を見るにちがいないから。

一八九六年十一月のある日の午後、私が駆け込んだのはこういう歳月に傷《いた》めつけられた建物だった。冷たい雨がどっと降り出したので、どんな場所でも雨さえ凌《しの》げれば良かったのだ。私はそれまで系図学上の資料を求めて、ミスカトニック渓谷の人々の間をしばらく旅していたが、私の行く先は辺鄙《へんぴ》で本道から外れた厄介なところだったから、こんな季節だが、自転車を使った方が便利だと思った。私がその時にいたのは見たところ人が通らなくなった道路で、アーカムへの一番の近道と思ってそこを選んだのだが、どの町からも離れた地点で嵐《あらし》に遭い、避難場所はその古い、嫌悪《けんお》を催させる木造の建物しかなかったのだ。その家は、岩山の麓《ふもと》に近い葉の落ちた二本の楡《にれ》の大木の間から、曇った窓で瞬《まばた》きをしていた。廃道からは遠かったけれども、一目見たとたんに好ましからざる印象を与えた。正直で健全な建物はそのように陰険に、まといつくように旅人を見つめたりはしないし、私は系図学の調査をしていて一世紀前のさまざまな言い伝えを知り、そのため、この種の家に偏見を抱いていたのである。しかし、雨風の力はそんなことを気にしていられぬほどだったので、私は躊躇《ちゅうちょ》せずに自転車を押して、何かを仄《ほの》めかすようでもあり隠し立てするようでもある閉まった扉の方へ、草ぼうぼうの坂道を上って行った。

私はなぜかその家を空家だと決めつけていたが、近づくにつれて自信がなくなって来た。道はたしかに雑草に蔽《おお》われていたが、まったく人の来なくなった場所と言うには、道らしさがまだ残っているように思われたからだ。そこで、扉を開けようとする代わりにノックをした——そうしながら、何とも説明のできない震えを感じた。上がり段の役を果たしている粗削りな苔生《こけむ》した岩の上で待つ間に、私は手近の窓と頭上の明かり取り窓のガラスを見やり、古いし、ガタガタ鳴っているし、汚れてほとんど不透明になっているが、割れていないことに気づいた。してみると、この建物は孤立して、全体に放ったらかしだが、まだ人が住んでいるにちがいない。だが、扉を叩《たた》いても応答がなかったので、何度も呼びかけたあと錆《さ》びた掛金を試してみると、扉は施錠されていなかった。中は狭い入口の間《ま》で、壁の漆喰《しっくい》は剝《は》げ落ちているし、戸口から微《かす》かだが妙に不快な臭《にお》いが漂って来た。私は自転車を押して中に入り、背後に扉を閉めた。正面に狭い階段があり、その横についている小さな扉はたぶん地下室に通じるのだろう。一方、右手と左手には、一階の部屋部屋に通じる扉があった。

私は自転車を壁に立てかけて左手の扉を開け、天井の低い小部屋に入った。そこは二つの埃《ほこり》だらけの窓からわずかな明かりが入って来るだけで、家具はこれ以上あり得ないほど少なく、旧式だった。一種の居間だと見えて、テーブル一つと椅子《いす》が数脚あり、巨大な暖炉の上のマントルピースに古時計が時を刻んでいた。本や新聞はごくわずかで、薄暗い中では題名を読むのも容易でなかった。私の興味を惹《ひ》いたのは、目に見えるあらゆるものに一様に示された古めかしい様子だった。この地域の家はたいてい過去の遺物をふんだんに持っていたが、ここでは古さが奇妙に完全だった。どの部屋にも、独立戦争後のものとはっきりわかる品物は一つもなかったのだ。家具調度がこれほどつましくなかったら、この家は蒐集家《しゅうしゅうか》の楽園だったろう。

この古い趣のある部屋をながめていると、家の寒々した外見によって最初に掻《か》き立てられた嫌悪《けんお》感がつのって来た。私が恐れるか嫌うかしているものが何なのかは、どうにもはっきり言えなかったが、全体の雰囲気のうちにある何かが、不浄の歳月、不愉快な粗雑さ、そして忘れた方が良い秘密の匂《にお》いに満ちているようだった。私は椅子に腰かける気になれず、目に留まったさまざまな品物を調べながら歩きまわった。最初に私の好奇心をそそったのは、一冊の本だった。それは中位の大きさでテーブルに置いてあったが、あまりにも古めかしいので、博物館や図書館の外でそんな物を見るのは驚きだった。革装丁で金具がついており、保存状態は素晴らしく、こんなみすぼらしい住居では普通お目にかかれぬ書物だった。開いて題扉をめくった時、私の驚きはさらに増した。何とそれはピガフェッタ（訳注・フィリッポ・ピガフェッタ　1532－1604。イタリアの人文学者）の書いたコンゴの地誌という稀《き》覯本《こうぼん》——船員ロペスの覚え書きにもとづいてラテン語で記され、一五九八年にフランクフルトで印刷されたものだったのだ。私はド・ブリー兄弟による風変わりな挿絵のついたこの著作のことをしばしば聞いていたので、目の前にあるページをめくりたいという思いに、不安を一瞬忘れた。その版画はじつに興味深く、まったく想像と不注意な伝聞だけから描かれたもので、肌が白く、コーカサス系人種の顔立ちをした黒人を描いていた。だから、ごく小さな事柄が私の疲れた神経に障《さわ》って胸騒ぎを蘇《よみがえ》らせなかったなら、私はその本を閉じなかっただろう。私が気になったのはただ、この本に図版十二のページがひとりでに開くしつこい癖があることで、その図版は、人を食うアンジック族の肉屋を身の毛のよだつような細部にわたって描いていた。私はこんな些《さ》細《さい》なことにこだわるのを恥ずかしく思ったが、それでも、その線画は私の心を乱した——隣にある本文がアンジック族の料理術を説明しているのを併《あわ》せ読むと、なおさらだった。

　私は近くの棚をふり返って、そこにあるわずかな文学書を調べていた——十八世紀の聖書、同時期の『天路歴程』——これにはグロテスクな木版の挿絵が入っており、暦作りのアイザイア・トマスが印刷している――コットン・マザーの『美国基督大業記《マグナーリア・クリスティー・アメリカーナ》』のぼろぼろになった大冊、そして明らかに同じくらい古い他の数冊の本――その時、頭上の部屋で聞き違えようのない足音がしたのに注意を掻き立てられた。扉を叩いた時には応《こた》えがなかったので、最初はギョッとしたけれども、歩いている人物は今まで熟睡していたのだろうとすぐに思い直し、ギイギイと軋《きし》む階段を足音が下りて来るのを、さほど驚かずに聴いていた。足取りは重かったが、妙に用心深いところがあるようで、私にはそれが、足取りの重さ故《ゆえ》にいっそう気に入らなかった。私はその部屋に入った時、背後に扉を閉めていた。今、いっとき静かになったのは、歩く者が玄関に置いた私の自転車を調べていたのかもしれない。それから、掛け金をいじる音がして、羽目板張りの扉がまた大きく開いた。

　戸口に立っていた人物は何とも異様な風貌《ふうぼう》だったので、嗜《たしな》みを忘れていたら、私は大声を上げただろう。年老《としと》った、白鬚《しらひげ》の、襤褸《ぼろ》をまとったこの家の主人は、人を驚かすと共に敬意を抱かせる顔立ちと体格をしていた。背丈は六フィート以上あったはずで、全体に老いて貧しげな様子だったにもかかわらず、身体《からだ》つきはがっしりして、逞《たくま》しかった。顔は頰の上の方から伸びている長い鬚にほとんど隠されていたが、異常に色艶《いろつや》が良く、さほど皺《しわ》も寄っていなかった。一方、高い額の上には、歳《とし》をとってもほとんど薄くなっていない、ぼさぼさの白髪がかかっていた。青い眼は幾分血走っていたが、妙に鋭く、燃えるように光っていた。身だしなみがこれほどひどくなかったら、印象的なだけでなく立派に見えただろう。しかし、身だしなみの悪さのせいで、顔も姿も良いのに不愉快だった。男の着ている服が一体何なのか、私にはわからなかった。襤褸切れの塊が厚い長靴の上にのっているとしか見えず、清潔さの欠如は筆舌に尽くしがたかったからだ。

この男の外見と、彼が吹き込んだ本能的な恐怖の故に、私は相手に敵意があることを覚悟した。だから、男が椅子に坐《すわ》れという仕草をし、媚《こ》びるような敬意と機嫌を取るような歓待の意のこもった、かぼそく弱々しい声で話しかけた時は、驚きとちぐはぐな気味悪さとのために、身震いが出そうだった。男の話す言葉はじつに風変わりで、とうの昔に消滅したと思っていたニューイングランド方言の極端な形だった。私は彼が話をするため向かいの椅子に腰かける時、この言葉に良く気をつけた。

「雨に遭いなすっただね、あんた?」と老人は切り出した。「この家《うち》の近くにいて良かった。すぐ入って来なさって良かっただよ。わしゃア寝てたんじゃろう。さもなきゃ、あんたが入って来る音が聞こえたろうからな――もう昔みたいに若くねえから、近頃はたっぷり昼寝をせにゃならんのじゃ。遠くから来たのかい? アーカム行きの駅馬車が廃止になってからこっち、この道を通る人間はとんと見かけねえよ」

私はアーカムへ行くところだと答え、家に無作法に入り込んだことを詫《わ》びた。すると老人は語りつづけた。

「会えて嬉《うれ》しいよ、お若い旦那《だんな》――このあたりじゃめったに新顔を見ねえし、近頃楽しいこともあまりなくてな。ボストンのお人じゃないんかね？　わしゃア行ったことはねえが、町の人は見ればわかるんじゃよ――八四年に、一人ここいらの学校の先生になったが、急に辞めちまって、それっきり噂《うわさ》も聞かねえのさ――」ここで老人は一種の含み笑いをしたが、何が可笑《おか》しいのかと訊《き》いても説明してくれなかった。彼はすこぶる上機嫌だったが、その身づくろいからも想像できる偏屈なところを持っているようだった。しばらくの間、彼は熱に浮かされたような愛想の良さでとりとめのない話をしたが、やがて私は、ピガフェッタの『コンゴ王国』のような稀覯本をどうして見つけたのか訊いてみようと思った。この書物の影響はまだ頭の中から消えておらず、その話をすることにある種のためらいも感じたが、この家を最初に見て以来確実に積み重なった漠然たる恐れを、好奇心が圧倒した。それは拙《まず》い質問ではなかったようなので、私は安心した。老人は快くべらべらと答えたからだ。

「ああ、あのアフリカの本かい？　ありゃア六八年にエベニーザー・ホルト船長が譲ってくれたんじゃ――戦争で死んだ男さ」エベニーザー・ホルトという名前が何か気にかかって、私はさっと面を上げた。系図学の研究をしていてその名に出逢ったのだが、独立戦争以後の資料で見たのではない。この老人なら、私が取り組んでいる仕事を助けてもらえるのではないかと思い、あとでそのことを訊いてみることにした。老人は語りつづけた。

「エベニーザーはセイレムの商船に乗っておって、港々でおかしな物を仰山《ぎょうさん》仕入れた。こいつはたぶんロンドンで手に入れたんじゃろう――奴《やつ》は店で物を買うのが好きじゃった。わしは一度丘の上のあいつん家《ち》へ馬を売りに行ったが、その時この本を見たんじゃ。わしゃア絵が気に入ってな、それで物々交換でこの本をもらった。変わった本じゃ――ちょいと、眼鏡を掛けるから待っとくれ――」老人は襤褸の中をまさぐり、驚くほど古い汚れた眼鏡を取り出した――それには小さい八角形のレンズと鋼鉄の蔓《つる》がついていた。これを掛けると、テーブルの上の書物に手を伸ばして愛《いと》おしげにページをめくった。

「エベニーザーはこいつが少し読めた――ラテン語じゃ――じゃが、わしにゃ読めん。学校の先生を二、三人つかまえて、少し読んでもらったよ。それからクラーク牧師さんにな。池で溺《おぼ》れ死んだっちう、あの人じゃ――あんた、これに書いてあることがわかるかい？」私はわかると言って、冒頭の一節を訳してやった。たとえ間違えても、彼は私の間違いを正すほどの学者ではなく、私の英訳を子供のように喜んでいるようだった。彼の間近にいることが少し不愉快になって来たが、相手の気分を害さないでこの場を退散する方法は見つからなかった。私は、この無知な老人が読めもしない本の挿絵を子供のように喜んでいるのが可笑しくなり、部屋を飾っているわずかな英語の本を彼はどの程度読めるのだろうと思った。こうして老人の単純さが明らかになると、それまで漠然と感じていた不安は大方消え去り、私は相手がとりとめもなく話しつづけるのを、微笑《ほほえ》んで聞いていた。

「ほんに妙じゃなあ、絵ってものは考えさせるよ。最初の方のこの絵を見てごらん。こんな木を見たことがあるかい——大きな葉っぱが上にも下にも垂れとるじゃろう？　それに、この男たち——こんな黒人がいるはずはねえ——傑作じゃな。ちょっとインディアンに似ておるようじゃ。アフリカにおるのにな。こっちにいる連中の中には猿みてえな奴が、いや、半分猿で半分人間みてえな奴がおるな。じゃが、こんなのは聞いたこともねえ」ここで彼は画家が創《つく》り出した奇想天外な生き物を指差した。それは鰐《わに》の頭を持つ一種の龍とでも表現できるだろう。

「じゃが、今から取っておきのを見せてやるぞ——こっちの、真ん中辺の絵じゃ

――」老人の話し声はいくらかかすれて来て、その眼はさらに光り輝いた。しかし、本をまさぐる手は前よりもぎこちなく見えたが、十分その役目を果たした。本はほとんど自分の意志で、同じ場所をたびたび見るせいであるかのように、人を喰うアンジック族の肉屋を描いている厭《いと》わしい図版十二のページを開いた。私はまた胸騒ぎがしたが、表には出さなかった。とくに異様なのは、画家がアフリカ人を白人のように描いていることだった――店の壁にぶら下っている手脚や四半分に切った胴体にはぞっとしたし、斧《おの》を持つ肉屋はひどく場違いだった。だが、老人はこの絵を私が嫌うのと同じくらい、楽しんでいるようだった。

「これをどう思うかい？――ここらにゃこんな店はねえじゃろう？　わしゃアこれを見た時、エブ・ホルトに言ったよ。『こういうのは興奮するし、血が騒いでムズムズしよるなあ』聖書で人を殺す話を読んだ時も――ミディアン人《びと》が殺されるところみてえな――わしャアちっと、ものを考えたが、絵はついておらんかった。この本じゃ、それが見られるからなあ。罪深いことじゃと思うが、わしらはみんな罪のうちに生まれて生きとるんじゃねえかね？　わしゃアこのぶった切られた奴を見るたびに、ムズムズするんじゃ――いつまでも見ていたいよ。肉屋がこいつの足を切るところが見えるかい？　あのベンチには奴の首がのってるし、その横に片腕がある。もう片っ方《ぽ》の腕は肉切り台の向こうにあるじゃろう」

男が恐ろしい恍惚《こうこつ》に浸《ひた》ってぶつぶつ語りつづけるうちに、眼鏡を掛けた鬚だらけの顔は何とも形容しがたい表情になったが、その声は高まるよりも、むしろ低くなった。私自身の気分はとても書き表わせない。それまでぼんやりと感じていた恐怖がすべて激しく、生々しく、どっと押し寄せて来て、私は目の前にいるおぞましい老人を限りなく強烈に嫌悪していることがわかった。彼が狂っていること、少なくとも部分的に倒錯していることは疑いの余地がないように思われた。老人は今、絶叫よりも恐ろしい掠《かす》れた声でささやくようにしゃべり、私は聴きながら震えていた。

「さっきも言うたが、絵ってえ奴がものを考えさせるのは妙じゃなあ。いいかい、お若い旦那、わしゃアここのこの絵にぞっこんなんじゃ。本をエブからもらったあと、この絵を何べんも見た——ことに、クラーク牧師さんが日曜日に大きな鬘《かつら》をかぶって大声で説教するのを聞いた時にな。わしは一度、面白いことを試した——なに、怖がらんでいいよ、お若い旦那——わしは、市場へ出す羊を殺す前にあの絵を見ただけじゃ——あれを見ると、羊を殺すのがいつもより面白いんじゃ——」老人の声はごく低く沈んで、時々言葉が聞き取れないほど微かになった。私は雨の音と、小さいガラスを嵌めた曇った窓がガタガタ鳴る音に耳を澄まし、この季節にしてはまったく異常な雷の轟《とどろ》きが近づいて来るのに気づいた。一度、物凄《ものすご》い閃光《せんこう》と雷鳴が脆《もろ》い家を土台まで揺さぶったが、ささやく老人は気にも留めないようだった。

「羊を殺すのがもっと面白くなった——じゃがな、ほんとに満足はできんかった。人間、何かやりたいとなると、もうたまらなくなる。こりゃアほんとに妙なもんじゃな——お若いの、あんたは全能の神様を愛するお人じゃから誰にも言っちゃいかんが、わしゃア神様に誓って言うよ、あの絵のせいで、だんだん自分で育てることも買って来ることもできん食い物が欲しくなって来たんじゃ——そら、じっとしとれよ、どうしたんじゃい？　——わしゃア何もせんかったよ。やってみたらどうだろうと思っただけじゃ——肉は身体の血となり肉となり、新しい命を与えると言うじゃろう。それで、わしゃア考えた。もしそれが同類じゃったら、人間はもっともっと長生きできるんじゃないかとな——」しかし、ささやき手がその先を続けることはなかった。言葉が途切れたのは私が怯えたからでもなく、急激につのる嵐のせいでもなかった——私はやがてその嵐の猛威のさなかに、黒焦《くろこ》げになった廃墟《はいきょ》の煙が燻《くすぶ》る中で目を開くのだが。それは、ごく単純だが、いささか尋常でない出来事だった。

本は私たちの間に開いて置いてあり、例の挿絵が厭《いや》らしく上を睨《にら》んでいた。老人が「同類」とつぶやいた時、水が跳ねるようなピチャッという音がして、上を向いた本の黄ばんだ紙の上に何かが現われた。私は雨漏りのことを考えたが、雨は赤くない。人を喰うアンジック族の肉屋の店に赤い小さな染《し》みが一つ、あたかも画師《えし》が描き加えたように光って、版画の恐ろしさに生々しさを加えていた。老人はそれを見ると、私の恐怖の表情がそうさせる前にささやくのをやめ、一時間前に出て来た部屋の床を素早く見上げた。私もその視線を追い、私たちの真上にあたる古い天井の緩んだ漆喰に、濡《ぬ》れた深紅の、大きい歪《いびつ》な染みができているのを見た。それは見ているうちに拡《ひろ》がってゆくようだった。私は叫びも身動きもせず、目をつぶっただけだった。一瞬後にいとも巨《おお》きな雷が落ち、口にし得ない秘密を孕《はら》んだあの呪《のろ》われた家を吹き飛ばして、それだけが私の精神を救った忘却をもたらしたのだった。

忌《い》まれた家

一

最大の恐怖にさえも皮肉が潜んでいないことは稀《まれ》である。それは時には事件の成り立ちの中へ直接入り込むし、時には人物や場所の偶然の位置だけに関わっている。後者の輝かしい典型を示すものが、古都プロヴィデンスで起こったある事例だ。一八四〇年代の末、エドガー・アラン・ポオが才能豊かな女流詩人ホイットマン夫人に実らぬ求愛をしている時、この街にしばしば滞在した。ポオはたいていベネフィット街にあるマンション・ハウス――これは、その屋根の下にワシントンやジェファーソンやラファイエットを宿らせた「ゴールデン・ボール」亭が改名したものである――に滞在し、お気に入りの散歩道は、北へ向かって同じ街路をホイットマン夫人の家と、近所の丘の中腹にある聖ヨハネ教会の墓地まで行くというものだった。十八世紀の墓石が並ぶこの墓地の隠された広がりは、ポオにとってこよない魅力があったのである。

さて、皮肉とはこのことだ。何度も繰り返したこの散歩の途中、恐怖と怪奇を描かせれば世界一の巨匠である人物は、街路の東側にある家の前を通らなければならなかった。それは薄汚れた古めかしい建物で、急に高くなった丘の斜面に乗っかっており、手入れをしない大きな庭は、このあたりが一部はひらけた原野だった頃の名残《なご》りである。ポオはその家のことを書いたり人に話したりしていないようだし、彼がそれに目を留めた証拠もない。しかし、その家は、ある事情を知る二人の人間にとっては、何も知らずにその前を幾度となく通り過ぎた天才のもっとも荒唐な幻想にさえ、恐ろしさの点で勝るとも劣らず、筆舌に尽くせないほど忌まわしいものすべての象徴として、人を横目に見ながら殺風景に立っているのだ。

その家は好奇心の強い人間の興味を惹《ひ》く種類のものだった。その点は今も変わらない。もともとは農場か半農場の建物で、十八世紀中葉のニューイングランドの平均的な植民地様式に従っていた――とんがり屋根が付いた羽振りの良さそうな造りで、一階二階と窓のない屋根裏があり、当時の趣味の向上によって、玄関も内部の羽目張りもジョージ王朝様式になっていた。家は南向きで、切妻屋根の一方の端は、一階の窓まで東側の丘の蔭《かげ》になり、もう一方は土台まで街路にさらされていた。建築は百五十年以上も前で、あの界隈《かいわい》の道路を平らにし、まっすぐにする工事のあとに行われた。というのも、ベネフィット街——初めはバック街と呼ばれた——は最初期の入植者の墓地を通る曲がりくねった小路として設計され、まっすぐにされたのは、亡骸《なきがら》が北墓地に移されて、体裁良く旧家の土地を横切ることができるようになってからのことだったのだ。

当初、建物の西の壁は道路から急坂になった芝生を二十フィートほど上がったところにあった。だが、独立戦争の頃に道幅が拡張されると、間の地面があらかた削《そ》ぎ取られて家の土台が露出したため、煉瓦《れんが》で地下部分の壁を造らねばならず、それが深い地下室の街路に面した正面になった。壁には、地面よりも上に扉と二つの窓がつけられ、新しい公道はそのすぐそばだった。百年前に歩道が設けられると、建物と道を隔てる最後の隙間《すきま》が取り除かれた。従って、ポオが散歩中に見たのは、歩道に接したところからそそり立つ、くすんだ灰色の煉瓦だけだったにちがいない。古めかしい、柿《こけら》板《いた》を張った家本体は、その十フィート上に載っていた。

農場のような地所は、裏手の丘のずっと上まで、ほとんどホイートン街のあたりまで広がっていた。家の南のベネフィット街に隣接する土地は、むろん、今ある歩道よりもずっと上に高台を成しており、湿って苔生《こけむ》した石の高塀に囲まれていた。その塀を狭い急な階段が突っ切っていて、峡谷のような壁の間を通って階段を家の方へ上って行くと、薄汚い芝生とじくじくした煉瓦塀と放置された庭があった。そこの壊れたセメントの壺《つぼ》や、節だらけの枝でつくった三脚台から落ちた錆《さ》びた湯沸かし等々のがらくたが、割れた扇形の明かり取りや、腐触したイオニア式の付柱や、虫が喰った三角形の切妻壁がある雨風に打たれた正面玄関を引き立たせていた。

忌まれた家について私が幼い頃聞いたのは、そこでは驚くほどたくさん人が死ぬということだけだった。そのために、元の持主はあの家を建てて二十年ほどしてから、よそへ引き移ったのだという。そこは明らかに健康に良くなかった——湿気や地下室に生える蕈《きのこ》、家全体に漂う胸の悪くなるような臭《にお》い、廊下の隙間風、また井戸水とポンプで汲《く》み上げる水の水質のせいだったらしい。それだけで十分にひどかったし、私の知る人々が信じていたのはそれだけだった。ただ古物研究家の叔父、イライヒュー・ホイップル博士の筆記帳だけが、往時の使用人や微賤《びせん》な人々の間に言い伝えられたことの底流となった、もっと暗く漠とした憶測をとうとう私に明かしたのだ。その種の憶測は遠くへは広まらず、プロヴィデンスが移動する現代の住民を抱えた大都会となるにつれて、大方《おおかた》忘れ去られた。

全体に言える事実は、この家が町の分別ある人々には、いかなる意味でも「幽霊屋敷」と見なされていなかったことである。鎖がガチャガチャ鳴るとか、ヒンヤリする空気が流れて来たとか、明かりが消えたり、窓に人の顔が浮かんだりといった話が広まることはなかった。極端な物言いをする連中は、あの家は「縁起が悪い」と言うこともあったが、かれらもそこまでしか言わなかった。本当に議論の余地がなかったのは、恐ろしく大勢の人間がそこで死んだことだった。いや、正確には、かつて死んだというべきだろう。六十年以上前に異常な出来事が起こって以来、建物は借り手がつかず無人となっていたからである。死んだ人間は全員が一つの理由によって急死したのではない。むしろ知らず識《し》らずのうちに生気を吸い取られ、各人がもともと何か病気の傾向を持っていたとすると、それによる死が早まったように思われる。死ななかった者も、程度の差こそあれ、一種の貧血症ないし衰弱、時には精神機能の衰えを来《きた》したが、これも建物が健康に悪いことを物語っていた。言い添えておかねばならないが、近隣の家々はそうした有害な性質をまったく持たないようだった。

以上のことは私もあらかじめ知っていたが、その後私が質問攻めにしたため、叔父はくだんの記録を見せてくれて、それ故《ゆえ》に私たち二人は結局忌まわしい調査に乗り出したのだった。私が子供の頃、忌まれた家は空家で、不毛な、節くれだった恐ろしい老木と、草の丈が長くて妙に白茶けた芝生と、悪夢のように奇怪な形をした雑草が、鳥がけして長居をしない高台になった庭に生えていた。少年の私たちはその場所を占領したが、無気味な植物の病的な奇妙さだけでなく、荒れ果てた建物のこの世のものならぬ雰囲気と匂《にお》いが子供心に怖かったことを、今も憶《おぼ》えている。子供たちは怖い物見たさに、鍵《かぎ》の掛かっていない正面玄関から何度もこの家に入ってみた。小さいガラスをいくつも嵌《は》めた窓は大方割れていて、外れそうな羽目板、ガタガタの内鎧戸《うちよろいど》、剝《は》がれた壁紙、落ちる漆喰《しっくい》、ぐらつく階段、そしてまだ残っている壊れた家具の残骸《ざんがい》――こうしたもののまわりに名状しがたい荒廃の気が垂れ込めていた。埃《ほこり》と蜘蛛《くも》の巣がさらに恐ろしい感じを添えており、自ら進んで屋根裏まで階段を上って行く少年は、本当に勇敢だった。屋根裏は垂木《たるき》が剝《む》き出しになった広い空間で、光は切妻屋根の端にある小窓からしか入って来ず、箪笥《たんす》や、椅子《いす》や、糸車の残骸が積み重なってその場を塞《ふさ》ぎ、無量の歳月の堆積物《たいせきぶつ》がそれらを蔽《おお》い、花綱をかけて、奇怪な地獄のごとき形にしていた。

だが、屋根裏は所詮《しょせん》、この家の一番恐ろしい部分ではなかった。私たちになぜかもっとも烈《はげ》しい嫌悪感《けんおかん》をおぼえさせたのは、ひんやりして湿気の多い地下室だった。そこは街路の側はまったく地面より上にあって、人通りの多い歩道からそこを隔てるものは、薄い扉と窓の空いた煉瓦の壁だけだったのだが。私たちは無気味な魅惑に負けてそこに出入りするか、それとも自分の魂と正気を護《まも》るためにそこを避けるべきか、どちらとも決めかねていた。一つには、家の臭気がそこで一番強かったのだ。また一つには、夏場に雨が降ると、時々硬い土の床から生えて来る白い蕈が好きではなかった。その蕈は庭の植物に似て気味悪く、本当に醜悪な形をしていた。天狗茸《てんぐだけ》や銀竜草《ぎんりょうそう》もどきを厭《いや》らしく歪《ゆが》めたような格好で、あんな物は他所《よそ》で見たことがなかった。蕈はすぐに腐り、ある段階でわずかに燐光《りんこう》を発したため、夜分通りかかる者は、悪臭の漏れる窓の割れたガラスの向こうに魔女の火が光っていると噂《うわさ》することもあった。

私たちはけして——もっとも大胆放埒《ほうらつ》なハロウィーン気分の時でさえ——夜にこの地下室へ行くことはなかったが、昼間、ことに暗い雨模様の日に訪れた時、何度か燐光を見ることができた。それにしばしばもっと不思議なものを見たと思った——じつに奇妙なものだったが、せいぜい何かを暗示するだけだった。私が言うのは、泥の床に浮かび出る朦朧《もうろう》とした白っぽい紋様のことだ——黴《かび》か硝石のうっすらした、移動する堆積物で、地下の台所の大きな暖炉のそば、蕈がまばらに生えている中に時々出て来るように思ったのだ。時として、このしみは身体《からだ》を折り曲げた人間の姿に無気味に似ているような気がしたが、ふだんはそんな風には見えず、白っぽい堆積物など全然ないことも多かった。ある雨の日の午後、この幻が異様に強くあらわれ、その上、一種のかすかな、黄色っぽい、チカチカ光る放散物が、硝石の紋様から口をぽっかり開いた暖炉の方へ立ち上るのを一瞬見たと思ったので、私はそのことを叔父に話した。叔父はこのおかしな思いつきを微笑《わら》ったが、微笑いながらも思いあたるふしがあるようだった。のちに聞いたところによると、市井《しせい》の人々の荒唐無稽《むけい》な昔話の中にも、同様の考えが織り込まれていたそうである——大煙突から立ち上る煙が食屍鬼《しょくしき》や狼《おおかみ》のような形になったとか、緩《ゆる》んだ土台石の隙間からあの地下室へもぐり込んだひねくれた木の根が、おかしな形になったとかいう考えが。

二

叔父は私が大人になるまで、あの忌まれた家に関して彼が蒐《あつ》めた記録や資料を見せてくれなかった。ホイップル博士は昔流儀の穏健で保守的な医師だったから、あの場所に関心は持っていても、少年の考えを異常なものに向けることを良しとしなかったのだ。彼自身の見解は、建物と場所が著しく健康に悪い性質を持つと仮定するだけで、異常なものとは何の関わりもなかった。しかし、彼自身の興味をそそった絵になる面白さそのものが、空想好きな少年の心の中で、あらゆる種類のおぞましい連想を伴うことを理解していた。

博士は独身者《ひとりもの》だった。白髪の、髭《ひげ》をきれいに剃《そ》った古風な紳士で、名の通った郷土の歴史家であり、シドニー・S・ライダーやトマス・W・ビックネルといった論争好きな伝統の守護者たちを相手に、しばしば議論を戦わせた。扉にノッカーがあって入口の段に鉄の手摺《てすり》がついている、ジョージ王朝様式の家屋敷に男の使用人一人と暮らしていた。その家はノース・コート街の急な坂道に気味悪く立っており、傍らに古めかしい煉瓦造りの裁判所兼郡役所があった。そこでは、彼の祖父――一七七二年に国王陛下の武装したスクーナー船「ガスピー号」を焼いた、有名な私掠船《しりゃくせん》船長ホイップル船長の従兄弟《いとこ》にあたる――が、一七七六年五月四日に、議会でロード・アイランド植民地の独立に賛成の票を投じたのだ。天井の低い湿気《しっけ》た書斎の白い羽目板は黴《かび》ており、暖炉の上の装飾は重厚で彫刻が施され、小さいガラスを何枚も嵌めた窓が蔦《つた》に蔽われている。そこにいる叔父のまわりには由緒《ゆいしょ》古い一族の遺品や記録が並んでおり、その記録の中に、ベネフィット街の忌まれた家に言及する怪しげな箇所がたくさんあった。あの厄介な場所は遠くなかった――ベネフィット街は最初の植民が登って行った切り立った丘に沿って、郡役所のすぐ上を岩棚のように通っているからだ。

私はうるさくせがんだし、成年にも達したので、叔父はついに私の求めていた秘蔵の知識を示してくれたが、その時、私の前に差し出されたのはかなり奇妙な年代記だった。この資料のある部分は、統計学的な内容や退屈な系図学的内容を長々と述べるものだったが、沈鬱《ちんうつ》で執拗《しつよう》な恐怖と超自然的な悪意の糸がその中を連綿と貫いており、それは善良な博士に与えた以上に強い印象を私に与えた。べつべつの出来事が気味悪いほど符節《ふせつ》を合わせ、一見無関係な細部が忌まわしい可能性の宝庫を孕《はら》んでいた。私の胸には燃えるような好奇心が新たに湧《わ》き起こり、それに較《くら》べれば少年の頃の好奇心などは弱く未熟なものだった。この最初の開示がきっかけとなって徹底的な調査をするに至り、しまいには、私自身と私の身内にひどい災厄をもたらした、あの戦慄《せんりつ》すべき探求に至ったのだ。というのも、叔父は最後には私が始めた調査に加わると言い出し、あの家で一夜を過ごしたあと、私と共に帰ることはなかったからだ。長い生涯が名誉と、美徳と、上品な趣味と、慈善と学識のみに満たされていたあの優しい人を失い、私は一人ぼっちになってしまった。私は聖ヨハネ教会墓地——ポオが愛した場所——に、叔父を記念して大理石の壺形《つぼがた》の墓碑を建てた。そこは丘の上に隠れている柳の大木の森で、教会の古い建物とベネフィット街の家々や石壁との間に、霊廟《れいびょう》や墓石が静かに身を寄せ合っている。

あの家の歴史は迷路のように錯綜《さくそう》した日付のさなかに始まるが、建築に関しても、家を建てた裕福で立派な家族についても、何ら不吉なものはなかった。しかし、最初から一抹の不幸の色が見えて、それがやがて悪い前兆となってゆくのである。叔父が丹念にまとめた記録は一七六三年に家が建てられるところから始まり、尋常ならぬ細かさでこのテーマを追っていた。忌まれた家に最初に住んでいたのは、ウィリアム・ハリスと妻のロビー・デクスター、それに一七五五年に生まれたエルカナ、一七五七年に生まれたアビゲイル、一七五九年に生まれたウィリアム・ジュニア、一七六一年に生まれたルースという子供たちだったらしい。ハリスは西インド交易に携わった裕福な商人かつ船員で、オバダイア・ブラウンとその甥《おい》たちの商会と関係があった。一七六一年にブラウンが死ぬと、新しいニコラス・ブラウン社はハリスをプロヴィデンスで造られた百二十トンのブリッグ船「プルーデンス号」の船長にし、かくして彼は結婚以来の念願だった新しい家を建てることができた。

彼が選んだ敷地は、新しいお洒落《しゃれ》なバック街の最近まっすぐにされた部分で、この街路《とおり》は雑踏するチープサイドの上にあたる丘の中腹を通っていた。願ってもない場所で、建物もその場所にふさわしかった。中程度の資力で建てられる最良の家であり、ハリスは五番目の子供が生まれる前に、急いでここへ引っ越した。その子供は男の子で十二月に生まれたが、死産だった。あの家ではその後一世紀半にわたり、生きて生まれた子供はいなかった。

　翌年の四月、子供たちが病気になり、アビゲイルとルースがその月のうちに死んだ。ジョブ・アイヴズ医師は病を幼児熱と診断したが、むしろ単なる衰弱ないし消耗だと言う医師もあった。ともかく、病気は伝染性のものだったらしい。二人いる使用人の一人、ハンナ・ボウエンがそのあとの六月に同じ病で死んだ。もう一人の使用人イーライ・リディーソンも年中身体《からだ》の不調を訴えていて、ハンナの後釜《あとがま》に雇われたメヒタベル・ピアースを突然好きにならなかったら、レホボスにある父親の農場へ帰っていたろう。このリディーソンは翌年死んだ——じつに悲しい年だった。ウィリアム・ハリス自身が死んだ年だからである。彼はその前の十年間、職業柄かなりの期間をマルティニーク島で過ごしたが、この土地の気候のために身体が弱っていたのだ。

　鰥《やもめ》となったロビー・ハリスは夫の死の衝撃からついに立ち直れず、二年後、第一子エルカナが亡《な》くなると、彼女の理性は最終的な打撃を受けた。一七六八年、彼女は穏やかな形の精神異常に陥り、それ以降、家の上階に閉じ込められた。彼女の未婚の姉マーシー・デクスターが家族の面倒を見るために引っ越して来た。マーシーは不器量な痩《や》せぎすの女で、非常に頑健だったが、この家へ来てから目に見えて健康が衰えた。彼女は不幸な妹を熱愛しており、生き残ったただ一人の甥ウィリアムにことのほか愛情を注いだ。ウィリアムは丈夫な赤ん坊だったが、虚弱なひょろ長い少年になった。この年、使用人のメヒタベルが死に、もう一人の使用人プリザーヴド・スミスも辻褄《つじつま》の合う説明をせずに――出鱈目《でたらめ》な話をあれこれして、この家の匂いが厭だと不平を言っただけで――辞めた。しばらくの間、マーシーはほかに手伝いを頼むことができなかった。人が七人も死に、一人は発狂した。それがすべて五年のうちに起こったという事実が、のちに異様なものになる炉端の噂話の種を蒔《ま》いていたからだ。しかし、最後には町の外から新しい使用人を雇った。ノース・キングスタウンの、現在はエクセター郡区とされている部分から来た気難しげな女アン・ホワイトとジーナス・ロウという有能なボストンの男だった。

他愛もない不気味な話に最初にはっきりした形を与えたのは、アン・ホワイトだった。マーシーはヌースネック・ヒル地区出身の人間を雇うような真似《まね》をすべきではなかった。辺境のあのあたりは当時も今と同じように、何とも不愉快な迷信のはびこる場所だったからである。一八九二年という今からさほど遠からぬ時代でも、エクセターのある村は、公共の健康と安寧を害する災厄と称するものを防ぐために、死体を掘り出し、儀式を執り行ってその心臓を焼いた。だから、一七六八年に同じ地域の人間がどういう物の見方をしたかは想像がつくだろう。アンの舌はよく回って良からぬ話を広めたから、二、三ヵ月のうちにマーシーは彼女を馘《くび》にし、ニューポート出身の忠実で愛想の良い女丈夫、マリア・ロビンズを代わりに雇った。

一方、気の毒なロビー・ハリスは、狂気のためにいともおぞましい夢や妄想を口にした。彼女の絶叫は時として耐えがたいものになり、長い間金切り声で恐ろしいことを口走るので、息子は一時従兄弟のペレグ・ハリスの家に住まなければならなかった。そこは大学の新しい建物に近いプレスビテリアン通りにあった。こうした訪問のあと、少年はいつも元気になったらしいので、マーシーが善意を持っていただけでなく賢かったら、彼をずっとペレグの家に住まわせてやっただろう。ハリス夫人が激しい発作の時に何を叫んだかは、言い伝えも語るのをためらう。いや、むしろ、馬鹿馬鹿《ばかばか》しくて真面目《まじめ》に受け取れないような、突飛きわまる内容を述べるのだ。たしかに、こんな話を聞かされても、馬鹿馬鹿しいとしか思えない――フランス語の初歩しか習ったことのない女性が、しばしば、下品だが堂に入った言葉遣いで、この言語を何時間も叫んでいたとか、同じ人物が、ただ一人で保護されているのに、何かが自分を睨《にら》みつけて、咬《か》みついたり嚙《かじ》ったりするとしきりに訴えたというような話だ。一七七二年に使用人のジーナスが死に、ハリス夫人はそれを聞くと恐ろしく喜んで、まるで別人のようにゲラゲラ笑った。翌年夫人自身も死に、北墓地に眠る夫の傍らに葬《ほうむ》られた。

一七七五年にイギリスとの紛争が始まると、ウィリアム・ハリスはまだ十六歳と若く身体も弱かったが、グリーン将軍指揮下の偵察隊に入隊した。その時以来、着実に健康も回復し、人の信望も得た。一七八〇年、ニュージャージーで戦ったエインジェル大佐指揮下のロード・アイランド部隊で大尉《たいい》を務めていた時に、エリザベスタウンのフィービー・ヘットフィールドと出会って結婚し、翌年満期除隊すると、プロヴィデンスへ彼女を連れ帰った。

若い軍人の帰還は目出度いばかりではなかった。家はたしかにまだ良好な状態だったし、街路は拡張され、名前もバック街からベネフィット街に改められた。しかし、マーシー・デクスターのかつて頑健だった身体は悲しく奇妙な衰えを示して、今は腰の曲がった哀れな姿になり、声もうつろで顔色もいやに悪かった――こうした様子は、ただ一人残っている使用人のマリアと異常なまでに共通していた。一七八二年の秋、フィービー・ハリスは女の子を死産し、翌年五月十五日、マーシー・デクスターが人の役に立つ、謹厳で有徳な一生を終えた。

ウィリアム・ハリスは自分の家がきわめて健康に悪いことをいよいよ痛感し、今はそこを引き払って、永久に閉鎖するための措置を講じていた。新たに開業した「ゴールデン・ボール」亭に自分と妻が仮住まいする部屋を確保すると、大 橋《グレート・ブリッジ》の向こう側に発展しつつある地区のウェストミンスター街に、もっと立派な新宅を建てる算段をした。その家で一七八五年に息子のデューティーが生まれた。一家はそこに住んでいたが、やがて商業地域が広がって来たため川のこちら側へ戻り、丘を越えてエインジェル街へ、イースト・サイドの新興住宅地へ引っ越した。ここには故アーチャー・ハリスが一八七六年に、豪華だが醜悪なフランス屋根の邸《やしき》を建てている。ウィリアムとフィービーはどちらも一七九七年の黄熱病《おうねつびょう》の流行にやられたが、デューティーは従兄弟のラスボーン・ハリス、すなわちペレグの息子によって育てられた。

ラスボーンは実際家で、ウィリアムはベネフィット街の家を空家にしておきたいと望んだにもかかわらず、そこを人に貸した。彼は少年の財産を十全に活用することが被後見人への義務だと考えたし、借家人が始終変わる原因となった人の死や病気にも、この家がますます人に嫌われていることにも無頓着《むとんちゃく》だった。一八〇四年、町会がこの家を硫黄とタールと樟脳《しょうのう》で燻蒸《くんじょう》消毒するよう命じた時、彼が苛立《いらだ》たしさを感じただけだったというのはありそうなことだ。町会がそれを命じたのは、四人の死者が出て大いに議論されたからだが、かれらはたぶん当時下火になりかけていた熱病のために死んだのだろうと考えられた。あの家は熱病の匂いがすると人々は言った。

デューティー自身はあの家のことをほとんど考えてみることもなかった。彼は長じて私掠船の乗組員となり、一八一二年の戦争（訳注・米英戦争のこと）では、カフーン船長指揮下の「ヴィジラント号」に乗って目覚ましい働きをしたからである。彼は無傷で帰り、一八一四年に結婚し、一八一五年九月二十三日のあの忘れられぬ夜、父親になった。その夜は大風が吹いて、湾の水が町の半分を覆《おお》い、背の高いスループ船をウェストミンスター街まで押し流した。そのため、船の帆柱がハリス家の窓を叩《たた》きそうになり、新生児ウェルカムが船乗りの息子であることを象徴的に告げたのだった。

ウェルカムは父親より先に死んだが、一八六二年にフレデリクスバーグ（訳注・ヴァージニア州の街。南北戦争の激戦地）で名誉の死を遂げるまで生き永らえた。彼も息子のアーチャーも、忌まれた家は借り手のつかない厄介物で――古くて手入れが悪いために黴が生え、厭な臭いがするのがその理由だろうということしか知らなかった。実際、家は一八六一年に絶頂に達した一連の人死に――戦時の興奮のため、この件はうやむやになりがちだった――のあとは一度も賃貸されたことがなかった。男系の最後の一人キャリントン・ハリスは、私が自分の体験を話して聞かせるまで、あの家は空家で、多少趣のある伝説の中心だということしか知らなかった。彼は家を取り壊して跡地にアパートを建てるつもりだったが、私の話を聞くと壊すのをやめ、配管設備を整えて人に貸すことにした。それ以来、借り手を見つけるのに苦労したことはない。恐怖はすでに去ったのだ。

三

私がハリス家の年代記にいかに強烈な影響を受けたかは、十分御想像いただけると思う。この連綿たる記録には、私が知る自然のうちのいかなるものをも越えた執拗な邪悪が覆いかかっているように思われた。明らかに家族ではなく、あの家と関わりのある邪悪だ。この印象は、叔父がさほど系統的に集めたのではない雑多な資料——使用人が噂するのを書き留めた言い伝えや、新聞の切り抜き、仲間の医師による死亡証明書の写し等々によって強められた。こうした材料すべてを御覧に入れることはとてもできない。叔父は疲れを知らぬ古物研究家であり、忌まれた家に非常に深い関心を持っていたからだ。しかし、出所を異にするさまざまな報告の中に、たびたび現われるため注意を惹く重要な点がいくつかあるから、それに触れておいても良かろう。たとえば、使用人の噂話はあの家の蕈の生えた、悪臭のする地下室がもっとも邪悪な影響を及ぼすという点で、ほぼ一致していた。何人かの使用人——ことにアン・ホワイト——は地下室の台所を使おうとしなかったし、少なくとも三つのはっきりした伝説が、そこの木の根や黴のしみが人間か悪魔のような奇妙な輪郭を取ることに関係していた。私は子供の頃に見たもののせいで、このあとの方の話に深い興味をそそられたが、どの例でも、地元の月並な幽霊話から付け加えられた要素によって、本来の意味があらかたぼかされているように感じた。

エクセターの迷信が頭に染《し》みついているアン・ホワイトは、もっとも突飛であると同時にもっとも首尾一貫した物語を広めていた。彼女はこう断言したのだ。この家の下には吸血鬼が埋められているにちがいない――奴《やつ》らは肉体の形を保ち、生ける者の血や息を吸って生きる死者で――その忌まわしい群が、夜になると、人を餌食《えじき》にする化物や霊を送り出すのだ。老婆《ろうば》たちの話によれば、吸血鬼を滅ぼすには墓から掘り出して心臓を焼くか、少なくとも、この臓器に杭《くい》を打ち込まなければならない。アンは地下室の下を調べてくれと頑《かたく》なに言いつづけ、それが彼女を解雇する際の大きな理由だった。

しかしながら、彼女の話は大勢の聴き手を得、家は実際、かつて埋葬に使われた土地に建っていたため、それだけ容易に受け入れられた。私にとって、彼女の話の興味は吸血鬼云々《うんぬん》よりも、それらがある種の他の事柄と奇妙に上手《うま》く嚙《か》み合うことに関わっていた。他の事柄とはこういうことだ――使用人のプリザーヴド・スミスはアンよりも先に辞めて、彼女のことは聞いていなかったが、何かが夜中に「自分の息を吸う」とこぼしていた。チャド・ホプキンズ博士が出した一八〇四年の熱病患者の死亡証明書は、亡くなった四人が全員、不可解にも血を失っていたことを示している。それに気の毒なロビー・ハリスが口走った言葉に、ガラス玉のような眼をした、うっすらとしか見えない存在が鋭い歯で咬んだと訴える意味不明のくだりがある。

　私は根拠のない迷信にとらわれてはいなかったが、こうしたことを奇妙に感じた。その感じを強めたのは、時代が大分隔たっている二つの新聞の切り抜きだった。忌まれた家で人が死んだことに関する記事で、一つは一八一五年四月十二日の「プロヴィデンス・ガゼット・アンド・カントリー・ジャーナル」、もう一つは一八四五年十月二十七日の「デイリー・トランスクリプト・アンド・クロニクル」からの切り抜きである。両方共総毛立つような状況を詳述しており、類似点は顕著だった。どちらの場合にも、死にかけた人物——一八一五年の例ではスタッフォードという上品な老婦人、一八四五年の例では、エリエイザ・ダーフィーという中年の学校教師だった——は恐ろしく変貌《へんぼう》し、ガラス玉のような眼で睨みつけて、看護する医師の喉《のど》に嚙みつこうとしたのである。しかし、もっと訳がわからないのは、家の賃貸を終わらせた最後の事例だった——貧血症で人々が次々に死んで行き、それに先立って進行性の精神錯乱が生じた。患者たちは肉親の頸《くび》や手首を掻《か》き切って命を奪おうと、狡猾《こうかつ》に試みたのだ。

これは一八六〇年から一八六一年にかけての出来事で、当時、叔父は医者として開業したばかりだった。そして戦地へ行く前に、先輩の医師たちからその話を色々聞いたのである。本当に不可解だったのは、患者たち——無知な人々だった。悪臭がして世間に忌み嫌われる家はほかに借り手がなかったからだ——が、少しも習ったはずのないフランス語で呪詛《じゅそ》の言葉を口走ったことだ。これは百年近く前の気の毒なロビー・ハリスのことを思わせ、叔父は大そう心を動かされたので、戦争から帰って来て少し経《た》つと、チェイス博士やホイットマーシュ博士ら当事者の話を聴き、そのあと、歴史的資料を蒐めはじめた。実際、叔父はこの問題を深く考えていたし、私が興味を抱いているのを喜んでいた——それは偏見のない、共感に富む興味だったから、叔父はほかの人間に話しても笑われるような事柄を、私となら論じ合うことができたのだ。叔父の考えは私の考えほど大胆ではなかったが、あの家が人の想像を膨らませる稀有《けう》な力を持ち、グロテスクと怪奇の分野に於《お》ける霊感の源として注目に値すると感じていた。

一方、私はこの問題をごく真剣に受けとめていて、証拠を吟味するだけでなく、可能な限り多くの証拠をさらに集めることにさっそく取りかかった。当時あの家の所有者だった高齢のアーチャー・ハリスと、一九一六年に彼が亡くなる前、何度も話をし、彼といまだ存命の未婚の妹アリスから、叔父が蒐集《しゅうしゅう》した一家に関する資料の信頼すべき裏づけを得た。しかしながら、あの家とフランスないしフランス語にどんな関係があり得るかと訊《たず》ねた時、二人は自分たちにも皆目見当がつかないと告白した。アーチャーは何も知らなかったし、ハリス嬢に言えるのは、彼女の祖父デューティー・ハリスが聞いた古い話が多少参考になるかもしれない、ということだけだった。老いた船乗りは息子のウェルカムが戦死した二年後に亡くなったが、自分自身は言い伝えを知らなかった。けれども、最初の乳母である年老いたマリア・ロビンズが何か薄々感じていたらしいのを憶えていて、その何かとは、ロビー・ハリスのフランス語の囈言《うわごと》に無気味な意味を与えるようなことだったかもしれないという。マリアは不幸な女性の最後の日々に、何度もその囈言を聞いたのである。マリアは一七六九年から一家が一七八三年に引っ越すまで忌まれた家にいて、マーシー・デクスターの最期《さいご》も見とどけた。彼女は一度、幼いデューティーに、マーシーの臨終《いまわ》の際《きわ》に起こった奇異な出来事を仄《ほの》めかしたが、彼はそれがおかしなことだったという以外はすぐに忘れてしまった。孫娘はこれだけのことを思い出すのにも苦労した。彼女と兄はアーチャーの息子キャリントン――現在の所有者で、私は自分の体験のあと彼と話をした――ほど、あの家に関心を持っていなかった。

ハリス家の人間から聞き出せるだけの情報を聞き出してしまうと、私は叔父が同じ仕事に時折示した以上の徹底した情熱を持って、町の古い記録や証書に注意を向けた。私が求めていたのは一六三六年の入植以来の――もしナラガンセットのインディアンの伝説を発掘して資料を補うことができるなら、それ以前からの――あの地所の全史だった。最初にわかったのは、あの土地が本来ジョン・スロックモートン（訳注・最初期のプロヴィデンス入植者の一人）に与えられた長い帯状の居住地の一部だったということだ。その居住地は川ほとりのタウン街に始まり、丘を越えて、現代のホープ街におおよそ相当する線まで延びている、多くの似たような居住地の一つだった。もちろん、スロックモートンの土地はのちに細かく分割され、私はのちにバック街あるいはベネフィット街が通る区画を探りあてようとして、根気良く調べた。そこは、噂によると、果たしてスロックモートン家の墓所だったというが、記録をより丹念に調べてゆくと、墓はすべて早い時期に、ポータケット・ウエスト・ロードに面した北墓地へ移されたことがわかった。

やがて突然――稀有な偶然のおかげである。それは記録の主要部分に入っていなかったため、容易に見逃し得たからだ――私の出くわしたあるものがこの一件のもっとも奇妙な面のいくつかと符合したため、強い興味を掻き立てられた。それは一六九七年に、エチエンヌ・ルーレなる人物とその妻に小さな土地を賃貸する契約の記録だった。ついにフランスの要素が現われたのだ――そしてもう一つ、その名前が雑多な奇書を読み漁《あさ》った記憶のもっとも暗い片隅から呼び起こす、恐怖のさらに深い要素があり――私は一七四七年から一七五八年の間にバック街が整備され、一部まっすぐにされる前の土地の図面を熱に浮かされたように調べた。すると半ば予期していたことが判明した。すなわち、ルーレ家の者は、忌まれた家が現在建っている場所に自分たちの墓地をつくったのだ。それは屋根裏部屋のついた平屋の裏手にあったが、墓がよそへ移されたという記録は存在しない。実際、その文書の終わりの方はひどく混乱しており、私はエチエンヌ・ルーレという名前が鍵となって開かれる地元の扉を見つけるまでに、ロード・アイランド歴史協会とシェプリー図書館を隈《くま》なく探さねばならなかった。しまいに私はある事実をつかんだ。それは曖昧《あいまい》だが奇怪な意味を持っていたので、さっそく忌まれた家の地下室そのものを、興奮も新たに細かく調査しはじめた。

ルーレ家は一六九六年に、ナラガンセット湾の西海岸にあるイースト・グリニッジから来たらしい。かれらはコード出身のユグノーで、プロヴィデンスの行政委員が町に住むことを認める前、強い反対に遭った。一家はナントの勅令が廃止されたあと一六八六年にイースト・グリニッジへ渡って来たが、そこでは評判の悪さにつきまとわれた。噂によると、嫌われる原因は単なる人種的、民族的偏見や土地をめぐる諍《いさか》い以上のものだった――土地をめぐっては他のフランス人入植者もイギリス人入植者と啀《いが》み合い、アンドロス総督（訳注・サー・エドマンド・アンドロス　1637－1714。ニューイングランド自治領の総督を務めた）でさえそれを鎮《しず》めることはできなかったが。しかし、かれらの熱烈なプロテスタント信仰――熱烈すぎるとささやく者もいた――と、湾岸の村から事実上追い出されて、見るからに困っている様子が町の長老たちの同情を買った。よそ者たちはここに避難することを許され、浅黒い肌のエチエンヌ・ルーレ――農業よりも、変わった本を読んだり変わった図形を描いたりすることに向いていた――は、タウン街の遥《はる》か南にあるパードン・ティリンガスト埠《ふ》頭《とう》の倉庫で事務職を与えられた。しかし、のちに――おそらく四十年後、ルーレ老が死んだあとに――ある種の暴動が起こり、それ以降この一家の消息を聞いた者はいないようだった。

　それから一世紀以上にわたり、ルーレ家の人々のことは、ニューイングランドの海港の穏やかな生活の中で起こった生々しい事件として良く記憶され、しばしば話題に上った。エチエンヌの息子ポール――無愛想な男で、その奇行が、おそらく一家を消し去った暴動を引き起こしたと思われる――はとりわけ憶測を呼ぶ人物だった。プロヴィデンスはピューリタンの隣人たちのような魔女騒ぎを起こしたことはないけれども、老婆たちは彼の祈りがけして然《しか》るべき時に唱えられたことがなく、然るべき対象に向けられたものでもなかったことをしきりに匂わせた。さだめし、こういったことがマリア・ロビンズ婆《ばあ》さんが知っていた言い伝えの土台を成したのだろう。それとロビー・ハリスや忌まれた家の他の住人が口走ったフランス語の囈言にいかなる関係があったかは、想像か将来の発見だけが説明し得ることだろう。言い伝えを知っていた人々のうちどれだけが、幅広い読書が私に教えた恐ろしいものとのさらなる繋《つな》がりを理解していただろうか。その繋がりとは、コードのジャック・ルーレという男のことを語る病的な恐怖の年代記にある不吉な一条である。この人物は一五九八年に悪魔《あくま》憑《つ》きとして死刑を言い渡されたが、その後パリ議会によって火刑から救われ、癲狂院《てんきょういん》に閉じ込められた。彼は一人の少年が二匹の狼に殺されて引き裂かれたあと、血と肉片にまみれた姿で森の中にいたのである。一匹の狼は無傷のまま跳んで逃げて行くところを目撃された。じつに素敵な炉端の物語であり、名前と場所に関して奇妙な意味合いを持っているではないか。しかし、プロヴィデンスの噂好きな連中は一般にそれを知っていたはずがないと私は判断した。かれらがもし知っていたら、名前の一致は恐怖に駆られた大胆な行動を引き起こしただろう――実際、一部の人間がそのことをささやいたために、町からルーレ家の人間を一掃した最後の暴動が起こったのかもしれないではないか？

私はあの呪《のろ》われた家を前よりも頻繁に訪れた。庭の不健康な植物を研究し、建物の壁をすべて調べ、地下室の土の床を一インチごとにじっくりと見た。しまいにキャリントン・ハリスの許可を得て、地下室からベネフィット街へ直接《じか》に出られる、今は使っていない扉の鍵をこしらえたが、これは暗い階段と一階の廊下と正面の扉を通って行くよりも、外の世界へ早道に出られるようにしたかったからだ。あの病的なものがもっとも濃密に潜む場所で、私は長い午後の間仔細に調査をした。その時は地面よりも高い蜘蛛の巣の張った窓から陽光が洩《も》れ射《さ》して、私からほんの二、三フィートのところに鍵のかかっていない扉があり、外は平穏な歩道だと思えば安心感が湧くのだった。新しい収穫は何もなかった――いつもと同じ気の滅入《めい》る黴臭さと微《かす》かに感じられる有害な臭い、そして床にこびりついた硝石がつくる輪郭があるだけだった――そして大勢の歩行者が割れたガラス窓の向こうから、物珍らしげに私を見ていたにちがいない。

しまいに叔父の提案をうけて、あの場所を夜に訪れてみる決心をした。そしてある嵐《あらし》の真夜中、無気味な形の、歪んだ、半ば燐光《りんこう》を放つ蕈の生えている黴だらけの床の上を懐中電灯の光が走った。あの場所はその晩妙に私の気力を挫《くじ》き、白っぽい堆積物のただ中に、子供の頃から感じていた「丸まった姿」がとりわけくっきりと浮き上がっているのを見た――あるいは見たと思った――時も、私はほとんどそれを待ちうけていた。その鮮明さはびっくりするほどで、今までになく――見つめていると、もう何年も前の雨降りの午後に私を驚かせた薄く黄色っぽい、チラチラする放散物がまた見えるようだった。

そいつは暖炉のそばの人間の形をした黴の上に立ち昇った。稀薄《きはく》な、吐き気のする臭いの、ほとんど発光する蒸気で、湿気の中に漂って揺れているうちに、おぼろげだがゾッとする形らしきものを取り、やがて次第にもやもやと崩れ、通った跡に悪臭を残して、大煙突の暗がりに消えて行くようだった。本当に恐ろしく、その場所のことを色々と知っている私にはなおさらそう感じられた。私は断じて逃げまいと思い、それが消えてゆくのを見守った――見守っているうちに、そいつの方も、見えるというよりは見えるような気がする眼で、物欲しげに私を見ているのを感じた。叔父にそのことを言うと大そう興奮し、一時間ほどじっくり考えてから、思いきった結論に達した。叔父は心の中でこの一件の重大さと私たちがそれに関わることの意味とを検討した末、二人であの黴臭い、蕈に呪われた地下室へ行き、一晩、いや幾晩でも攻撃的な徹夜調査をし、あの家の怪物の正体を見究めて、可能ならば滅ぼそうと言い張ったのだ。

四

一九一九年六月二十五日水曜、キャリントン・ハリスに然るべく通知したあと——とはいえ、私たちが見つけようとしているものについての憶測は述べなかった——叔父と私はキャンプ用の椅子二脚と折り畳み式のキャンプ用寝台、それに重くて複雑な科学機械を忌まれた家に運び込んだ。昼のうちにこれらを地下室に置き、窓を紙で覆って、晩になったら、最初の徹夜調査のために戻って来るつもりだった。地下室から一階へ通じる扉には鍵を掛けておいた。地下室の外側の扉の鍵は持っているので、徹夜調査を延ばす必要があっても、高価で精密な機械装置——秘《ひそ》かに多額の費用をかけて手に入れたのだ——を何日でもそこに置いておける用意ができたわけだ。私たちは遅くまで二人共起きていて、それから夜明けまで二時間ずつ交代で——最初は私が、次に叔父が——見張りをする予定だった。もう一人は寝台で休むのだ。

叔父は生来の指導力を発揮して、ブラウン大学の実験室とクランストン街兵器庫から機器を調達し、直感に従って冒険の指揮を取ったが、それは八十一歳の老人の底力と芯《しん》の強さを素晴らしく物語っていた。イライヒュー・ホイップルは医師として説いていた養生法を実践していたから、のちに起こる出来事がなかったら、今も矍鑠《かくしゃく》としていただろう。あの夜何が起こったかを薄々でも知っているのは二人だけ——キャリントン・ハリスと私だけだ。ハリスは家の持主であり、その家から何が出て行ったのかを知る権利があったので、私は彼に事情を話さねばならなかった。それに調査のことも事前に話してあり、叔父が逝《い》ったあとでは、世間に向かってどうしても必要な説明をする際、彼は私の言うことを理解し、助けてくれるだろうと思った。ハリスは話を聞くと真っ青になったが、協力することを承知し、今はあの家を人に貸しても大丈夫だろうと判断した。

見張りをしたあの雨の夜、私たちが緊張していなかったと言えば大嘘《おおうそ》であり、馬鹿げた誇張になるだろう。前にも言った通り、私たちはけして子供のように迷信深くはなかったけれども、既知の三次元宇宙は物質とエネルギーが織りなす全宇宙のほんの一部を包含するにすぎないことを、科学の研究と考察から教えられていた。この事例では、信頼できる数多《あまた》の情報源から集めた証拠の圧倒的多数が、非常に強くて、人間の視点からすると異例の悪意を持つ力が連綿と存在することを示していた。私たちが本気で吸血鬼や人狼《じんろう》を信じていたと言うのは、十把一絡《じっぱひとから》げの物言いだろう。むしろ、生命力と希薄な物質が、馴染《なじ》みのない、分類不可能なある種の変異を遂げる可能性を否定する用意がなかったと言うべきである。それは他の空間単位と密接に結びついているため、三次元空間にはごく稀にしか存在しないが、時折我々の前に発現し得る程度には、我々の領域の近くにある。だが、我々は然るべき見通しの良い視点を持たぬ故に、けしてそれを理解することは望めないのだ。

手短かに言うと、叔父と私にはこう思われたのだ――争う余地のない多数の事実が、忌まれた家に何らかの影響力が残っていることを示している。それは二百年前の嫌われたフランス移民の誰かまで起源を辿《たど》ることができ、原子と電子の運動の稀有な知られざる法則によって、今なお活動し続けている。ルーレの一族が、存在の外部の圏――正常な人間なら反撥《はんぱつ》と恐怖しか感じない暗黒の領域――に異常な親和性を有していたことは、かれらの歴史が証明するように思われた。してみると、過ぎし十七世紀の暴動がかれらのうちの一人か数人――ことに無気味なポール・ルーレ――の病的な脳に、ある種の運動パターンを始動させ、それは肉体が群衆に殺害され、埋められたあともひそかに生き残って、襲い来る町人たちの狂乱した憎悪によって決定された力のもともとの方向に沿って、多次元空間の中で機能しつづけたのではないだろうか？

たしかに、相対性と原子内作用の理論を含む最新の科学の光に照らせば、そのようなものも物理的、生化学的にあり得なくはなかった。物質かエネルギーの異様な有形無形の核が、もっとわかりやすい形で生きている他の物の体内へ入り込み、時にはその構造と自らを完全に融合させて、相手の生命力や肉体組織や体液から、感知できない形で、あるいは非物質的なものを吸い取って生きつづける。それは積極的に敵意を持っているかもしれないし、自己保存の盲目的な欲求に従っているだけかもしれない──そういうことも容易に想像できた。いずれにしても、そのような怪物は我々の世界秩序に於いては変則であり乱入者であって、それを根絶することは、世界の生命と健康と正気の敵でない人間誰にとっても、最大の義務である。

私たちを悩ませたのは、出遭った時にそいつが一体どんな様子をしているか、まったく見当もつかないことだった。正気の人間は誰もそれを見ていなかったし、はっきりと感じた者もごくわずかだった。それは純粋なエネルギー──物質の領域の外にある霊妙な形態──かもしれないし、一部分は物質かもしれない。未知の不確定な、可《か》塑《そ》性《せい》のある塊で、固体、液体、気体のようなものに、あるいは希薄で粒子を形成せぬ状態に自在に変化できるのかもしれない。床に現われた人形《ひとがた》の黴のしみ、黄色っぽい蒸気の形、古い話に出て来る樹《き》の根の彎曲《わんきょく》──これらはみな少なくとも、人間の形と遠い暗示的な関係があることを示しているが、その類似性がどの程度本来の姿を表わしているか、またどの程度不変なものか、誰にもはっきりとは言えなかった。

私たちはそいつと戦うために二つの武器を考案した。一つは特別に誂《あつら》えた大型のクルックス管（訳注・真空管の一種）で、強力な蓄電池によって動き、特殊なスクリーンと反射鏡が付いている。相手が手に触れられないもので、非常に破壊力のあるエーテル放射によって対抗するしかない場合のためだ。もう一つは、世界大戦で使われたような軍用の火炎放射器二台――これは相手が部分的に物質で、機械的な破壊が可能である場合に備えてである。迷信深いエクセターの農民と同様、私たちも怪物の心臓を焼く用意をしたのだ――焼くべき心臓が存在すればの話だが。私たちはこうした攻撃用機械を、寝台と椅子、そして黴が奇妙な形をとる暖炉の前の場所との位置関係を十分に考慮して、地下室に配置した。ちなみに、あのいわくありげなしみは、椅子や機器を運び込んだ時も、その晩見張りのために戻って来た時も、かすかにしか見えなかった。輪郭がもっとはっきりしているのを果たして現実に見たのかどうか、いっとき疑いかけたが――その時、言い伝えのことを思い出した。

地下室の見張りは夏時間の午後十時から始めたが、いつまで経ってもそれらしい展開の兆《きざ》しは見えなかった。雨に打たれる街灯の光が、窓を透かして弱々しく入って来る。その光と室内の厭らしい蕈が発する微弱な燐光が、漆喰が跡形もなく剝げ落ちた、水の滴《したた》る壁の石を見せていた。じめじめした、悪臭を放つ、白黴に汚れた硬い土の床に穢《けが》らわしい蕈が生えている。床几《しょうぎ》や、椅子や、テーブルや、もっと形の崩れた家具の朽ちかけた残骸。頭上の一階の重厚な床板と太い梁《はり》。がたがたの板戸は家の他の部分の下の部屋や石炭置場に通じている。壊れた木の手摺《てすり》がついている崩れかけた石の階段。そして黒ずんだ煉瓦でできている粗雑な造りの洞穴のような暖炉には、錆びた鉄の欠片《かけら》が、過去に長火箸《ながひばし》や、薪台《まきだい》、焼串《やきぐし》、自在鉤《じざいかぎ》、それに肉焼き器の蓋《ふた》があったことを示している――こうした物と、私たちの簡素な寝台とキャンプ用椅子、そして私たちが持ち込んだ大がかりで複雑な破壊装置。

私が以前探険した時と同様、街路に通じる扉の鍵は掛けないでおいた。手に負えないものが現われた場合は、すぐに使える逃げ道が開かれているように。私たちが夜の間ずっとここにいれば、潜んでいる悪意を持った存在が出て来るだろう。準備は万端だから、そいつを発見し、十分に観察したら、私たちの持つ手段のどちらかでただちに処分できるだろう。そのものをおびき出し、撲滅するのにどれくらいの時間がかかるかはわからなかった。それに、この冒険が安全とは程遠いことも考えた。そいつは一体どんな強さで現われるか、誰にもわからないからだ。しかし、私たちは危険を冒す価値があると考え、二人きりで躊躇《ちゅうちょ》なく乗り出した。外部に助けを求めても笑い物にされて、たぶん計画全体が頓挫《とんざ》するだけだと知っていたからだ。私たちはこのような心構えで夜更《よふ》けまでしゃべっていたが――そのうち、叔父がだんだん眠そうになって来たので、横になって二時間の休みを取るように促した。

深夜にただ独りそこに坐《すわ》っていると、恐怖に似たものが背筋を寒くさせた――ただ独りと言ったのは、眠る人間の傍らに坐っている者は本当に独りだからだ。おそらく、彼に実感できる以上に孤独かもしれない。叔父の息遣いは重く、深い呼吸が外の雨に伴われて、家の中のどこか遠くで水の滴《したた》る――この家は空気が乾いている時ですら厭に湿気ていて、この嵐の中ではまるで沼のようだった――神経に障《さわ》る音がそれに拍子を合わせていた。私は蕈の光と蔽った窓から洩れて来る弱い光の中で、壁の古い石組を調べていたが、一度、この場所のむっとする空気に気分が悪くなりかけた時、扉を開けて街路の左右を見、眼を見慣れた光景で、鼻孔を健康に良い空気で悦《よろこ》ばせた。それでも、見張りに報いるようなことは何も起こらなかった。私は不安よりも疲労が勝って何度もあくびをした。

やがて、眠っている叔父の身動きが私の注意を惹いた。彼は寝入ってから最初の一時間の後半に五、六回、寝台の上で落ち着かず寝返りを打ったが、今は非常に不規則な寝息を立て、時々大きなため息をついた。そのため息には、喉が詰まって出る呻《うめ》き声に似たところが少なからずあった。懐中電灯の光を叔父に照《あ》ててみたが、叔父は顔を向こうに向けていたので、立ち上がって寝台の反対側へまわり、苦しそうかどうか様子を見ようとして、また電灯を点《つ》けた。私が見たものはどちらかと言うと些細《ささい》なことだったのに、驚くほど私を不安にさせた。何でもおかしなことがあると、この場所と私たちの使命の不吉な性質に結びつけてしまったからだろう。事柄自体は恐ろしくも不自然でもなかったのだ。それはただ叔父の表情が――この状況が吹き込んだ奇妙な夢に悩まされているのは明らかだった――かなりの興奮を示していて、全然叔父らしくなかったということだ。叔父のふだんの表情は優しく、育ちの良さを感じさせる穏やかなものだったが、今は彼の中で種々雑多な感情が鬩《せめ》ぎ合っているようだった。全体として、私を主に不安にさせたのは、この種々雑多さだったのだと思う。叔父はますます動揺して喘《あえ》ぎ、寝返りを打ち、両眼はもう大きく開いていたが、一人ではなく大勢の人間のように見え、叔父自身ではなくなっているような、妙な感じがした。

　そのうち、叔父は急にぶつぶつとつぶやき始め、私はしゃべっている彼の口元と歯の様子がどうも気に入らなかった。初めのうちは何を言っているか聞き取れなかったが、やがて私は――愕然《がくぜん》として――あることに気づき、氷のように冷たい恐怖に満たされた。しまいに叔父の教養の幅広さと、彼が「両世界評論《ルヴュ・デ・ドゥー・モンド》」（訳註・１８２９年に創刊されたフランスの月刊誌）に載った人類学と古物研究の記事を果てしなく翻訳していたことを思い出した。というのも、尊敬すべきイライヒュー・ホイップルはフランス語をつぶやいており、私に聞き取れたわずかな語句は、彼がかつてあの有名なパリの雑誌から翻訳した、いとも陰鬱な神話に関わりがあったのである。

突然、眠る者の額から汗が噴き出し、叔父は半分目醒《めざ》めていきなり跳び上がった。ごちゃまぜのフランス語は英語の叫びに変わり、しわがれた声が興奮して叫んだ。「わしの息が、わしの息が!」それからすっかり目が醒めて、顔つきも平常に戻ると、叔父は私の手をつかんで夢のことを語りはじめたが、私はその夢が持つ意味の核心を一種畏怖《いふ》の念を持って推し測ることしかできなかった。

叔父が言うには、彼はごく普通の夢を見ていたが、その映像の流れから浮かび上がって、ある場面に入り込んだ。この世界の光景であって、その奇妙さは今までに本などで読んだいかなることにも関わりがなかった。その世界の光景であって、そうでなかった——ぼんやりした幾何学的混乱の中に見慣れた物の要素が、まったく馴染みのない、心を騒がせる組み合わせで現われたのだ。妙に乱雑な映像が次々と重なったように思われるものがあった。その中では時間と空間の本質が溶解し、いとも非論理的なやり方で混ざり合っていた。夢幻的な映像のこの万華鏡《まんげきょう》のような渦の中に、時折、瞬間撮影——そんな言い方がもしできるならば——も見え、それは異様に鮮明だが、不可解なほど雑多だった。

一度、叔父はぞんざいに掘った穴の中に横たわっていて、ほつれた髪と三角帽子に縁取られた怒った顔の群が顰《しか》め面《つら》で自分を見下ろしていると思った。またある時は家の中に——見たところ古い家のようだった——いるようだったが、細かい部分と住人がたえず変わり、人の顔も家具も、いや、部屋そのものの様子さえ、けしてはっきりとはわからなかった。扉や窓も、持ち運びが容易に思われる物品と同様、大きな流動状態にあるように見えたからだ。妙だった——恐ろしく妙だった——そして見知らぬ顔の多くが、まぎれもなくハリス家の特徴を持っていたと断言した時、叔父は自分の言葉を信じてもらえないと思っているかのように、ほとんど決まり悪そうに話したのだ。そうした夢を見ている間、ずっと息詰まるような感覚があり、まるで何か浸透性の存在が身体中に広がって、彼の生命機能を奪い取ろうとしているかのようだった。八十一年も絶え間なく働きつづけて消耗した生命機能が、若い盛りの強壮な身体でさえも恐れて当然である未知の力と抗《あらが》っていたことを思うと、私は慄然とした。だが、すぐにこう考え直した——夢は所詮《しょせん》夢にすぎないし、こうした不愉快な幻影も、せいぜいのところ、近頃私たちの心を一杯にしていた調査と期待に対する叔父の反応にすぎないのだと。

それに、話をしていると、まもなく奇妙な感じは消えてゆき、私もあくびが出て来たので眠らせてもらった。叔父はもうすっかり目が醒めたらしく、悪夢のせいで、割り当てられた二時間が経つずっと前に起きたのだが、喜んで見張りを替わってくれた。眠りは素早く私をとらえ、私はたちまちひどく心を乱す夢に取り憑かれた。私は幻影の中で宇宙的な深淵《しんえん》の孤独を感じた。どこか牢獄《ろうごく》に閉じ込められ、四方八方から敵意が押し寄せて来るのだ。私は縛られ、猿轡《さるぐつわ》を噛まされているらしく、私の血を求める群衆の嘲《あざけ》る声が遠くから谺《こだま》していた。叔父の顔が目醒めている時よりも不愉快な連想を伴って現われ、何度も空《むな》しくもがき、叫ぼうとしたのを憶えている。それは快い眠りではなかったから、響き渡る悲鳴がしたのを私は一瞬嬉しく思った。悲鳴は夢の障壁を引き裂き、私はハッと驚いて目醒めた。すると、目の前にある現実の物がすべて、不自然にはっきりと生々しく見えたのだった。

五

私は叔父の坐《すわ》っている椅子《いす》から顔をそむけて寝ていたので、こうして急に目醒めた時、見えたのは街路へ通じる扉と、北側の窓と、部屋の北寄りの壁と床と天井だけだった。それらはみな、蕈《きのこ》の微光や外の街路から洩れ来る光よりも明るい光に照らされ、私の脳裡《のうり》に病的な鮮明さで焼きつけられた。それは強い光ではなく、そこそこの光でさえなかった。普通の本が読めるほど明るくなかったことはたしかである。だが、私自身と寝台の影を床に投じ、嚇々《かっかく》たる輝きよりも強力なものを暗示する、黄色味をおびた、浸透する力を持っていた。私は病的な鋭さでこのことを感じ取ったが、その間に他の二つの感覚を激しく攻撃されていた。あの凄《すさ》まじい絶叫が耳にわんわんと谺していたし、あたりに充満する悪臭が鼻孔をついていたからである。私の精神は五感と同じように警戒し、尋常《ただ》ならぬものを認めていた。私はほとんど反射的に跳び上がり、ふり返って、暖炉の前の黴《かび》が生えた場所に用意してあった破壊の道具をつかもうとした。私はふり返る時、そこに見えるであろうものが怖かった。例の悲鳴は叔父の声で、叔父と自分をいかなる脅威から守らねばならないかがわからなかったからだ。

だが、結局、その光景は懼《おそ》れていた以上にひどかった。恐怖を超えた恐怖というものがあり、これは宇宙が呪われた不幸な少数者を打ち砕くためにとってある、夢想し得るあらゆるおぞましさの核の一つだった。蕈の生えた地面から黄色く病んだ、蒸気のような屍火《かばねび》が吹き上がり、ふつふつと泡立って、途方もない高さに伸びた。それは半ば人間半ば怪物のおぼろな輪郭を持ち、向こうの煙突と暖炉が透けて見えた。そいつは全身が眼——狼のような、嘲る眼——で、昆虫に似た皺《しわ》だらけの頭の天辺《てっぺん》が溶けて薄い霧の流れになり、醜悪に渦巻いて、最後には煙突を上って消えた。私はこいつを見たと言ったが、その忌まわしい形態めいたものをはっきりととらえたのは、意識して思い返した時のことである。その時のそいつは沸き返り、かすかに燐光《りんこう》を放つ厭《いや》らしい蕈の塊にすぎず、私の注意が集まっている唯一《ゆいいつ》の対象を蔽《おお》いつつみ、ゾッとする可塑性のものに分解していた。その対象とは叔父、尊敬すべきイライヒュー・ホイップルだった。彼は黒ずみ、崩れてゆく顔で私を横目に見、訳のわからぬことを早口に語りかけ、この恐ろしいものがもたらした怒りにかられて、私を引き裂こうと液体の滴る両手を差し出した。

私が発狂を免れたのは、決まった手順の感覚が染みついていたおかげだった。危機に備えて猛練習をしたので、がむしゃらな訓練に救われたのだ。泡立つ魔物は物質や物質的な化学作用の通じる相手でないことを見て取った私は、左手にある火炎放射器は無視して、クルックス管の装置の電源を入れ、不死の冒瀆的《ぼうとくてき》存在のいる場所に向けて、人間の技術が自然の空間と流体から呼び起こし得るもっとも強いエーテル放射を集中させた。青色がかった煙が立って、パチパチと激しい音が起こり、黄色っぽい燐光は私の目には弱まったように見えた。しかし、それは明暗の効果にすぎず、機械から放たれる波動には何の効果もないことがわかった。

やがて、私は悪魔的な光景のさなかに新たな恐ろしいものを見て、悲鳴を洩らし、静かな街路へ出られる鍵のかかっていない扉に向かって、手探りしながらよろよろと歩いて行った。自分がいかなる異常な恐怖を野放しにしたかも、人々が私をどう思い、どういう批判を浴びせるかも気にしなかった。青と黄色が混じったかすかな光の中で、叔父の姿が吐気を催すような液化を始めたのだ。その本質は筆舌に尽くしがたく、消えゆく叔父の顔に、狂った者だけが想像し得るような個性の変化が次々に起こった。彼は悪魔であると同時に大勢の人間であり、納骨堂であり、大行列だった。混じり合った不安定な光に照らされて、そのゼラチン状の顔は十の——二十の——百の——様相を帯び、獣脂のように溶けてゆく胴体にのって地面に沈んで行きながら、見知らぬ、しかし知らなくはない無数の人間の戯画となってニヤニヤ笑っていた。

私は見た——ハリス家の男と女、成人と赤ん坊の顔立ちと、それとはちがう老人と若者、粗野な者と上品な者、馴染《なじ》みのある者とない者の顔立ちを。一瞬、デザイン学校美術館で見た、可哀想な狂ったロビー・ハリスの肖像を下品にしたような顔が現われ、べつの時にはマーシー・デクスターの骨張った顔が——私はそれをキャリントン・ハリスの家にあった絵を見て憶《おぼ》えていた——見えたと思った。それは考えられないほど恐ろしかった。最後の方で、使用人と赤ん坊の面立ちが奇妙に混じり合ったものが、緑色がかった脂《あぶら》が広がってゆく蕈だらけの床の近くに閃《ひらめ》いた時、まるで変化する諸々の目鼻立ちが相争って、叔父の優しい顔に似た輪郭を形造ろうとしているかのように見えた。あの時、叔父はそこに存在して別れを告げようとしたのだと思いたい。私はよろめいて街路へ出て行く時、からからに渇いた喉から別れの言葉をしゃくり出したような気がする。薄い脂の流れが扉を通り抜け、雨に濡《ぬ》れた歩道へ私を追いかけて来たその時に。

それから先は曖昧《あいまい》な恐ろしい記憶しかない。濡れそぼった街路には誰もおらず、このことを話せる人間は世界中に一人もいなかった。私はあてもなく南へ歩いてカレッジ・ヒルとアシニーアム図書館を過ぎ、ホプキンズ街を通って橋を渡り、商業地域へ出た。そこでは現代の物質的なものが往古の不健康な驚異から世界を護《まも》るように、高い建物が私を護ってくれるようだった。やがて灰色の曙光《しょこう》が東からしめやかに広がり、いにしえの丘と古さびた尖塔のシルエットを浮かび上がらせ、恐ろしい仕事をやりかけた場所へ私を差し招いた。しまいに、私は濡れて帽子も被《かぶ》らず、朝の光に目が昏《くら》んだまま、あの家へ引き返し、開け放しておいたベネフィット街の畏《おそ》るべき扉の中に入った。扉は今も、早起きな近所の住人に見えるところに謎のごとく揺れていたが、私は誰にも話しかけなかった。

脂は消えていた。黴の生えた床は浸透性だったからだ。暖炉の前にも、硝石のつくる、身体を折り曲げた巨《おお》きな姿の痕跡はなかった。私は寝台と、椅子と、機械装置、置き忘れた私の帽子、叔父の黄色い麦藁《むぎわら》帽子を見た。頭がひどくクラクラして、何が夢で何が現実だったのか、ほとんど思い出せなかった。やがて思考力が少しずつ回復し、夢に見たよりも恐ろしいものを目撃したことを悟った。私は腰を下ろすと、一体何が起こったのか――そして、あれがもし現実なら、この恐怖をどうすれば終わらせられるかを、正常な精神が許す限り考えようとした。あれは物質ではないようだったし、エーテルでも、人間に考えられる他のいかなるものでもないようだった。それならば、何か異様な放散物――エクセターの村人がある種の墓地に潜んでいると言うような、吸血鬼的な蒸気でなくて何であろう？　私はこれが問題の糸口だと感じ、黴と硝石が奇妙な形をつくっていた暖炉の前の床をもう一度見た。十分後に私の心は決まり、帽子を取って自宅へ向かった。そこで入浴し、物を食べ、電話でつるはしと、鋤《すき》と、軍用のガスマスク、硫酸のカーボイ（訳注・大型のガラス壜）六箱を注文し、翌朝ベネフィット街に面した忌まれた家の地下室の外に全部届けてくれと頼んだ。そのあと、眠ろうとしたが寝つけなかったので、気分を変えるために本を読み、くだらぬ詩を書いて過ごした。

翌日の午前十一時、私は掘りはじめた。日が照っていて、嬉《うれ》しかった。私はやはり独りだった。私の求める未知の怪物はたしかに恐ろしかったが、誰かに話すことを考えると、もっと恐ろしかった。その後ハリスに話したのはどうしても必要だったからだし、彼は老人たちからおかしな話を聞いていたので、少しは信じてくれそうだったのだ。暖炉の前の臭い黒土を掘り返しているうちに、鋤が切断した白い蕈からねばばした黄色い濃汁が滲《にじ》み出て、一体どんな物があらわれるだろうと思うと、ゾッとした。地中の秘密のうちには人類にとって良くないものがあり、私にはこれもその一つだと思われた。

私の手は目に見えて顫《ふる》えたが、それでも掘りつづけた。しばらくすると、自分が掘った大きな穴の中に立っていた。約六フィート平方の穴が次第に深くなるにつれて、厭な臭《にお》いが強くなり、私は地獄めいたものとの接触がすぐそこに迫っていることを、もう疑わなかった。そのものの放散物が、百五十年以上にわたってこの家に祟《たた》っていたのだ。そいつはどんな姿をしているだろう――その形と構成物質はどんなものなのだろう。長い年月生命を吸って、どれくらい大きくなっているだろう。しまいに穴からよじ登って外に出ると、盛り上がった泥土を均《なら》し、硫酸の入った大きなカーボイを穴の両脇近くに並べた――必要な時、続けざまに穴の中へ全部流し込めるように。そのあとは、他の二つの側だけに土を投げ棄《す》てた。臭気が強まって来たので、ガスマスクを着けてゆっくりと作業をした。穴の底の名状しがたいものがもうすぐそこにいると思うと、怖気《おじけ》づきそうだった。

突然、鋤が何か土より柔かいものにあたった。私は震えおののいて、今は頸《くび》までの深さがある穴から逃げ出すような仕草をした。やがて勇気が戻り、持って来た懐中電灯の明かりでさらに泥土を搔《か》き出した。私が露《あら》わにしたものの表面はどんよりして、ガラスのようだった――いわば腐りかけ、凝固したゼリーで、ところどころ半透明にも見えた。私はさらに土を搔き、そいつに形があることを知った。一部分が折りたたまれて、そこに条《すじ》が入っていた。露出している個所は巨きく、おおよそ円筒形をしていた。超特大の柔らかくて青白いストーブの煙突を二つに折り曲げたようで、一番太いところは直径二フィートほどもあった。私はさらに土を掻いたが、そのうち急に穴からとび出し、あの穢らわしいものから離れた。半狂乱になって重いカーボイの口を開け、傾けて、腐食性の内容物を次から次と、あの納骨堂のような深い穴と、考えられぬ異常な存在の真上から注ぎ込んだ――私が見たのはそいつの巨大な肘だったのだ。

大量の酸が流れ落ちるにつれて、穴から嵐のように噴き出した黄緑色の蒸気の目を昏ませる大渦は、けして私の記憶から消えないだろう。あの丘の到る処で、人々は黄色い日のことを語る。その日、プロヴィデンス川に投棄された工場廃棄物から猛毒の恐ろしい煙霧が立ち上ったというのだが、私はかれらがその源に関していかに間違っているかを知っている。人々はまた、同じ時に、どこか地下の故障した水道管かガスの本管から、おぞましい唸《うな》り声が聞こえて来たとも語るが——私はその気になれば、やはり間違いを指摘することができる。あれは口には言えないほど衝撃的で、私はどうして生きていられたのかわからない。私は四つ目のカーボイを空《から》にしたあと気を失った。それを傾けている時は、もう煙霧がマスクの中に浸透しはじめていたのだ。だが、気がつくと、もう新しい蒸気は穴から出ていなかった。

残る二つのカーボイの中味も穴に注いだが、とくに何も起こらなかったので、しばらくすると、土を埋め戻しても大丈夫だろうと思った。仕事を終える前に黄昏《たそがれ》になっていたが、恐怖はあの場所から去っていた。湿気はさほど悪臭を放たなくなり、妙な蕈はみな萎《しな》びて一種の無害な灰色の粉になり、灰のように床の上を舞った。大地の底の恐怖の一つが永久に滅び、地獄がもしあるとすれば、地獄はついに不浄な存在の悪魔的な魂を受けとったのだ。鋤で土の最後の一掬《ひとすく》いを均した時、私は涙を流した。それは愛する叔父の思い出に捧げた多くの涙の最初のものだった。

翌年の春、忌まれた家の高台になった庭には、もう青白い芝も奇妙な雑草も生えて来ず、その後まもなくキャリントン・ハリスは家を人に貸した。あそこは今でも気味が悪いが、その奇妙さは私を魅《ひ》きつける。あの家がけばけばしい店や下品なアパートを建てるために取り壊される時、私の安堵感には妙な名残《なご》り惜しさが混じっていることだろう。不毛だった庭の老木は小さな甘い林檎《りんご》を実らせはじめ、去年はその節くれだった大枝に鳥が巣をつくった。

魔女屋敷で見た夢

夢のために熱が出たのか熱のために夢を見たのか、ウォルター・ギルマンにはどちらともわからなかった。一切の背後にあの古い町の――そして、あの黴臭《かびくさ》い不浄な屋根裏部屋の沈鬱《ちんうつ》な膿《う》み爛《ただ》れる恐怖がわだかまっていた。彼はその部屋で、粗末な鉄のベッドの上で輾転反側《てんてんはんそく》していない時は物を書き、勉強し、数字や数式と格闘していたのだ。彼の耳は超自然的な、耐えがたい程度にまで敏感になっていて、彼はとうの昔にマントルピースの安物の置時計を止めていた。そのチクタクという音が大砲の轟音《ごうおん》のように思われたからだ。夜は、外の真っ暗な街の秘《ひそ》かなざわめきが、虫の食った隔壁の中を鼠《ねずみ》が走りまわる無気味な音が、そして数百年を閲《けみ》した家の隠された材木の軋《きし》みが、もうそれだけで耳障《みみざわ》りな大喧騒《だいけんそう》の感覚を与えるに十分だった。暗闇《くらやみ》にはつねに不可解な物音が犇《ひし》めいていた――だが、彼は時とすると、今聞こえている音が静まったら、そのうしろに潜んでいる、もっと微《かす》かなべつの音が聞こえはしないかと思って、身震いした。

彼は変化というもののない、伝説に憑《つ》かれたアーカムの街にいた。そこでは寄り集まった腰折れ屋根が揺れ、暗い植民地時代に国王の捕り手から魔女が身を隠した屋根裏部屋の上にたわんでいた。しかし、この街のいかなる場所も、ギルマンがいる切妻屋根の裏の部屋ほど無気味な記憶が浸《し》み込んではいなかった——というのも、年老《としと》ったケザイア・メイソンを匿《かくま》っていたのは、まさにこの家、この部屋だったのだ。ケザイアが最後にセイレムの監獄から逃げ出した一件は、いまだに誰も説明できなかった。それは一六九二年のことで——看守は発狂して、白い牙《きば》を持つ毛むくじゃらな小さい生き物が、ケザイアの独房から慌《あわ》てて飛び出したと口走り、コットン・マザーでさえ、灰色の石壁に何か赤くねばねばする液体で描きつけられた曲線や角《かく》を説明することはできなかった。

おそらく、ギルマンはそんなに根《こん》をつめて勉強するべきではなかったのだろう。非ユークリッド微積分学や量子物理学はいかなる人間の頭脳も無理に張りつめさせるに十分だ。しかも、それらを民間伝承と混ぜこぜにし、ゴシック風の物語や、炉端の荒誕な噂話《うわさばなし》の食屍鬼《しょくしき》のごとき仄《ほの》めかしの背後にある多次元的現実の奇妙な背景を探るとなると、精神の緊張を完全に免れることはとても期待できない。ギルマンはヘイヴリル(訳注・マサチューセッツ州エセックス郡の町)の出身だが、数学をいにしえの魔術の荒唐無稽《むけい》な伝説と結びつけるようになったのは、アーカムの大学に入ってからだった。この年古《としふ》りた町の空気のうちにある何かが、彼の想像力を隠微に刺激したのだ。ミスカトニック大学の教授たちは、彼に少し力を抜くように言い、履修する課程をいくらか減らしてやった。その上、大学図書館の地下室に鍵《かぎ》を掛けて保管してある、禁断の秘密に関する怪しげな古い書物を読むこともやめさせた。しかし、そうした配慮もすでに手遅れで、ギルマンはアブドゥル・アルハザードの人も恐れる『ネクロノミコン』、『エイボンの書』の断片、禁書になったフォン・ユンツトの『無名祭祀書《さいししょ》』から恐ろしいヒントを得、空間の特性と既知未知の次元の繋《つな》がりに関する彼の抽象的な方程式と関係づけていた。

彼は自分の部屋が古い〝魔女屋敷〟にあることを知っていた——じつは、それこそがそこを借りた理由だった。エセックス郡の記録にはケザイア・メイソンの裁判に関するものがたくさんあり、彼女が特別法廷で強制されて認めたことが、ギルマンを理屈抜きに魅了した。ケザイアは、ある直線と曲線をつくると、空間の壁を越えて彼方《かなた》の他の空間へ導く方向を指し示すとハーソン判事に言い、メドウ・ヒルの向こうの白い石がある暗い谷や、川中の無人島で真夜中に開かれる集会で、そうした直線と曲線がしばしば用いられることを仄めかした。彼女はまた〝黒い男〟や、自分がした誓約や、ナハブという新しい秘密の名前のこともしゃべった。それから、独房の壁にそうした図形を描いて姿を消した。

ギルマンはケザイアに関する不思議な記述を信じ、彼女の住家《すみか》が二百三十五年以上経《た》った今も残っていることを知って、奇妙な戦慄《せんりつ》をおぼえた。ケザイアがその古い家や狭い通りに執拗《しつよう》に現われることや、その家や他の家で眠った人々に残された異常な人間の歯形、五月祭前夜と万聖節が近い頃に聞こえる子供の泣き声、そうした恐ろしい祭日の直後、あの古い家の屋根裏部屋でしばしば感じられる悪臭、そしてその朽ちゆく建物と町に出没し、夜明け前の真っ暗な時刻、妙な具合に人々に鼻をこすりつける、毛むくじゃらの鋭い歯を持つ小さな生き物——そうしたことをアーカムの人々が声をひそめて語るのを聞いた時、彼は何としてもその家に住もうと決めた。部屋を借りるのは容易だった。その家は人気がなく、借り手がつかなくて、大分前から安下宿に使われていたからだ。そこで何が見つかると期待しているのか、ギルマンは人に訊《き》かれても答えられなかったろうが、その建物にいたいことはわかっていた。そこでは十七世紀の平凡な老婦人が何らかの事情から突然に、プランクやハイゼンベルク、アインシュタインやド・ジッターの最大の現代的探究をおそらく超える数学的深淵《しんえん》への洞察を得たのだ。

彼は近づける範囲で壁紙が剝《は》がれている場所を見つけると、謎《なぞ》めいた図形の痕跡《こんせき》が残っていないかと木や漆喰《しっくい》の壁を調べた。そして一週間としないうちに、ケザイアが呪《まじな》いを行ったといわれる東側の屋根裏部屋を借りることができた。その部屋は初めから空いていた――誰もそこに長居したがらなかったので――が、ポーランド人の大家はそこを貸すことに慎重になっていた。しかし、熱病にかかる頃までギルマンには何事も起こらなかった。ケザイアの幽霊が暗い廊下や部屋を飛びまわりもしなかったし、毛むくじゃらな小さい生き物がギルマンの陰気な屋根裏部屋に忍び込んで、鼻をこすりつけて来ることもなく、魔女の呪法《じゅほう》の記録が見つかって、不断の調査が報いられることもなかった。時々彼は敷石のない黴臭い小路が影深くもつれ合う中を散歩した。そこには、どれほど古いかわからぬ無気味な茶色い家々が傾き、ぐらつき、小さいガラスをいくつも嵌《は》めた狭い窓から、嘲《あざけ》るようにこちらを眺めていた。かつてここで奇妙なことが起こったのをギルマンは知っていたし、この街の裏側には――少なくとも、もっとも暗く、狭く、複雑に曲がりくねった細道には――奇怪な過去の何もかもが完全に滅びさってはいないとかすかに仄めかすものがあった。彼は川中の評判の悪い島へも、二回ボートを漕《こ》いで行って、そこに立っている苔生《こけむ》した灰色の石の列――その起源は曖昧《あいまい》で、遠い太古に遡《さかのぼ》るものだったが――がつくっている異様ないくつもの角をスケッチして来た。

ギルマンの部屋は広かったが、妙に不規則な形だった。北側の壁が外から内へ、目で見てもそれとわかるほど傾いており、低い天井も、同方向に下の方へゆるやかに傾斜していた。鼠穴と一目でわかる穴と他の穴をふさいだ痕《あと》をべつとすれば、傾いた壁と家の北側のまっすぐな外壁との間に存在するにちがいない空間への入口はなく、以前入口があった様子もなかったが、外から見ると、遠い昔に窓が一つ板でふさがれた箇所がわかった。天井の上の屋根裏――そこの床も傾いていたにちがいない――にも、やはり入ることはできなかった。ギルマンが梯子《はしご》で他の屋根裏部屋の上の、蜘蛛《くも》の巣の張った平らな天井裏へ上がってみると、以前あった隙間《すきま》が古い板で厳重に蔽《おお》われ、植民地時代の大工仕事によく使われた頑丈な木釘《きくぎ》で固定してあった。しかし、鈍感な大家は、いくら説得しても、この二つの閉鎖された空間を調べさせてくれなかった。

時が経つにつれて、部屋の不規則な壁と天井がますます気になって来た。ギルマンはそういうものを作ったことに何か目的があると考え、その目的について漠然とした手がかりを与えるような数学的意味を、その奇妙な角に読み込みはじめたからだ。ケザイア婆《ばあ》さんが、と彼は考えた。おかしな角を持つ部屋に住んでいたことには立派な理由があったのかもしれない。なぜといって、彼女が我々の知る空間の領域外へ行ったと主張したのは、ある角によってではなかったか？　次第にギルマンの関心は、傾いた面の向こうにある底知れない空間から離れて行った。今はそういう面を作った目的が、自分のいるこちら側に関わっているように思われたからだ。

脳炎の兆《きざ》しと夢は二月初旬に始まった。しばらく前から、ギルマンの部屋の風変りな角は、彼に奇妙な、ほとんど催眠術的な効果を及ぼしていたようだった。寒い冬が深まるにつれて、彼は下に傾いた天井と内側に傾いた壁が接する隅を、ますます一心に見つめるようになった。この頃、彼は正規の勉強に集中できないことを悩み、中間試験が心配でならなかった。しかし、過敏になった聴覚も、それに劣らず悩ましかった。生活は執拗でほとんど耐えがたい不協和音となり、その上――おそらく生《せい》の彼方の領域から来る――べつの音が、聞こえるか聞こえないかの瀬戸際《せとぎわ》で顫《ふる》えていると いう、恐ろしい印象がつねにあった。具体的な物音としては、古い隔壁の中にいる鼠が最悪だった。時として、かれらの引っ掻《か》く音は、忍びやかなだけでなく、わざとらしいようにも聞こえた。傾いた北側の壁の向こうから聞こえて来る時は、一種のカサカサいう乾いた音と混じっていた。傾いた天井の上の百年も閉鎖された屋根裏から聞こえて来ると、ギルマンはいつも身を引き締めた。何か恐ろしいものが下りて来て、自分を一嚥《ひとの》みにしようと機会をうかがっているかのように。

夢はまったく正気の沙汰《さた》ではなくて、これは数学と民間伝承を両方研究しているせいだとギルマンは思った。我々の知る三次元の彼方にあるはずだと数式が語る漠とした領域、ケザイア・メイソン婆さんが——想像を絶する影響力に導かれて——そうした領域への門を実際に見つけた可能性、彼はそんなことを考えすぎていたのだ。ケザイアと告発者たちの証言が載っている黄変した郡の記録は、人間の経験を超えた事物を忌《い》まわしく暗示し——彼女の使い魔として働いた、すばしこい毛むくじゃらな小さな生き物の描写は、細部に信じがたいところがあるにもかかわらず、不快なほど真に迫っていた。

その生き物——大型のどぶ鼠より大きくはなく、町の人々は「ブラウン・ジェンキン」という面白い名で呼んでいた——は、共感的集団妄想の顕著な例が生み出したものらしい。一六九二年に、十一人もの人々がそいつを見たと証言したのである。それに最近の噂もあり、一致する点の多さは不可解で気味が悪いほどだった。目撃者の話によると、そいつは毛が長く鼠の形をしていたが、鋭い歯を持ち、鬚《ひげ》の生えた顔は邪悪な人間の顔で、前足は小さい人間の手のようだった。そいつはケザイア婆さんと悪魔の間で使い走りをし、魔女の血によって養われた——吸血鬼のように血を吸ったのだ。そいつの声は一種の厭《いや》らしいキイキイ声で、あらゆる言語をしゃべることができた。ギルマンの夢に出て来る異様な怪物のうちでも、この冒瀆《ぼうとく》的な矮小《ちいさ》な雑種生物ほど恐慌《きょうこう》と嫌悪《けんお》感で彼の胸を満たしたものはない。その姿は、目醒《めざ》めている彼の心が古記録と現代の風説から引き出したどんなものより千倍も憎々しい形で、彼の視界をよぎった。

ギルマンの夢は主に説明しがたい色彩を帯びた薄明と、不可解に乱れた音の果てしない深淵へ飛び込むことから成っていた。その深淵を構成する物質と重力の特性、そして彼自身の存在との関係は説明する糸口さえつかめなかった。彼は歩きも、攀《よ》じ登りも、飛びも、泳ぎも、這《は》いも、のたうちもしなかったが、一部は自発的で一部は非自発的な、ある種の運動をつねにしていた。自分自身の状態については良くわからなかった。腕や、脚や、胴体が遠近の感覚の奇妙な乱れによってつねに切り離されて見えたからだが、自分の肉体組織と機能がどういうわけか驚くほど変わり、斜めに投影されたような形になっているのを感じた——とはいえ、彼の通常の体形や性質と一種のグロテスクな関係がないわけではなかったが。

深淵はけして空虚ではなく、異様な色の物質の、言うに言いがたい角度を持つ塊がたくさんあって、塊のうちのあるものは有機物に見え、あるものは無機物のようだった。二、三の有機体は心の奥に曖昧な記憶を呼び起こしたが、それらが嘲るように似ているか暗示するものについて、意識的な考えは浮かばなかった。のちの夢の中では有機体がいくつかの部類に分かれ、どの部類にも、行動様式と基本的な動機がはなはだしく異なる種が含まれているように思われた。これらの部類の一つは、他の部類の成員よりも行動が少し非論理的で場違いな物体を含んでいるようだった。

物体はすべて――有機的なものも非有機的なものも――まったく言語に絶しており、理解することもできなかった。ギルマンは時に非有機的な塊をプリズムや、迷路や、立方体と平面の集まりや、巨石建造物になぞらえた。有機的なものはそれぞれ水泡《あぶく》の集まりとか、蛸《たこ》、百足《むかで》、生けるヒンドゥー教の偶像、そして蛇のように動き始めた複雑なアラベスク紋様のように思われた。見たものすべてが言いようもない脅威と恐怖を感じさせた。有機的な実体の一つがこちらに気づいている素振りを見せると、ギルマンはたまらない恐怖をおぼえて、たいていそのために目が醒めた。有機的な実体がどうやって動いたかについては、彼自身がどうやって動いたかと同様に、何もわからなかった。やがて彼はさらなる謎に気づいた――ある種の実体は何もない空間から忽《こつ》然《ぜん》と現われたり、同じように唐突に消え失《う》せたりするのだ。絶叫や咆哮《ほうこう》のような入り乱れた音がこの深淵に充満していて、その音は高低も、音質も、リズムもまったく分析不可能だったが、有機的と無機的とを問わず、すべてのぼんやりした物体の曖昧な視覚的変化と同調しているようだった。その隠微な、容赦のない、避けられぬ変動のどれかの間に、音が耐えがたいほど強くなりはしないかとギルマンはつねに恐れていた。

しかし、ブラウン・ジェンキンを見たのは、こうした完全に異質な渦の中でではなかった。あのぞっとする小さな怪物は、眠りの底へ落ち込む直前に彼を襲った、もっと明るくはっきりした夢に出て来たのだ。暗闇に横たわって睡魔と戦っていると、数世紀を閲《けみ》した部屋のまわりにかすかな淡い光がちらつくように見え、菫色《すみれいろ》の霧の中に、角度のついたいくつかの平面が一線に収斂《しゅうれん》したものがあらわれる。そいつは彼の頭脳を知らず識《し》らずのうちにつかまえていたのだ。すると、あの怪物が隅の鼠穴からひょっととび出して来て、小さい、鬚を生やした人間の顔に邪悪な期待を浮かべ、幅の広い板を張った撓《たわ》んだ床の上を、こちらへパタパタと走って来る――しかし、有難いことに、この夢はいつも怪物が鼻をこすりつけるほどそばへ寄る前に終わった。ギルマンは毎日鼠穴を塞《ふさ》ごうとしたが、隔壁の住人が、どんな障碍物《しょうがいぶつ》でも毎晩齧《かじ》り取ってしまうのだった。一度、大家に頼んで穴の上にブリキの板を打ちつけてもらったが、鼠どもは翌晩、新しい穴を齧って空けた――その際、部屋の中に奇妙な小さい骨の欠片《かけら》を押し出すか、引きずり出すかした。

ギルマンは医者に熱のことを言わなかった。試験勉強のため一刻も無駄にできないこの時、大学付属病院に入院しろとでも言われたら、試験に通らないことを知っていたからである。実際、彼は微積分Dと上級心理学概論で落第点を取った。もっとも、学期末までに挽回《ばんかい》する望みがなくはなかった。三月になると、明るい予備段階の夢に新たな要素が入り込み、ブラウン・ジェンキンの悪夢のような姿に、何かもやもやしたものが連れ立つようになって、そのものはだんだんと腰の曲がった老婆《ろうば》に似て来た。このことはギルマンの心を自分でも説明できないほど悩ましたが、しまいに彼はこう考えた――あれは、使わなくなった波止場のそばの入り組んだ暗い小路で現実に二度出くわした皺《しわ》くちゃの婆さんに似ていると。その時、老婆はなぜか邪悪な、冷笑的な目つきでこちらを見つめたので、彼は身震いしそうになった――ことに最初の時、いやに肥《ふと》ったどぶ鼠が近くの暗い路地口をサッと横切って、なぜかブラウン・ジェンキンのことを思い出した時は。あの神経過敏から来る恐怖が今、乱れた夢に反映しているのだろうと彼は考えた。

古い家の影響力が不健康なものであることは否定できなかったが、当初持っていた病的な関心の名残りが彼をまだそこに引き留めていた。夜毎《よごと》の幻想はすべて熱のせいで、それさえ収まれば奇怪な夢から解放されるだろうと彼は自分に言い聞かせた。しかし、夢はひどく生々しくて説得力があり、いつも目が醒めると、憶《おぼ》えていないが、もっとたくさんのことを体験したという感覚が漠然と残っているのだった。彼は思い出せぬ夢の中でブラウン・ジェンキンとも老婆とも話し合い、かれらと共にどこかへ行って、もっと力のある第三の存在に会うよう促されたことを忌まわしくも確信していた。

三月の末になると、ほかの勉強はますます彼を悩ませたが、数学の勉強だけは調子良く進み始めた。彼はリーマン方程式を解く直感的なこつをつかみ、クラスの他の全員を閉口させた四次元その他の問題の理解によって、アパム教授を驚かせた。ある日の午後、空間のあり得る異常な歪《ゆが》みと、我々のいる宇宙とさまざまな他の領域の理論的な接近点あるいは接点について議論が行われた。ここに他の領域というのは、もっとも遠い星々や、銀河系外の深淵そのものほどに――あるいはアインシュタイン的時空連続体の彼方にあると仮定し得る宇宙単位ほどに、途徹《とてつ》もなく遠い領域である。ギルマンがこのテーマを扱う手並は一同を讃嘆《さんたん》の念で満たした――とはいえ、彼が仮説として取り上げたいくつかの事柄は、彼の神経質で孤独な変人ぶりに関してつねに飛び交っている噂をいっそう増やす結果になったが。学生たちが首肯《しゅこう》しかねたのは、彼が大真面目《おおまじめ》に語る次のような説だった。すなわち人は、人間が手に入れることはありそうもない数学的知識を与えられれば、故意に地球から他のいかなる天体へも――それが宇宙の綾《あや》の中に無数に存在する特異点の一つに位置していれば――足を踏み入れることができるというのだ。

そのような移動にはただ二つの段階を踏めば良いとギルマンは言った。第一に、我々の知る三次元の領域から出て行くこと。第二に、三次元の領域のべつの点、おそらく無限に懸け離れた一点へ戻って来ること。多くの場合、生命を失わずにこれをやり遂げられると考えられた。三次元空間のいかなる部分から来たいかなる存在も、おそらく四次元で生き残れるであろう。第二段階で生き残れるかどうかは、戻って来る際、三次元空間の遠いいかなる部分を選ぶかによるであろう。ある惑星の住民がある種の他の惑星で――他の銀河や、他の時空連続体の同じような次元相に属する惑星でも――生活することは可能である。とはいえ、もちろん、数学的に並列されてはいても、互いに居住不可能な天体や空間の区域はおびただしくあるにちがいないが。

また、ある次元領域の住人が、足したり無限定に乗じたりした次元の、多くの未知で不可解な領域へ入っても――それが所与の時空連続体の内であれ外であれ――生き残ることができて、逆もまた真だということもあり得る。これは考察すべき事柄だったが、ある次元平面から隣接する高い平面への移行によって生じる変異が、我々が理解するような生物学的完全性を破壊しないことは、かなり確実と思われた。この最後の仮説を立てる理由についてギルマンはあまりはっきりと述べなかったが、この点の曖昧さは、他の複雑な点の明晰《めいせき》さによって十分以上に埋め合わされていた。アパム教授がとくに気に入ったのは、高等数学が人間の、あるいは人間以前の口にすべからざる古代世界——宇宙とその法則に関して、我々以上の知識を持っていた時代——から世々に伝えられた魔術的伝承のある面と類似点を持つことを、ギルマンが示したことだった。

四月の初め頃、ギルマンは熱が中々引かないので、大分心配になった。それに、同じ家の間借人が彼の夢遊病について言ったことにも頭を悩ましていた。彼はよく寝床を離れ、夜中のある時刻になると、彼の部屋の床が軋むのに下の階の男が気づいたらしい。この男は夜に靴を履いて歩く足音を聞いたとも言ったが、それは勘違いだとギルマンは確信していた。靴もほかの衣類と同様、いつも朝には然《しか》るべき場所にあったからだ。この病的な古い家にいると、あらゆる種類の幻聴が起こり得る——今ではギルマン自身、昼日中でさえ、傾いた壁の向こうと傾いた天井の上の真っ暗な空間から、鼠が引っ掻く以外の音が聞こえて来ると思っているではないか？　病的に敏感な彼の耳は、遠い昔に封鎖された天井裏でかすかな足音がしないかと聴き澄ますようになり、時には、そうした錯覚が苦しいほど真に迫っていた。

しかし、彼は自分が本当に夢遊病者になったことを承知していた。衣服はあるべき場所にあったが、部屋が空《から》だったことが二度もあったからである。そのことを教えてくれたのはフランク・エルウッドという学生仲間で、彼は貧しいために仕方なくこの汚なくて不人気な家に間借りしていたのだった。エルウッドは夜更《よふ》けに勉強中、微分方程式のことを教えてもらいに上がって来たが、ギルマンはいなかった。ノックをしても返事がないため、鍵の掛かっていない扉を開けたのは少し図々しかったが、どうしても助けが必要だったから、優しく揺り起こしても部屋の主は気にしないだろうと思ったのだ。しかし、二度ともギルマンは部屋にいなかった――ギルマンはそのことを聞かされると、裸足《はだし》の寝間着姿で一体どこを彷徨《さまよ》っていたのだろうと訝《いぶか》しんだ。寝ながら歩くという話を今後も聞かされるようなら、この件を調べてみようと彼は決意し、廊下の床に小麦粉を撒《ま》いて、自分の足跡がどこへ向かっているかをたしかめようと思いついた。出口として考えられるのは扉だけだった。狭い窓の外には足がかりになるところがなかったからだ。

四月も末に近づくにつれて、熱のために鋭くなったギルマンの耳は、ジョー・マズレウィッツという迷信深い織機修理工の鼻にかかった泣くような祈りの声に悩まされた。この男は一階に部屋を借りていた。マズレウィッツはケザイア婆さんの幽霊と、毛むくじゃらで牙が鋭く、鼻をこすりつける生き物の話を長々と取りとめもなく語り、自分は時々ひどく取り憑かれるので、磔刑像《たっけい》のついた銀の十字架──聖スタニスラウス教会のイワニツキー神父が魔除《まよ》けのためにくれたもの──だけが頼りなのだと言った。今自分が祈っているのは、魔女のサバトが近づいているからだ。五月祭前夜はワルプルギスの夜で、地獄のもっとも凶々《まがまが》しい悪霊《あくりょう》が地上を歩きまわり、サタンの奴隷《どれい》全員が名状しがたい儀式と行いのために集まるのだ。この夜、アーカムではいつもじつにひどいことになる──たとえ、ミスカトニック大通りや本通《ハイ・ストリート》りやサルトンストール街のお上品な連中が何も知らないふりをしようとも。ひどいことが行われ、子供が一人か二人、たぶんいなくなるだろう。ジョーがそういうことを知っているのは、故国《くに》にいたお祖母《ばあ》さんが彼女のお祖母さんからいろいろな話を聞いたからだ。この時季には、お祈りをして数珠《じゅず》をつまぐった方が賢い。というのも、ここ三ヵ月、ケザイアとブラウン・ジェンキンはジョーの部屋のそばにも、ポール・コインスキーの部屋のそばにも、ほかのどこにもいなかった──あいつらがそんな風に遠ざかっているのは良いことではない。何か企《たくら》んでいるにちがいない。

この月の十六日、ギルマンは医者へ行ってみたが、心配していたほど熱が高くないことを知って驚いた。医者は彼に鋭く質問をし、神経の専門医に診てもらうことを勧めた。彼はあとで考えてみて、あれこれ訊きたがる大学の医者にかからなくて良かったと思った。前に彼の活動を制限したウォールドロン老先生なら、静養を命じるだろう——方程式の偉大な成果がもうすぐ出そうだというのに、とてもそんなことはできない。自分は間違いなく既知の宇宙と四次元との境界に近づいており、その先どこまで行けるか誰にもわからないのだ。

しかし、こうした考えが浮かんで来る時でさえも、彼は不思議な自信がどこから湧《わ》いて来るのだろうと訝った。この危険な切迫感は、毎日紙一面に書き込んでいる数式から来るのだろうか？　頭上の封鎖された天井裏から聞こえる、かすかな、忍びやかな足音の幻聴は彼を苛立《いらだ》たせた。その上今は、自分にはとてもできない恐ろしいことをしろと誰かにいつも促されているような感覚が、だんだんとつのって来るのだ。夢遊病に関してはどうだろう？　自分は時々夜中にどこへ行くのだろう？　それに真《ま》っ昼間《ぴるま》、目がしっかり醒めている時でさえ、正体のわかっている物音の狂わしい混乱の向こうから、時折かすかに音らしいものが聞こえるが、あれは一体何なのだろう？　そのリズムは一、二の口にするのも憚《はばか》られるサバトの詠歌の拍子に合わせているのでないとすれば、地上の何物とも一致せず、あの完全に異質な夢の深淵で聞こえるくぐもった絶叫や咆哮の特徴と一致するのではないかと時々不安にかられた。

夢はその間にひどく悪《あく》どいものになって行った。明るい予備段階の相で、邪悪な老婆は今や凄《すさ》まじくはっきりした姿になり、ギルマンはそれが貧民街で自分をぎょっとさせた老婆であることを知った。曲がった背中、長い鼻、皺だらけの顎先《あごさき》は見間違えようもなかったし、形の崩れた茶色い衣も彼が憶えているものに似ていた。その顔に浮かんでいるのは忌まわしい悪意と狂喜の表情で、説得したり脅したりするしわがれ声を目が醒めても憶えていた。おまえは〝黒い男〟と会って、私たちみんなと窮極の渾沌《こんとん》の中心にあるアザトホートの玉座へ行かねばならない。それが彼女の言ったことだった。おまえ個人の研究がここまで進んだ上は、自分の血でアザトホートの書に署名し、新しい秘密の名前をもらわなければならない。ギルマンが老婆とブラウン・ジェンキンともう一人と共に、かぼそい笛が心を持たずに吹き鳴らされる渾沌の玉座へ行くことを思いとどまったのは、『ネクロノミコン』の中でアザトホートという名前を見たことがあり、それが筆舌に尽くしがたく恐ろしい原初の悪の意味だと知っていたからだった。

老婆はいつも、下向きの傾斜と内向きの傾斜がぶつかる隅の薄い空気の中から現われるようだった。床よりも天井に近い一点で形を取るように見え、夜毎少しずつ近寄り、前よりもはっきりして来たところで、夢の場面が変わった。ブラウン・ジェンキンもいつも最後に少し近づいて来て、黄色味を帯びた白い牙が、この世ならぬ菫色の燐光《りんこう》の中で恐ろしくキラリと光った。その甲高くて厭らしいキイキイ声はますますギルマンの頭にこびりつき、それが「アザトホート」や「ニャルラトホテプ」という言葉をどんな風に発音したか、朝になってもまだ憶えていた。

深い方の夢でもすべてがいっそうはっきりして、ギルマンは周囲の薄明の深淵が四次元の深淵であることを感じた。動きがさほど的外れでなく、何か動機がありそうに見える有機的な実体は、たぶん人間を含む、我々の惑星の生命形態からの投影だった。ほかのものが本来の次元領域で何物であるかは、考えてみたくもなかった。さほど的外れではない動きをしている物のうちの二つ――やや大きめの、虹色《にじいろ》に輝く、扁球《へんきゅう》状《じょう》の泡の集積と、それよりずっと小さくて未知の色彩を持ち、表面の角度が急速に変わる多面体――は彼に注意して、巨大なプリズムや、迷路や、立方体と平面の集まりや、建築物まがいのものの間でギルマンが位置を変えるにつれて、追いかけて来たり、前方に浮かんだりするようだった。その間ずっと、くぐもった絶叫と咆哮が次第に高まり、耐えられないほど強烈な、奇怪な最高点に近づいているかのようだった。

四月十九日から二十日にかけての夜の間に、新たな展開が生じた。ギルマンは半ばしぶしぶと薄明の深淵を動きまわり、例の泡の塊と小さい多面体が彼の前に浮かんでいた。やがて彼は近くの巨大なプリズム群の縁《へり》が妙に規則的な角度を成していることに気づいた。すると次の瞬間、彼は深淵の外にいて、拡散した強い緑の光を浴びる岩山の斜面に立って震えていた。裸足で寝間着を着ており、歩こうとしたが、ほとんど足が上がらなかった。渦巻く蒸気のために間近の傾斜した地面以外何も見えず、その蒸気の中からどんな音が湧き上がって来るかもしれないと考えると、恐ろしかった。

やがて二つの姿が苦労してこちらへ這って来るのが見えた――例の老婆と毛むくじゃらな小さい生き物だ。老婆は膝《ひざ》をついたままやっとのことで身を起こすと、両腕を異様な格好で交差させた。一方、ブラウン・ジェンキンはおぞましくも人間の手に似た前足で、ある方向を指《さ》したが、その前足を持ち上げるのに苦労しているようだった。ギルマンは自分の中から起こったのではない衝動にかられて、老婆の腕の角度と小さな怪物の前足が指す方向によって定められる道筋を辿《たど》り、重い足を引き摺《ず》って前へ進んだ。そして三歩と進まぬうちに、薄明の深淵に戻っていた。幾何学的な形が彼のまわりに騒然と犇《ひし》めいており、彼は眩暈《めまい》がして倒れたままいつまでも動かなかった。しまいに、あの無気味な古い家の、狂った角のある屋根裏部屋のベッドで目醒めた。

その朝は何もできず、授業を全部休んだ。未知の力に魅《ひ》きつけられて、彼の目はあらぬ方《かた》に向けられていた。床の上の何もない一点をじっと見つめずにいられなかったのだ。時間が経つにつれて、何も見ていない目の焦点は位置を変え、正午《ひる》には空《くう》を見つめたい衝動に打ち克《か》った。二時頃昼食をとりに出かけて、街の狭い小路を縫って歩いているうち、ずっと南東へ向かっていることに気づいた。努力してやっとチャーチ街のカフェテリアに留まることができたが、食事が終わると、未知の誘引力をいっそう強く感じた。

やはり神経の専門医にかからなければいけないだろう——たぶん、夢遊病と関係があるのだ——しかし、差しあたっては、自力で病的な呪縛《じゅばく》を破ることを試みよう。疑いなく、まだ誘引力から遠ざかることができたので、決意を固めてその力に逆らいながら突き進み、ギャリソン街を北へ向かって、ゆっくりと足を引き摺って行った。ミスカトニック川に架かる橋に辿り着いた頃には冷たい汗を掻いており、鉄の手摺をつかみながら、上流にある評判の悪い島を見やった。そこに整然と立ち並ぶ古い石は、午後の陽光の中でむっつりと鬱《ふさ》ぎ込んでいた。

その時、彼はハッとした。寂しい島に生ける者の姿がはっきりと見えたからだ。良く見ると、それはたしかに、無気味な姿で夢の中に押し入り、彼をこんなに苦しめている、あの奇妙な老婆だった。彼女のそばの丈高い草が揺れており、何かほかの生き物が地面を這っているようだった。老婆がこちらへふり向こうとした時、彼は一目散に橋から川べりの迷路のような路地へ逃げ込んだ。島は遠かったが、奇怪な打ち克ちがたい邪念が、茶色い服をまとう腰の曲がった老人の冷ややかな眼差《まなざ》しから流れて来そうな感じがしたのだ。

南東の方角へ引き寄せる力はまだ続いており、ギルマンは意志の力をふり絞って、やっとあの古い家とグラグラする階段へ、重い足で帰り着くことができた。それから数時間、黙ってあてもなく坐《すわ》っていたが、その目は次第に西の方を向いていた。六時頃、鋭敏になった耳に二階下のジョー・マズレウィッツの泣くような祈りが聞こえて来たので、彼はやけになって帽子をつかむと、夕映えで金色に光る街路《とおり》へ出て、今は真南へ引き寄せる力に身をまかせた。一時間後、あたりはもう暗くなり、彼はハングマン川の向こうの開けた野原にいた。前方に春の星がチカチカと燦《きら》めいていた。歩きたいという衝動は、神秘の力で空へ跳び込みたいという衝動にだんだん変わって来て、彼は突然その誘引力の源がどこにあるかを悟った。

それは空にあったのだ。星々の間の特定の点が彼を我が物にしようと、呼んでいるのだ。どうやらそれは海蛇座とアルゴ船座の間のどこかにある一点で、ギルマンは夜が明けてすぐに目醒めた時から、ずっとその方へ突き動かされていたのだった。午前中、その一点は足の下にあった。午後には南東へ昇って来て、今はほぼ南だが、西へ向きを変えつつある。この新しい事態は何を意味するのだろう？　自分は狂いかけているのだろうか？　一体いつまでこんなことが続くのだろう？　ギルマンはふたたび決断力をふり絞って踵《くびす》を返し、あの無気味な古い家へ帰った。

マズレウィッツが戸口で彼を待っていた。何かまた新たな迷信をささやきたいようでもあり、ためらっているようでもあった。それは魔女の燈《ともしび》のことだった。ジョーは前の晩、外で祝杯を挙げ――その日はマサチューセッツ州の愛国記念日だった――真夜中過ぎに帰って来た。外から家を見上げると、初めのうちギルマンの部屋の窓は暗いと思っていたが、やがてその中に弱い菫色の光が見えた。ギルマンの旦那《だんな》さんにその光のことを御忠告したかったんです、と彼は言った。アーカムでは誰でも、それがケザイアの魔女の燈であることを知っていますからね。その光はブラウン・ジェンキンと老婆自身の幽霊のそばで戯《たわむ》れるんです。今まで黙っていましたが、もう話さなければいけません。これはケザイアと長い歯をした使い魔が若い旦那さんに取り憑いたことを意味するからです。時々、自分とポール・コインスキーと大家のドムブロウスキーは、その光が若い旦那さんの部屋の上にある封鎖された天井裏の割れ目から洩《も》れているのを見たと思いましたが、そのことは言わないように申し合わせていました。ですが、旦那さんはべつの部屋を借りて、イワニツキー神父のような立派な司祭様から十字架をもらった方が良いでしょう。

男がまとまりのない話を続けているうちに、ギルマンは言い知れぬ恐ろしさに喉元《のどもと》を締めつけられるのを感じた。ジョーは前の晩に帰って来た時、大分酔っ払っていたにちがいないが、それでも屋根裏部屋の窓に菫色の明かりが見えたという話には、恐るべき意味合いがあった。ギルマンが未知の深淵へ跳び込む前に見る、あの比較的明るく鮮やかな夢の中で、老婆と毛むくじゃらな小さい生き物のまわりでつねに踊っているのは、そういう揺らめく光だったし、目醒めたべつの人物に夢の光が見えるというのは、まったく正気の沙汰ではなかった。しかし、この男はどこでそんな妙な考えを仕入れて来たのだろう？　ギルマンは眠っている間に家のまわりを歩くだけでなく、何かしゃべりもしたのだろうか？　いや、そんなことはありませんとジョーは言った——しかし、この点は良く調べてみなければいけない。訊くのは気が進まないが、フランク・エルウッドなら何か教えてくれるかもしれない。

熱——荒唐無稽な夢——夢遊病——幻聴——空の一点に引かれること——そして今度は睡眠中の狂ったおしゃべりと来た！　勉強をやめて神経の専門医に診てもらい、自分を取り戻さなければいけない。彼は二階へ上がった時、エルウッドの部屋の前で足を留めたが、青年は留守らしかった。それでいやいや階段をさらに上がって、自分の屋根裏部屋に行き、暗がりの中で腰を下ろした。彼の視線は今も南西に引かれていたが、それだけではなく、頭上の封鎖された天井裏で音がしないかと聴き耳を立て、低い傾いた天井の極小の隙間から邪悪な菫色の光が洩れて来るような想像をしていた。

その夜、ギルマンが眠っているうちに、菫色の光は強さを増して彼の上にふり注ぎ、老いた魔女と毛むくじゃらな小さい生き物が——これまでになく近づいて——人間とは思われぬキイキイ声と悪魔のごとき身振りで彼をからかった。彼は曖昧にざわめく薄明の深淵へ沈んで行くのを有難く感じたが、あの虹色の泡の集積と万華鏡《まんげきょう》のような小さな多面体が脅すように追いかけて来るのは苛立たしかった。やがて場面が変わり、何かツルツルした物質の、巨大な、一線に収斂するいくつかの平面が彼の上と下にぬっと現われた——その変化は一瞬の精神錯乱と未知の異様な光の強い輝きのうちに終わって、その光の中には、黄と洋紅色と藍色《あいいろ》とが分かち難く狂ったように混ざり合っていた。

彼は異様な欄干のついた高いテラスに半ば横たわっていた。テラスの下方には、風変わりな信じがたい峰々と、釣り合いを取って支えている平面、円屋根、光塔《ミナレット》、小尖塔《しょうせんとう》の上にのっている水平な円盤、それに——あるものは石、あるものは金属でできた——もっと奇抜な無数の形の果てしないジャングルがあり、多くの色に染まった空から射《さ》す、渾然《こんぜん》とした灼《や》けつくような輝きの中で絢爛《けんらん》と煌《きら》めいていた。上を向くと、低い三つの途方もなく大きな焔《ほのお》の円盤が見えた――これらはそれぞれ色が異なり、低い山々の無限に遠い湾曲した地平線の上に、それぞれ異なる高さに浮かんでいた。彼の背後には、さらに高いテラスが見渡す限り層をなして聳《そび》えていた。眼下の街は視界の果てまでひろがっており、そこからいかなる音も湧き上がって来ないことを彼は願った。

彼は敷石の床から楽々と身を起こした。床には、何かわからないが縞目《しまめ》のある磨いた石が敷いてあって、石は奇妙な角度を持つ形に切ってあり、その形は不均整というよりも、彼には法則を理解できないこの世ならぬ均整に基づいているようだった。欄干は胸ほどの高さの繊細なもので、幻想的な細工が施してあり、手摺の上に、短い間隔をおいて、グロテスクな意匠の、精巧に仕上げた小さな像が並んでいた。それらの像は欄干全体と同様に輝く金属でできているようだったが、光彩が渾沌と入り乱れている中では、その色を推し測ることはできなかったし、材質もまったく見当がつかなかった。像は何か隆起部のある樽《たる》のような形の物をあらわしていて、中央の輪から細い腕が水平に車の輻《や》のごとく放射状に伸び、直立した瘤《こぶ》か球のようなものが樽の頭部と基部から突き出していた。これらの瘤の一つ一つが長くて平らな、三角形になって先細る五本の腕の中枢《ちゅうすう》であり、五本の腕はそのまわりをヒトデの腕のように取り囲んで――おおよそ水平だが、中央の樽から心持ち遠ざかるように彎曲《わんきょく》していた。基部の瘤の下の方は長い手摺に溶接されているが、接合点が繊細なため、捥《も》げてなくなっている像もあった。像の高さはおよそ四インチ半、輻に似た腕を含めた最大直径は約二インチ半だった。

立ち上がると、裸の足に敷石が熱く感じられた。あたりにはほかに誰もおらず、ギルマンが最初にしたのは、欄干に歩み寄って、ほとんど二千フィートも下方にある果てしない巨大な都市を、眩暈をおぼえながら見下ろすことだった。耳を澄ましていると、広い音域にわたるかすかな笛の音の入り混じったものが、下の狭い街路からリズミカルに湧き上がって来るような気がして、この場所の住人の姿が見分けられれば良いのにと思った。しばらくその光景を見ていると頭がクラクラして来たので、光る欄干に本能的につかまらなかったら、敷石の上に倒れていただろう。突き出している像の一つに右手が触り、おかげで少し足元がしっかりしたようだった。だが、異国風の繊細な金属細工はそれに耐えられず、とげとげのある像は握られてポッキリ折れてしまった。ギルマンはいまだに半ば茫然《ぼうぜん》としながら、それをしっかりと握りしめ、もう一方の手で滑らかな手摺の空いている部分につかまった。

だがその時、過敏な耳が背後に音がしたのを聞きつけ、ふり返って平らなテラスを見やった。五つの姿が静かに、しかし、あたりを憚る様子もなく、こちらへ近づいて来た。そのうちの二つは、無気味な老婆と牙のある毛むくじゃらな小さい生き物だった。ギルマンは他の三つを見て、意識を失った――それらは身の丈八フィートほどの生ける実体で、とげとげのある欄干の像とそっくりな形をしており、身体《からだ》の下についているヒトデ状の腕一組を蜘蛛のように蠢《うごめ》かして進んでいた。

ギルマンはベッドで目醒めた。冷たい汗をぐっしょりと掻き、顔と手足に疼《うず》くような感覚があった。がばと跳ね起きて床におりると、狂ったように慌ただしく顔を洗い、服を着た。まるで寸刻も早くこの家から出なければならないかのようだった。自分がどこへ行きたいのかはわからなかったが、授業はまた棒に振らねばならないと思った。海蛇座とアルゴ船座の間にある空の一点へ引きつける妙な力は弱まっていたが、べつのもっと強い力が彼をとらえていた。今は北へ――どこまでも北へ行かねばならないと感じた。彼はミスカトニック川の中の寂しい島が見える橋を渡るのが怖かったので、ピーボディー大通り橋を通った。途中何度もつまずいたのは、目も耳も、虚《うつ》ろな青空のきわめて高い一点に縛りつけられていたからだった。

およそ一時間後、彼はいくらか自制を取り戻して、街から遠く離れたところへ来てしまったことを知った。まわりには荒涼として何もない塩沼《えんしょう》の風景が広がり、前方の狭い道はインスマスへ――アーカムの人々が妙に行くのを厭がる、古い、半ば人のいなくなった町へ続いていた。北への誘引力は弱まっていなかったが、彼はもう一つの誘引力に逆らったように抵抗し、しまいにはほとんど両者の間で釣り合いを取ることができた。町へトボトボ戻って行き、ソーダ・ファウンテン（訳注・清涼飲料水、軽食などを供する店）でコーヒーを飲むと、重い足を引き摺って図書館に入り、娯楽雑誌をあてもなく拾い読みした。一度友人に会って、随分日焼けしたねと言われたが、歩きまわったことは言わなかった。三時にレストランで昼食をとり、やがて、誘引力が弱まったか分散したことに気づいた。そのあと、安い映画館でくだらない映画を何度も何度も、まったく上の空で見て暇をつぶした。

夜の九時頃、足まかせに家の方へ歩いて行き、あの古い家へよろめきながら入った。ジョー・マズレウィッツが泣くような声で、何を言っているかわからぬ祈りの文句を唱えていた。ギルマンはエルウッドがいるかどうかをたしかめもせず、足早に自分の屋根裏部屋へ上がった。衝撃が襲ったのは、弱い電燈《でんとう》を点《つ》けた時だった。テーブルの上に、そこにあるはずのないものが載っていて、もう一度見直すと、疑いの余地はなかった。テーブルに横倒しになっていたのは――それは一人で立てなかったから――

奇怪な夢の中で幻想的な欄干からもぎ取った、あの風変わりな、とげとげのある像だった。いかなる細部も欠けていなかった。隆起部のある樽のような格好の中心部、放射状に生えた細い腕、上と下についている瘤、それらの瘤から伸びている、平たくて少し外側に反《そ》ったヒトデのような腕——すべてがあった。電燈の光で見ると、その色は一種の虹色の光沢がある灰色で、緑の条《すじ》が入っているように見え、ギルマンは恐怖と当惑に襲われながらも、瘤の一つの先端がギザギザに欠けていることに気づいた。それは夢の手摺についていた場所だった。

彼はこういう時茫然自失する傾向があるため、かろうじて大声を出さずに済んだ。夢と現実がこんな風に融合することは耐えがたかった。いまだにぼんやりとしながら、そのとげとげのあるものをつかむと、よろよろと階段を下りて、大家のドムブロウスキーの部屋へ行った。迷信深い織機修理工の泣くように祈る声が黴臭い廊下にまだ響いていたが、ギルマンはもう気にしなかった。大家は部屋にいて快く彼を迎えた。いや、そんな物は見たこともないし、何も知りませんと大家は言った。でも、女房の話では、正午《ひる》に部屋を整頓《せいとん》している時、ベッドでおかしなブリキ製の物を見つけたといいますから、たぶん、それなんでしょう。ドムブロウスキーは細君を呼び、彼女はよちよちと入って来た。はい、それがそうですわ、若い旦那さんのベッドに——壁に近い側にあったんです。あたしには随分変わった物に見えましたけれども、もちろん、若い旦那さんは部屋にたくさん変わった物をお持ちですから——本や、骨董品《こっとうひん》や、絵や、印をつけた紙なんかを。その物のことは何も存じませんよ。

それで、ギルマンはまた階段を上がったが、気が動顛《どうてん》したままで、自分はまだ夢を見ているか、夢遊病が信じられないほど嵩《こう》じ、知らない場所で物奪《ものと》りをするに到《いた》ったのだと思っていた。このおかしな物は一体どこで手に入れたのだろう？　アーカムの博物館で見た憶えはなかった。しかし、どこかにあったはずで、眠っている間にこれを見て取って来たことが、欄干のついたテラスの奇妙な夢を生んだにちがいない。明日になったら、用心深くあちこちに問い合わせてみよう——そして、神経科の専門医に診てもらおうか。

さしあたっては、夢遊病でどこを歩いたか、跡を辿ってみよう。彼は階上《うえ》へ上がって屋根裏の廊下を通る時、大家から——率直に目的を言って——借りた小麦粉をあたりに撒いた。途中でエルウッドの扉の前に立ちどまったが、室内は真っ暗だった。自分の部屋へ入ると、とげとげのある物をテーブルに置き、心身ともに疲れきって、服も脱がず横になった。傾いた天井の上の塞がれた天井裏から、引っ掻く音と裸足で静かに歩く音がかすかに聞こえて来るようだったが、頭の中が混乱していて、それさえも気にならなかった。北からの謎めいた誘引力がまた強くなって来たが、今は空のもっと低いところから来るようだった。

夢の目眩《まばゆ》い菫色の光の中で、例の老婆と牙のある毛むくじゃらな生き物がふたたび、以前のどの時よりもはっきりした姿で現われた。今度はまさにギルマンのところへ来て、彼は老女のしなびた手につかまれるのを感じた。彼はベッドから空っぽの空間へ引き摺り出され、いっときリズムに乗った咆哮が聞こえて、漠とした深淵の薄明の中で無定形のものがあたりに沸き返っているのが見えた。しかし、それはほんの束《つか》の間《ま》だった。やがて彼は粗末な、窓のない狭い場所にいたのだ——荒削りな梁《はり》や板が真上の屋根の天辺《てっぺん》まで続いていて、足元の床は奇妙に傾いていた。その床の上に低い箱がいくつも突っ張りで水平に支えてあり、古さも破損の度合いもまちまちな書物が詰まっていた。床の中央にはテーブルと長椅子《ながいす》があって、どちらも固定されているようだった。箱の上には見慣れぬ形の材質もわからない小さな物が並べてあり、燃え上がる菫色の光の中で、ギルマンは自分をひどく困惑させたとげとげのある像と同じ物を見たと思った。左手の床は急に落ち込んでいて、黒々とした三角形の穴があり、その中からカタカタという乾いた音がしばらくしたあと、やがて黄色い牙と顎鬚を生やした人間の顔を持つ、あの厭らしい、毛むくじゃらな小さな生き物がよじ登って来た。

憎々しくニタニタと笑う老婆は今もギルマンをつかんでいて、テーブルの向こうに、今まで見たことのない人物が立っていた――背の高い痩《や》せた男で漆黒の肌をしていたが、顔立ちに黒人を思わせるところは少しもなかった。髪の毛も髭《ひげ》も全然なく、服としては、ただ厚手の黒い生地でできた不恰好《ぶかっこう》な長衣をまとっていた。テーブルと長椅子の蔭《かげ》になって足は見えなかったが、靴は覆いていたにちがいない。彼が居場所を変えるたびにカツカツと音がしたからだ。その男は口を利《き》かず、小さい整った顔に少しも表情を浮かべなかった。彼はただテーブルに開いて置いてある途方もなく大きな本を指差し、一方、老婆はギルマンの右手に巨《おお》きな灰色の鵞《が》ペンを押し込んだ。あらゆるものの上に、強烈に心を狂わせる恐怖の覆《おお》いがかかり、やがて最高潮に達した。その時、毛むくじゃらの生き物が夢見る者の服の上を肩まで駆け上がって、左腕を伝い下り、最後に袖口《そでぐち》のすぐ下の手首を鋭く咬《か》んだ。傷からどっと血が吹き出した時、ギルマンは意識を失った。

彼は二十二日の朝、左手首の痛みと共に目を醒まし、乾いた血で袖が茶色になっているのを見た。記憶は非常に混乱していたが、未知の空間に黒い男がいた場面は鮮やかに残っていた。眠っている間に鼠が手首を咬んで、あの恐ろしい夢の山場が訪れたにちがいない。扉を開けると、廊下の床に撒いた粉は、屋根裏の向こう端の部屋を借りている粗野な男の大きな足跡がある以外は、乱されていなかった。してみると、今回は眠っている間に歩かなかったのだ。しかし、あの鼠は何とかしなければいけない。大家に話してみよう。彼はふたたび傾いた壁の下の穴を塞ごうとして、大きさがちょうど同じくらいの蠟燭《ろうそく》立てをそこにねじ込んだ。恐ろしく耳鳴りがしていた――まるで夢の中で聞いた恐ろしい音の谺《こだま》が残っているかのようだった。

風呂《ふろ》に入り、着替えをしている間に、菫色の光に照らされた空間の場面のあと、どんな夢を見たのか思い出そうとしたが、はっきりしたことは何も心に浮かばなかった。あの場面自体は封鎖された天井裏に対応していたにちがいない。天井裏は彼の想像力を激しく刺激しはじめていた。だが、そのあとの印象はかすかで朦朧《もうろう》としていた。ぼんやりした薄明の深淵と、その彼方にあるもっと広大で真っ暗な深淵――定まった形らしいものがない深淵を暗示するものがあった。彼は自分にいつもついて来る泡の集積と小さい多面体にそこへ連れて行かれたのだが、この遠い窮極の暗黒の虚空《こくう》では、かれらも、ギルマン自身も、乳白色のほとんど光らない霧の塊に変わっていた。何かべつのものが前方を進んでいた。もっと大きな塊で、時折凝縮し、何とも名状しがたいが形らしいものになった。ギルマンは思った――自分たちは直線上を進んでいるのではなく、むしろ、ある霊妙な渦巻の異様な曲線と螺旋《らせん》をなぞって進んでおり、その渦巻と螺旋は考え得るいかなる宇宙の物理学にも数学にも知られていない法則に従うのだと。やがて巨大な跳びはねる影たちや、奇怪な、半ば音響化した脈動、そして見えざる笛のかぼそい単調な音色を暗示するものがあった――だが、それだけだった。ギルマンはこの最後のものを、精神を持たぬ実体アザトホート――アザトホートについて『ネクロノミコン』で読んだことから拾い上げた考えだと思った――アザトホートは渾沌の中心にある、奇妙なものに囲まれた黒い玉座から、一切の時間と空間を支配しているのだという。

血を洗い流すと、手首の傷はごく軽いものだとわかったが、ギルマンは二つの小さな刺し傷の位置に首を傾《かし》げた。彼が寝ていたベッドの上掛けには血がついていなかったが、皮膚と袖についていた血の量からすると、これは奇妙だった。彼は眠りながら部屋の中を歩きまわり、椅子に坐ったか、もっとおかしな格好でじっとしていた時、鼠に咬まれたのだろうか？　茶色っぽいしずくや染みを探して隅という隅を覗《のぞ》いて見たが、そんなものはなかった。扉の外だけでなく、部屋の中にも小麦粉を撒いた方が良いなと思った――もっとも、彼が夢遊する証拠はこれ以上必要なかったのだが。自分が寝ながら歩くことはわかっている――今やるべきなのは、それを止めることなのだ。フランク・エルウッドの手を借りなければいけない。今朝は宇宙空間からの不思議な誘引力は弱まっているようだったが、その代わり、さらに不可解なべつの感覚があった。それは現在の状況から飛んで逃げて行きたいという漠然とした執拗な衝動だったが、飛んで行きたい特定の方向を示唆《しさ》するものはなかった。テーブルの上の奇妙な、とげとげのある像を取り上げた時、以前の北への誘引力が少し強まっているように思ったが、そうだとしても、新しく、もっと心を乱す衝動の方に圧倒されていた。

彼は一階から湧き上がって来る織機修理工の祈りの声を我慢しながらこっそりと階《し》下《た》へ下り、とげとげのある像をエルウッドの部屋へ持って行った。有難いことに、エルウッドは部屋にいて何かしているようだった。外へ出て朝食をとり、大学へ行く前に、少し話をするくらいの時間はあったので、ギルマンは最近の夢や恐怖のことを早口にまくし立てた。部屋の主は非常に同情し、何かしなければならないという考えに賛同した。彼はギルマンのげっそりと窶《やつ》れた顔に驚き、この一週間にほかの人間も気づいた、普通とは思われないおかしな日焼けにも目を留めた。けれども、彼に言えることはあまりなかった。ギルマンが夢遊状態で出歩くのを見たことがなかったし、風変わりな像が一体何なのかもわからなかった。しかし、彼はギルマンの下の部屋に住むフランス系カナダ人が、ある晩マズレウィッツと話すのを聞いていた。二人はワルプルギスの夜がもう数日後に迫っているのが恐ろしくてならぬと言い合い、命運の尽きた気の毒な若い紳士について同情の言葉を交わしていた。ギルマンの部屋の下にいるデロシェールは靴を履いた者と履かない者の足音が夜中に聞こえるとか、ある夜こっそり上がって行ってギルマンの扉の鍵穴を恐々《こわごわ》覗いたところ、菫色の光が見えたとかいう話をした。その光が扉の隙間から洩れているのをチラと見てからは、覗き込む勇気がなくなったとマズレウィッツに語った。かれらはヒソヒソ話もして——光のことを説明しはじめると、デロシェールの声は聞き取れないささやきに変わった。

この迷信深い連中がどうして噂話をするようになったのか、エルウッドには見当もつかなかったが、かれらの想像が掻き立てられた理由としては、一つにはギルマンが夜更かしで、寝ながら歩いたりしゃべったりすること、もう一つには、伝統的に恐れられている五月祭の前夜が近いことがあるのだと思った。ギルマンが寝言を言うのはたしかで、菫色の夢の光という妄想は、明らかにデロシェールが鍵穴を覗いたせいで広まったのだ。こういう単純な人々は、おかしなものの話を聞くと、自分もそれを見たとすぐに思い込んでしまう。そして行動計画に関していえば——君は僕の部屋へ来て、一人では眠らない方が良い。僕が目醒めている時に君が寝言を言ったり起き上がったりしたら、目を醒まさせてやろう。それに、早く専門医に診てもらわなければいけない。さしあたっては、あのとげとげのある像をあちこちの博物館や何人かの教授のところへ持って行こう。これがどこから来た物かを知りたい、公共の塵芥箱《ごみばこ》の中にあったと言うのだ。それにドムブロウスキーに頼んで、壁の中の鼠を駆除させなければいけない。

ギルマンはエルウッドが一緒にいることに元気づけられて、その日、授業に出た。奇妙な衝動は今も彼を引っ張ったが、それをいなすことにかなり成功した。その夜、彼はエルウッド自由時間に、あの風変わりな像を数人の教授に見せたところ、全員が非常に興味を持ったが、その性質や由来を明らかにすることは誰にもできなかった。その夜、彼はエルウッドが大家に言って二階の部屋へ持ち込ませた寝椅子で眠り、数週間ぶりで、不安な夢をまったく見ずに済んだ。だが、熱っぽさはまだ残っていたし、織機修理工の泣くような声は神経を苛立たせた。

そのあとの二、三日間、ギルマンは病的な現象をほぼ完全に免れて、楽しく過ごした。エルウッドによれば、眠っている間も、しゃべったり起き上がったりする様子はなかったそうだし、一方、大家は到る処《ところ》に殺鼠剤《さっそざい》を仕掛けた。心を悩ます唯一《ゆいいつ》の要素は迷信深い外国人たちの噂話で、かれらは想像力を非常に刺激されていたのだ。マズレウィッツは年中彼に十字架をおもらいなさいと勧め、しまいには善良なイワニツキー神父が祝福したものだという十字架を押しつけた。デロシェールにも言うことがあった――実際、ギルマンがいなくなった夜とその次の夜、自分の頭上の、今は空いている部屋で用心深い足音がしたと言い張った。ポール・コインスキーは夜中に廊下と階段で音がしたと考え、自分の部屋の扉をそっと開けようとした者がいると言ったし、ドムブロウスキーのおかみさんは、万聖節以来初めてブラウン・ジェンキンを見たと断言した。だが、このような素朴な話に意味があるとも思えず、ギルマンは安っぽい金属の十字架を、エルウッドの鏡つき箪笥《だんす》の抽斗《ひきだし》の取っ手におざなりに掛けておいた。

三日間、ギルマンとエルウッドは奇妙なとげとげのある像の出所を突きとめようとして地元の博物館をまわったが、ひとつも成果はなかった。しかし、どこへ行っても人々の関心は高かった。像のまったくの異様さが、科学的好奇心をそそる途方もない挑戦だったからである。放射状に突き出した小さい腕の一本が欠けて取れたので、化学分析されたが、その結果は今も大学人の間で話題になっている。エレリー教授は奇妙な合金の中に白金と鉄とテルルを検出したが、少なくとも三つの他の元素が混じっており、それらの高い原子量は化学で分類することがまったく不可能だった。既知のいかなる元素にも一致しないのみならず、存在し得る元素のために空けてある周期表の空所にも収まらなかった。この謎は今日に至るも残っているが、像はミスカトニック大学の博物館に展示してある。

四月二十七日の朝、ギルマンが居候《いそうろう》している部屋に新たな鼠穴が現われたが、ドムブロウスキーが昼間のうちにブリキで塞いだ。毒はあまり効き目がなかったのである。壁の中で引っ掻いたり小走りに走ったりする音はほとんど減らなかったのである。その夜、エルウッドは帰りが遅く、ギルマンは起きて彼を待っていた。ギルマンは部屋に一人で眠りたくなかった――夢の中に恐ろしい姿を現わすようになったあの厭らしい老婆の姿を、夕暮れの薄闇の中で見かけたように思ったので、なおさらだった。一体、あれは何者なのだろう。それに老婆が立っていたみすぼらしい中庭の入口で、塵芥《ごみ》の山の空罐《あきかん》をカタカタいわせていたのは何だったのだろう。老女はギルマンに気づき、憎々しく横目に見たようだった――もっとも、それは気のせいかもしれないが。

翌日、二人の若者はひどい疲れを感じ、夜が来たら泥のように眠りこけるだろうと思った。晩方、二人はギルマンを有害なほど夢中にさせた数学的研究を眠そうに論じ合い、いにしえの魔術や民間伝承との繋がりが密《ひそ》かにあったかもしれないことに思索をめぐらした。ケザイア・メイソン婆さんの話をし、彼女は奇妙な由々しき知識を偶然得たのかもしれないとギルマンは考えているが、それには十分科学的根拠があるとエルウッドも認めた。こういう魔女が属していた秘密教団は、しばしば忘れられた永《えい》劫《ごう》の昔から驚くべき秘密を護《まも》り、伝えて来たからである。ケザイアが次元の門をくぐり抜ける秘術を実際に修得していたことも、けしてあり得なくはない。魔女の動きを封じるのに物質的な障壁は役に立たないことを、言い伝えは強調しているし、箒《ほうき》に乗って夜空を飛ぶという昔話の底に何が隠されているかを言える者があるだろうか？

現代の学者が数学的研究だけで同様の能力《ちから》を手に入れられるかどうかは、まだわからない。成功は、とギルマンは言い添えた。危険な、思いもよらぬ状況をもたらすかもしれない。隣接しているが普通は到達できない次元に、いかなる状態が広がっているかを誰に予測できよう？　その一方で、興味をそそる可能性は厖大《ぼうだい》だ。空間のある種の地帯には時間が存在し得ず、そのような地帯に出入りすることによって、人は命と年齢を際限なく保つことができるだろう。有機体の新陳代謝や劣化は、自分の世界や似たような世界を訪れる間に多少蒙《こうむ》るかもしれないが、それ以外にはけして起こらないだろう。たとえば、時間のない次元に入り、地球の歴史上のどこか遠い時代に、もとの若さのまま現われることができるかもしれない。

かつて誰かがそれをやったかどうかを、たしかに推測することはできないだろう。古伝説は朦朧として曖昧だし、歴史時代に於《お》いては、禁断の間隙《かんげき》を渡ろうとする試みはすべて、外部から来た存在や使者との奇妙な恐るべき同盟によって複雑にされているように思われる。隠された恐るべき諸力の代理人ないし使者を表わす悠久の昔からの人物像がある——魔女信仰の「黒い男」と『ネクロノミコン』のニャルラトホテプだ。それに、もっと下級の使者ないし仲介者——言い伝えで魔女の使い魔とされる動物もどき、、、やおかしな雑種生物——という不可解な問題もある。ギルマンとエルウッドは眠くて議論を続けられなくなったので就寝したが、その時、ジョー・マズレウィッツが大分酔って家によろけ込んで来る音を聞き、彼の泣くような祈りの声が無闇《むやみ》と激しいのでぞっとした。

その夜、ギルマンはまた菫色の光を見た。夢の中で、物を引っ搔いたり囓《かじ》ったりする音が隔壁の中から聞こえ、誰かが掛け金を無器用にいじっているようだと思った。それから、あの老婆と小さい毛むくじゃらな生き物が、絨毯《じゅうたん》を敷いた床の上をこちらへ向かって来るのを見た。老婆の顔は人間とは思えぬ悦《よろこ》びに輝き、黄色い牙を持つ小さい怪物は嘲るようにクスクス笑いながら、部屋の向こう側の寝椅子でぐっすり眠っているエルウッドの姿を指差した。叫ぼうとしたが、恐怖のために麻痺《しび》れて声が出なかった。忌まわしい老女は前にも一度やったようにギルマンの肩をつかみ、ベッドから引きずり出して、空っぽの空間に放り込んだ。絶叫する薄明の深淵がふたたび彼を掠《かす》めて通り過ぎたが、次の瞬間には、暗くぬかるんだ知らない路地にいるようだった。そこは厭な臭《にお》いがして、古い家々の朽ちゆく壁が左右にそびえ立っていた。

前方に長衣をまとった黒い男がおり、それはべつの夢に出て来た天井のとんがった場所で見た男だった。一方、例の老婆が近くから手招きして、横柄《おうへい》に顔を顰《しか》めていた。ブラウン・ジェンキンがじゃれるように、黒い男の踝《くるぶし》へ身体をこすりつけていたが、深い泥がその踝を大部分隠していた。左手に暗い開いた戸口があり、黒い男が無言でそちらを指差した。顰め面《つら》をした老女はその中へとび込み、パジャマの袖をつかんでギルマンを引き摺って行った。厭な臭いの立ちこめる階段があり、ギイギイと不吉に軋んだ。老婆はそこでかすかな菫色に光っているようだった。しまいに踊り場へ上がると、扉があった。老女は掛け金をいじって扉を押し開け、ギルマンに待っていろという仕草をして、真っ暗な入口の中へ姿を消した。

若者の過敏な耳は絞め殺されるようなおぞましい悲鳴を聞きつけ、やがて老女は気絶した小さいものを抱えて部屋から出て来ると、運べと命ずるように夢見る者に突きつけた。このものと、その顔に浮かんだ表情を見たために呪縛が解けた。まだ頭がぼうっとして大声を上げることはできなかったが、ギルマンは悪臭のする階段を一目散に駆け下り、外の泥道へ出た。足を止めたのは、待ちかまえていた黒い男につかまれ、喉を絞められた時だった。意識が薄れてゆく間際に、あの牙のある鼠に似た異形の物の甲高いキイキイ声がかすかに聞こえた。

二十九日の朝、ギルマンが目醒めると、そこは恐怖の大渦だった。目を開いたとたんに、何かがひどくおかしいことを知った。彼は壁と天井が傾いている以前の屋根裏部屋に戻って、蒲団《ふとん》が乱れたままのベッドに大の字に寝ていたのだ。喉が不可解に痛み、もがいて身体を起こした時、両足とパジャマの裾《すそ》が固まった泥で茶色になっているのを見て、恐ろしくなった。記憶がまだどうしようもなくぼやけていたが、ともかく眠りながら歩いたにちがいない。エルウッドは深く眠り込んでいて、彼の立てる物音が聞こえず、制止することもできなかったのだろう。床には泥だらけの足跡が入り乱れていたが、奇妙なことに扉までは続いていなかった。足跡は見れば見るほど異常だった。自分のものと認められる足跡に加えて、もっと小さい、ほぼ真ん丸な痕がついていたのだ――大きな椅子かテーブルの脚がつけそうなものだったが、ただ、その大部分は二つに割れていた。それに、泥のついた奇妙な鼠の足跡が新しい穴から出て、またその中へ戻っていた。戸口へよろよろと歩いて行って、外には泥だらけの足跡など一つもないのを見た時、ギルマンは途方に暮れ、狂気への恐れに苦しめられた。忌まわしい夢を思い出すにつれて、ますます恐ろしくなり、この絶望に加えて、ジョー・マズレウィッツが祈禱《きとう》の文句を唱える声が二階下から悲しげに聞こえて来た。

ギルマンはエルウッドの部屋へ下りて行くと、まだ眠っている部屋の主を起こし、自分が目醒めた時の様子を語りはじめたが、エルウッドには何が起こったのか見当もつかなかった。ギルマンが一体どこへ行っていたのか、廊下に足跡も残さないでどうやって部屋へ戻ったのか、泥のついた家具の跡に似た跡が、屋根裏部屋の彼の足跡にどうして混じっていたのかは、まったく推測も及ばなかった。それにギルマンの喉には、まるで自分の首を絞めようとしたかのような、黒い痣《あざ》ができている。両手を上げてそこへあててみたが、大きさが全然合わなかった。二人が話しているとデロシェールが入って来て、暗い夜更けに頭上でガタガタ恐ろしい音がしたと言った。いや、真夜中過ぎに階段には誰もいなかったよ——もっとも、真夜中になる少し前に、屋根裏でかすかな足音がして、誰かが用心深く階段を下りて来た。どうも厭な感じだったよ。アーカムでは、一年の今頃は不吉なんだ。お若い旦那はジョー・マズレウィッツがくれた十字架をしっかり身につけていた方が良い。日中でも安全じゃないよ。夜が明けてからも、家の中で奇妙な音が——とくに、子供が泣くようなかぼそい声がして、それが慌てて掻き消されたようだったからね。

その朝、ギルマンは機械的に授業に出席したが、勉強にまったく集中できなかった。忌まわしい不安と予感が入り混じったような気分に襲われ、何か一切を滅ぼす打撃がふり下ろされるのを待っているようだった。正午に大学の食堂で昼食をとり、デザートを待っている間、隣の席に置いてあった新聞を取り上げた。しかし、そのデザートを食べることはなかった。新聞の一面に載っていた記事のために、彼はがっくりと気が抜け、狂ったような目つきをして、何とか勘定を済ませると、よろめきながらやっとのことでエルウッドの部屋へ戻った。

その前夜、オーン小路で奇妙な誘拐事件が起こり、アナスタシア・ウォレチュコというのろまな洗濯女の二歳になる子供が跡形もなく姿を消した。母親はしばらく前からこういうことが起こりはしないかと心配していたらしいが、その理由があまりにも馬鹿げているために、誰も本気で取り合わなかった。彼女が言うには、三月の初旬以来、問題の場所で時折ブラウン・ジェンキンを見かけた。その顰め面とクスクス笑うような声から、小さなラディスラスがワルプルギスの夜の恐ろしいサバトの生贄《いけにえ》として目をつけられているにちがいないと思った。隣人のメアリー・チャネクに、部屋に一緒に寝て子供を護ってくれと頼んだが、メアリーはそうしてくれなかった。警察にも言えなかった。そんな話は到底信じてもらえないからだ。彼女の記憶にある限り、毎年そんな風に子供が攫《さら》われている。それに彼女の友達のピート・ストワツキーも、子供を厄介払いしたいと思っていたため、力になってくれなかった。

だが、ギルマンに冷たい汗を掻かせたのは、その小路の入口を真夜中過ぎに通った二人の酔客の話だった。二人は酔っ払っていたことを認めたが、素っ頓狂な服装の三人連れが暗い路地口へこっそり入って行くのを見たと断言した。その三人とは、長衣をまとった巨漢の黒人と、襤褸《ぼろ》を着た小柄な老婆と、寝間着を着た若い白人の男だった。老婆が若者を引き摺って行き、一方、茶色い泥の中で、人に馴《な》れたどぶ鼠が黒人の足元に身体を擦《こす》りつけたり、まといついたりしていたという。

ギルマンは午後一杯、茫然と坐っており、エルウッドが――彼も新聞を見て、恐るべき推測をつくり上げていたが――帰って来た時もそんな様子だった。何か忌まわしい重大なことが自分たちに迫っているのを、二人とも今度は疑わなかった。悪夢の幻想と客観的世界の現実の間に考えられぬ奇怪な関係が結ばれつつあり、よほど用心をしなければ、この上の恐ろしい展開を避けられそうにない。ギルマンはいずれ専門医に診てもらわなければいけないが、新聞各紙がこの誘拐事件を書き立てている今はやめた方が良い。

実際に何が起こったのかは狂わしいほどに曖昧で、しばらくの間、ギルマンとエルウッドはいとも突飛な説をささやき合った。ギルマンはいつのまにか、空間と次元の研究に自分で思っているよりも成功していたのではなかろうか？　彼は現実に我々の世界から、推測も想像も絶する地点へ滑り出たのではなかろうか？　あの悪魔的に異様な夜々、彼は一体どこへ行って——もしどこかへ行ったのなら——いたのだろう？咆哮する薄明の深淵——緑の丘の斜面——灼けつくテラス——星々の誘引力——窮極の黒い渦——黒い男——ぬかるんだ路地と階段——年老いた魔女と牙のある毛むくじゃらな怪物——泡の集積と小さな多面体——奇妙な日焼け——手首の傷——不可解な像——泥だらけの足——喉の痣——迷信深い外国人たちの話と怖がりよう——これらはすべて何を意味するのだろう？　こんな場合に正気の世界の法則がどこまで通用するのだろう？

その夜は二人共眠らなかったが、翌日はどちらも授業をサボッて、うたた寝した。この日は四月三十日で、夕闇と共に、外国人や迷信深い年寄りが恐れる地獄のようなサバトの時が訪れるだろう。マズレウィッツは六時に家に帰り、工場の人々の噂話を聞かせた。それによると、メドウ・ヒルの向こうの暗い峡谷で——植物が不思議と生えない場所に古い白い石が立っているところで、ワルプルギスの宴《うたげ》が開かれる。ある者は警察に言って、いなくなったウォレチュコの子供をそこで探すように助言さえしたが、何かしてもらえるとは誰も信じていなかった。ジョーは気の毒な若い旦那さんに、ニッケルの鎖のついた十字架を身につけるよう強く勧めるので、ギルマンは彼の機嫌を取るため十字架を首に掛けて、シャツの中に落とした。

夜遅く、二人の若者は階下の織機修理工のリズムに乗った祈りを子守歌のように聞きながら、椅子に坐ってうたた寝していた。ギルマンはこくりこくりしながら聴き耳を立て、超自然的に研《と》ぎ澄まされた彼の聴覚は、古い家の物音以外の捉《とら》えがたい恐ろしいつぶやきが聞こえはしないかと張りつめているようだった。『ネクロノミコン』と〝黒い本〟に書いてある内容の不健全な記憶が心に浮かび、彼はいつしか口にするのも忌まわしいリズムに合わせて身体を揺すっていた——そのリズムはサバトのもっとも凶悪な儀式と関係があり、我々が理解する時間と空間の外に起源を有すると言われていた。

やがて、彼は自分が何を聴こうとして耳を澄ましているのかを悟った——それは遠くの暗い谷間で儀式の執行者たちが歌う地獄の詠歌だった。そこで始まろうとしていることが、どうしてこんなに良くわかるのだろう？　ナハブとその助祭が、黒い雄鶏《おんどり》と黒い山羊《やぎ》のあとに並々と満ちた鉢を運ぶ時が、どうしてわかるのだろう？　彼はエルウッドが眠り込んだのを見て、大声を上げて起こそうとした。しかし、何かが喉を塞いだ。自分の身体が言うことを聞かなかった。俺は結局、あの黒い男の書に署名してしまったのだろうか？

その時、彼の熱に浮かされた異常な聴覚は、遠くから風に乗って来る声を聞きつけた。それは丘と野と路地を何マイルも越えて来たのだが、はっきりと聞き分けられた。火が焚《た》かれて、踊り手たちが踊り始めたにちがいない。どうすれば、あそこへ行かないでいられるだろう？　自分はなぜこんな羽目に陥ったのだ？　数学――民間伝承――この家――ケザイア婆さん――ブラウン・ジェンキン……今見ると、寝椅子のそばの壁に新しい鼠穴が空いていた。遠くの詠唱と近くのジョー・マズレウィッツの祈禱の上にもう一つの音が聞こえた――隔壁の中でこっそりと、しかも堅い意志を持って引っ掻く音だ。彼は電灯が消えないことを祈った。そのうち、牙があって鬚を生やした小さな顔が鼠穴から覗いた――今やっと気づいたが、その呪《のろ》われた小さな顔はケザイア婆さんの顔にぞっとするほど似ていて、人を嘲るようだった――そして扉の取手をいじり回す音がかすかに聞こえた。

絶叫する薄明の深淵が目の前にいきなり現われ、ギルマンは虹色の泡の集積につかむともなくつかまれて、なすすべもなかった。前方を小さい万華鏡のような多面体が走って行き、沸き返る虚空全体に漠然とした音の並びが強まるとともに加速し、言うにいわれぬ耐えがたい最高点を予兆するようだった。彼は何が起こるかわかっているような気がした――それはワルプルギスのリズムの凄まじい爆発だ。宇宙的な音色の中に原初の窮極の時空の沸騰《ふっとう》が集中するのだ。その時空の沸騰は物質世界の背後にあるが、時として、抑揚を持つ反響を鳴り渡らせながら境目を突き破る。その反響は存在のあらゆる層にかすかに浸透し、諸々《もろもろ》の世界に於いて、恐れられる特定の時代に忌まわしい意味を与える。

だが、すべてはたちまち消え失せた。彼はふたたびあの狭苦しい、菫色の光に照らされた空間にいた。そこは天井がとんがっていて、床は傾き、古い書物の入った低い箱、長椅子とテーブル、風変わりな品物、そして片側に三角形の穴があった。テーブルには小さい白いものがのっていて——丸裸で意識のない男の赤ん坊だ——その向こう側にはいやらしい目つきで見る奇怪な老婆が立ち、右手にグロテスクな柄のついた光るナイフを、左手には風変わりな形をした淡い色の金属の鉢を持っていた——鉢は奇妙な浮き彫りの模様に蔽われ、わきに華奢《きゃしゃ》な取っ手が付いていた。老婆はしわがれた声で祭文を詠唱していた。それはギルマンには理解できないけれども、『ネクロノミコン』に用心深く引用された文句に似た言語だった。

場面が鮮明になるにつれて、年老いた女が前かがみになり、テーブルごしに鉢を差し出すのが見えた——ギルマンは身体が自分の思い通りに動かず、ずっと身を乗り出して、両手で鉢を受け取ったが、その時、鉢が割合軽いことに気づいた。と同時にブラウン・ジェンキンの憎々しい姿が、左手にある三角形の黒い穴の縁からよじ登って来た。老女は鉢をある位置に持ち上げていろと手振りで命じる一方、右手を一杯に伸ばして、巨きいグロテスクなナイフを小さな白い犠牲者の上に高々とふりかざした。牙のある毛むくじゃらな生き物はクックッと笑うように未知の祭文を唱えつづけ、魔女はしゃがれ声で厭らしい応唱をした。ギルマンは精神も感情も麻痺《まひ》しながら、食い入るような強烈な嫌悪をおぼえ、軽い金属の鉢がつかんだ手の中で震えた。一秒後、ふり下ろされるナイフの動きが完全に呪縛を破った。彼は鉢を落とし、ガランガランと鐘の鳴るような音が立つ中で、夢中で兇行《きょうこう》を止めようとして、両手を突き出した。

一瞬のうちに、彼は傾いた床の上をテーブルの向こうへまわって、老婆の手からナイフをもぎ取り、狭い三角形の穴に放り込んだ。だが、次の瞬間形勢が逆転した。長い爪《つめ》を生やした老婆の両手がギルマンの喉をぐっと絞めつけたのだ。皺だらけの顔は狂った怒りに歪んでいた。ギルマンは安物の十字架の鎖が頸《くび》に喰い込むのを感じて、十字架そのものを見せたら邪悪な者に効き目があるだろうかと、苦しまぎれに思った。老婆の力はおよそ人間離れしていたが、彼女が首を絞めつづけている間に、ギルマンは弱々しくシャツの下に手を差し入れ、金属製の象徴を引っ張り出すと、ぷっつりと鎖から切り離した。

十字架を見ると魔女は恐慌に陥ったらしく、つかんだ手が弛《ゆる》んだので、ギルマンにそれをふりほどく好機が与えられた。彼は鋼鉄のような手を頸から引き離し、老婆を穴の縁まで引き摺って行こうとしたが、老婆の手はふたたび力をこめて襲って来た。彼は同じことをやり返してやろうと思い、両手を伸ばして相手の喉元をつかんだ。こちらが何をしているかを女が見て取る前に、十字架の鎖を女の頸に巻きつけて、たちまち息ができないほどきつく引き絞った。老婆が最後のあがきをしているうちに、何かが踝《くるぶし》に咬みついたのを感じ、ブラウン・ジェンキンが彼女を助けに来たのを知った。ギルマンは一つ猛烈に蹴《け》とばして、化物を穴に落とし、そいつが遥《はる》か下の方でクンクン鳴く声を聞いた。

老いさらばえた女が死んだかどうかはわからなかったが、彼は倒れた女を床に寝かしておいた。それから、ふり向いて立ち去ろうとした時、テーブルの上を見ると、理性の最後の糸がプッツリ切れそうになった。魔女が彼を絞め殺そうとしている間に、力が強く、悪魔的に器用な四つの小さい手を持つブラウン・ジェンキンがせっせと働いており、ギルマンの努力は無駄だったのだ。彼はナイフが犠牲者の胸にしようとしたことを食い止めたが、毛むくじゃらな妖怪《ようかい》の黄色い牙が同じことを手首に対してやっていた——そして、ついさっきまで転がっていた鉢が一杯に満たされ、命を失った小さな身体のわきに置いてあった。

錯乱した夢の中で、ギルマンは異様なリズムを持つ地獄めいたサバトの詠唱が無限の遠方から近づいて来るのを聞き、黒い男がそこにいるにちがいないと思った。混乱した記憶に数学のことが入り混じり、彼は自分の潜在意識が正常な世界へ——初めて独力で、誰の助けもなく——戻って来るのに必要な角度を憶えているはずだと信じていた。今いる場所は自室の上の大昔に封鎖された天井裏だと確信していたが、傾いた床か長年塞がれている出口から脱け出すことができるかどうかは、非常に疑わしかった。それに夢の天井裏から逃げ出しても、夢の家の中に——彼が行きたい現実の場所の異常な投影に——いることにならないだろうか？　彼は自分の体験に於ける夢と現実の関係について、すっかり戸惑っていた。

あの漠とした深淵を通って行くのは恐ろしいだろう。ワルプルギスのリズムが震動しているだろうし、これまでは蔽い隠されていた宇宙の脈動を、彼が死ぬほど恐れていたものを、とうとう聞かなければならないだろう。今でさえ低い奇怪な震動が聞き取れ、彼はそのテンポを知り過ぎるほど知っていた。それはいつもサバトの時に高まり、諸世界にとどいて、秘儀参入者を名状しがたい祭儀に招いたのだ。サバトの詠唱の半分は、このかすかに洩れ聞こえる脈動——地上の耳は、それを宇宙に於ける本来の大きさで聞くことに耐えられない——を手本にして作られている。それにギルマンは本能が空間の正しい部分に自分を連れ戻してくれると信じることができなかった。降り立ったところが、あの遠い惑星の緑の光に照らされた丘の中腹だったり、どこか銀河系の彼方にあって、触手を持つ怪物の都市を見下ろす敷石を敷いたテラスだったり、あるいは、精神を持たぬ悪魔の教主アザトホートが統治する渾沌の窮極の虚空に螺旋を描く暗黒の渦の中だったりしないと、どうして言い切れるだろう？

彼が跳び込む直前に菫色の光は消え、あたりは真っ暗闇になった。あの魔女——ケザイア婆さん——ナハブ——あいつが死んだにちがいない。そして遠くのサバトの詠唱と下の穴でブラウン・ジェンキンがクンクン鳴く声に混じって、未知の深処《ふかみ》からもっと激しいべつの泣き声が聞こえて来るように思った。ジョー・マズレウィッツだ——〝這い寄る渾沌〟を追い払おうとする祈りが、今は不可解に勝ち誇る叫びに変わろうとしている——熱病の夢の渦を侵害する、冷笑的な現実の世界——イア！　シュブ＝ニググラトフ！　千の子を持つ山羊よ……

夜明けまではまだ大分間のある頃、人々は奇妙な角がある古い屋根裏部屋の床にギルマンが倒れているのを見つけた。恐ろしい叫び声がしたので、デロシェールとコインスキーとドムブロウスキーとマズレウィッツはただちにそこへ駆けつけ、椅子でぐっすり眠っていたエルウッドさえも目醒めたのだ。ギルマンは生きていて、目をカッと見開いていたが、意識はほとんどないようだった。喉には彼を殺そうとした手の痕があり、左の踝には鼠の咬んだ酷《むご》たらしい傷があった。服は皺くちゃで、ジョーがやった十字架はなくなっていた。エルウッドは震えるばかりで、友人の夢遊病がどんな新しい形をとったのか、考えてみるのも恐ろしかった。マズレウィッツは祈りへの応《こた》えとして与えられたという「しるし」のために半ば茫然としているようで、傾いた隔壁の向こうから鼠がキイキイ、キューキューと鳴く声が聞こえて来ると、半狂乱になって十字を切った。

一同はギルマンをエルウッドの部屋の寝椅子に寝かせると、マルコウスキー博士を呼んだ。地元の開業医で、余計なことを他言しない人だ。博士はギルマンに皮下注射を二本打ち、それが効いてギルマンは自然にうとうとし始めた。日中、患者は時折意識を回復して、最新の夢のことをとりとめもなくエルウッドにささやいた。その様子は傷《いた》ましく、のっけから人を当惑させる新たな事実が判明した。

ギルマンは――つい昨日まで耳があれほど異常に敏感だったのに――今は全然音が聞こえなくなっていたのだ。ふたたび大急ぎで呼ばれたマルコウスキー博士は、鼓膜が両方とも破れているとエルウッドに言った――まるで人間には想像できず耐えられないほど強烈な、途徹もない音のせいであるかのように。そんな音がここ数時間のうちにしたのであれば、ミスカトニック渓谷中が目を醒ましただろう。それがどうしてギルマンだけに聞こえたのか、善良な医師にはわからなかった。

エルウッドは言いたいことを紙に書いたので、意思疎通《そつう》はかなり容易にできた。二人共、この渾沌とした出来事をどう理解するべきかわからず、なるべく考えない方が良いという結論に達した。しかし、用意ができ次第、この古い呪われた家を出て行かなければいけないということで、二人の意見は一致した。夕刊各紙は、夜が明ける直前、メドウ・ヒルの向こうの峡谷でお祭騒ぎをする奇妙な連中に警察の手入れがあったと報じ、そこにある白い石は、大昔から迷信深い人間の崇敬の対象であることに触れていた。逮捕者はいなかったが、散り散りに逃げて行った者の中に巨漢の黒人の姿があったという。べつの記事には、行方不明の子供ラディスラス・ウォレチュコがいた形跡はなかったと書いてあった。

この上なく恐ろしい出来事はその夜に起こった。エルウッドはけしてそれを忘れないだろうし、この出来事が原因となって神経衰弱にかかり、学期末まで大学を離れていなければならなかった。彼はその日の午後ずっと隔壁の中で鼠の音がすると思っていたが、ほとんど気に留めなかった。しかし、彼もギルマンも寝てからしばらくして、凄まじい絶叫がはじまったのだ。エルウッドは跳び上がり、明かりを点けて、客人の寝椅子へ駆け寄った。寝ている男はまったく人間とは思えない声を発していた——まるで筆舌に尽くしがたい拷問《ごうもん》にかけられているかのようだった。彼は夜具の下で身悶《みもだ》え、大きな赤い染《し》みが毛布に広がりはじめた。

エルウッドはとても彼に触れることができなかったが、絶叫と身悶えは次第におさまった。この頃にはドムブロウスキー、コインスキー、デロシェール、マズレウィッツ、それに最上階の下宿人まで全員が戸口に集まっており、大家は妻を部屋へ帰して、マルコウスキー博士に電話をさせた。血だらけの夜具の下から大きな鼠に似た物がサッととび出して床を走り、新しく空いた近くの穴に逃げ込んだ時は、誰もが金切り声を上げた。医者が到着して恐ろしい夜具をめくりはじめた時には、ウォルター・ギルマンは死んでいた。

何物がギルマンを殺したかについて、仄めかす以上のことをするのは乱暴だろう。彼の身体にはほとんど空洞ができていた——何かが心臓を食い尽くしたのだ。ドムブロウスキーは年中鼠駆除の努力をしたのが役に立たなかったので逆上し、借家契約のことなど考えるのをやめて、一週間のうちに古い下宿人全員を引き連れ、ウォールナット街にある、汚ないがさほど古くはない家へ越してしまった。さしあたって一番厄介なのは、ジョー・マズレウィッツを静かにさせることだった。この陰気な織機修理工はけして素面《しらふ》でいようとせず、ひっきりなしにすすり泣いたり、異様な恐ろしいことをつぶやいたりしたからだ。

あの最後の忌まわしい夜、ジョーはギルマンの寝椅子からそばの穴までつづく真っ赤な鼠の足跡をかがんで見ようとしたらしい。足跡は絨毯の上でははっきりしなかったが、絨毯の端と幅木《はばき》の間に床板が剝《む》き出しになっているところがあった。マズレウィッツはそこに奇怪なものを見つけた――あるいは見つけたと思った。というのも、足跡が奇妙なことは否定しがたいが、彼とまったく同じ考えの者はいなかったからだ。床板についた跡はたしかにどぶ鼠の普通の足跡とは大分異なっていたが、四つの小さい人間の手の跡に似ているとはコインスキーとデロシェールでさえ認めようとしなかった。

その家がふたたび賃貸しされることはなかった。ドムブロウスキーが出て行くとすぐ、最後の荒廃の帷《とばり》が下りはじめた。古い風評と新しい悪臭のせいで、人々はこの家を避けたからだ。前の大家の殺鼠剤《さっそざい》は結局効いていたのだろう。彼が去ってしばらくすると、この家は近所の厄介物になった。衛生局の役人は、臭いの元が東側の屋根裏部屋の上と横にある塞がれた空間にあることを突きとめ、死んだ鼠の数はおびただしいにちがいないと認めた。しかし、長い間の封鎖を破って中を消毒するには及ばないと結論した。臭いはじきに消えるだろうし、そういうことにやかましい土地柄ではなかったからだ。実際、このあたりでは五月祭前夜と万聖節の直後、〝魔女屋敷〟の上の階で不可解な悪臭がするという曖昧な話が以前からささやかれていたのである。近所の者は不平を言いながらも、役所の怠慢に黙従した――だが、それでも悪臭はこの家の評判をさらに落とす理由となった。最後の頃には、建築物検査官がこの家は居住に適さずという判定を下した。

ギルマンの夢とそれにまつわる出来事はついに説明がつかなかった。エルウッドはこの事件のことを考えると、時に頭がおかしくなりそうだったが、次の秋に大学へ戻り、翌年六月に卒業した。彼は町の無気味な風説が大分下火になったことを知ったが、実際――無人となった家が壊れる頃まで、幽霊のキイキイ声がしたという噂はあったけれども――ギルマンが死んで以来、ケザイア婆さんもブラウン・ジェンキンも現れたという話を聞かないのは事実である。後年、あることが起こって、以前の怪事に関する地元の風説を突然蘇《よみがえ》らせたが、その時、エルウッドがアーカムにいなかったのは幸いだった。もちろん、彼はあとでそのことを聞き、途方に暮れた暗澹《あんたん》たる物思いに沈んで、言うに言われぬ苦しみを味わったが、それでも現場の近くにいて、あれやこれやを見たりするよりはましだった。

一九三一年の三月、空家となった〝魔女屋敷〟の屋根と大煙突が突風によって壊され、崩れかけた煉瓦《れんが》や、黒ずんで苔生した杮板《こけらいた》や、腐った板や木材の渾沌たる塊が天井裏に落ち込んで、その下の床を突き破った。屋根裏の階全体が落ちて来た瓦礫《がれき》に埋め尽くされたが、老朽した建物が避けがたく倒壊するまで、誰もその混乱に手をつけようとしなかった。最後の段階に至ったのはそのあとの十二月で、噂が広まり始めたのは、ギルマンのいた部屋を不安な作業員がいやいや片づけた時だった。

古い傾斜した天井を破って落ちて来たがらくたの中にいくつか異様な物があり、作業員たちは仕事をやめて警察を呼んだのである。そのあと警察は検死官と大学の教授数人を呼んだ。そこにあったのは骨で――ひどくつぶれ、割れていたが、はっきり人骨と認められた――明らかに新しいものだったが、それが隠れていた可能性のある場所、すなわち天井の低い、床が傾いた屋根裏はずっと昔に封鎖されて、人間が誰も入れなくなっていたこととどうにも辻褄《つじつま》が合わなかった。監察医の所見によると骨の一部は幼い子供のもので、ほかのいくつかは――朽ちた茶色っぽい布の切れ端と混じっていたが――やや小柄な、腰の曲がった高齢の婦人のものだった。瓦礫を注意深くふるい分けると、崩落に巻き込まれた鼠の小さい骨もたくさん出て来て、さらに、小さい牙で咬まれたもっと古い鼠の骨も出て来た。その咬まれ方が時折、論争を引き起こして思案の種となった。

見つかったほかの物品の中には、たくさんの本や書類のまぜこぜになった断片があり、さらに古い本や書類はすっかり朽ち果てて、黄色っぽい塵《ちり》になっていた。どれも例外なく、高度な恐ろしい黒魔術を扱っていると思われた。中には明らかに新しいものもあったが、それは現代の人骨の一件と同様、今もって未解決の謎である。さらに大きな謎は、さまざまな紙に記された読みづらい古風な文字が、どう見ても同一のものであることだ。それらの紙の中には、状態と透《す》かしからして、少なくとも百五十年から二百年は時代の異なるものが混じっているようだった。しかし、ある人々にとって最大の謎は、現場に明らかに異なる破損状態で見つかった、まったく説明のつかぬ物品——形も、素材も、細工の種類も、用途も一切の推測を拒む物品——の多様さである。これらの物の一つはミスカトニック大学の教授数人をいたく興奮させた。それはひどく損傷した怪物像で、ギルマンが大学の博物館に寄付した奇妙な像と明らかに似ていたが、ただこちらの方が大きく、金属の代わりに青味がかった変わった石でできており、解読できない象形文字を刻んだ、奇異な角度のついた台座に乗っている。

考古学者や人類学者が今も説明しようと試みているのは、軽い金属のひしゃげた鉢に浮き彫りにされた無気味な紋様である。発見時、その鉢の内側には不吉な茶色い染みがついていた。外国人や何でも信じる老婆たちは、鎖の切れた現代のニッケル製の十字架についていて、やはりあれこれと噂をしている。その十字架は塵芥《ごみ》の中に混ざっていたが、ジョー・マズレウィッツはそれが何年も前、気の毒なギルマンにやった物だと身震いしながら認めたのだ。封鎖された天井裏へ鼠が引いて行ったのだと信ずる者もいるし、ギルマンの部屋の隅にずっとあったと考える者もいる。ジョー本人を含む、さらにべつの人々は、素面《しらふ》ではとても信ずることのできない荒唐無稽な説を持っている。

ギルマンの部屋の傾いた壁が剝ぎ取られた時、その隔壁と家の北側の壁との間の、かつて封鎖されていた三角形の空間には、そこの大きさを考えても、部屋自体に比べて建材の瓦礫がずっと少なかった。だが、そこにはもっと古いものがおぞましく積み重なっていて、解体業者を恐怖に凍りつかせた。手短かに言うと、そこの床はまさに幼児の骨の納骨堂だったのだ――骨のうちには現代のものもあったが、ほとんど完全に崩れているほど遠い昔のものまで、少しずつ時代の異なるさまざまな骨が含まれていた。この深い骨の堆積《たいせき》の上に大きなナイフがあり、それは見るからに古めかしく、グロテスクで、装飾を施され、異国風の意匠だった――その上に瓦礫が積み重なっていた。

この瓦礫のただ中、落ちて来た板と、崩れた煙突のセメントを塗った煉瓦の間に、呪われた幽霊屋敷で発見された他の何物にも増して、アーカムの人々を当惑させ、秘かな恐怖とあからさまに迷信的な噂話の元となった物が挟まれていた。それは巨大な病気の鼠の一部分ひしゃげた骸骨《がいこつ》で、その異常な形は今なおミスカトニック大学の比較解剖学科の面々の間で論争の種となり、奇妙な沈黙の原因となっている。この骸骨に関してはほとんど何も漏れ聞こえて来ないが、発見した作業員たちは、それにまつわりついていた長い茶色っぽい毛のことを恐ろしげにささやく。

噂によると、小さい前足の骨は、鼠よりも小型の猿に典型的に見られる、物をつかむに適した特徴を示しているそうだ。一方、鋭い黄色い牙がある小さい頭蓋骨《ずがいこつ》は極めて異常で、ある角度から見ると、人間の頭蓋骨を奇怪に退化させて、小さく縮めたようでもある。作業員たちはこの冒瀆的存在に出くわした時、震え上がって十字を切ったが、のちに聖スタニスラウス教会で感謝のお燈明《とうみょう》を上げた。あの甲高い無気味なキイキイ声を聞くことは、もう二度とないと思ったからだ。

編訳者解説

南條竹則

H・P・ラヴクラフトとその仲間たちがつくりだしたいわゆる「クトゥルー神話」への入門篇として、御本尊ラヴクラフト自身の作品を訳しはじめたのは二〇一九年のことでしたが、あれから三年、このシリーズも三冊目となりました。本書もまた、二篇の例外を除き、クトゥルー神話関連の作品を集めています。

『狂気の山脈にて』の解説でも御説明いたしましたが、一口にクトゥルー神話関連の作品といっても、その中にはかなり毛色の異なるものが含まれます。

まず大雑把に分類すると、戦慄《せんりつ》の創造を意図した恐怖小説と、読者の心を異世界に遊ばせるハイ・ファンタジーとに分かれるでしょう。

また「神話」との関わりの深さという尺度から分類すると、(一)、作者が神話体系を意識して書いているもの。(二)、そうではないが、架空の人物や場所、書物への言及など共通する要素があり、結果として神話の中に組み込まれたもの。(三)、ラヴクラフト以外の作家によって神話に組み込まれたもの、といった風に分けることができましょう。

本書には前の二冊で紹介しなかったファンタジー系統の作品を多く収めました。すなわち、「セレファイス」から「銀の鍵」までの八篇であります。これらの作品の諸要素は長篇「未知なるカダスを夢に求めて」に集大成されています。

その他はまず恐怖小説の部類といって良いと思いますが、後半に収録した四篇、すなわち「名状しがたいもの」以下は、アーカムとプロヴィデンスを舞台にした、ニューイングランドの地方色濃厚な作品です。

なお、「ヒュプノス」と「忌《い》まれた家」の二篇は神話と直接の関わりはないのですが、のちに述べるような理由からここに入れてみました。

＊

それでは、個々の収録作品について簡単に触れておきましょう。（アルファベットは原題、括弧《かっこ》内の数字は発表された年です）

「アウトサイダー　The Outsider」(1926)

本篇はラヴクラフトの小説の中でもっとも愛され、論じられた作品の一つです。作者の死後、アーカム・ハウスから一九三九年に出たラヴクラフト初の作品集は『アウトサイダー、その他』という題名でした。

御覧の通り、悪夢のような語りに数々の謎《なぞ》とゴシック的イメージがちりばめられ、人間社会に居場所を持たぬ存在の孤独が痛切に描かれています。

今回わたしはこの作品を訳すために読み直していて、あることに初めて気づきました。この物語の語り手は、後にも先にもたった一度しか声を発したことがないのです。わたしはその意味を考えた時、暗澹《あんたん》たる憂愁をおぼえずにいられませんでした。

本篇をクトゥルー神話と結びつけるものは、おしまいの方に登場するネフレン＝カです。彼は「暗闇の出没者」ではエジプトのファラオとされ、「輝くトラペゾヘドロン」にまつわる忌まわしい行為の故《ゆえ》に歴史から抹殺されたことになっています。

「無名都市　The Nameless City」(1921)

これはお馴染《なじ》みの詩人アブドゥル・アルハザードが初めて登場する作品です。作中に引用される対句は「クトゥルーの呼び声」にも出て来て、そちらでは『ネクロノミコン』の一節とされています。

御存知の通り、人類以前の文明の歴史絵巻という本篇のテーマは、のちに「狂気の山脈にて」で雄大に展開されました。

「ヒュプノス　Hypnos」(1923)

訳注にも記しましたが、表題のヒュプノスはギリシア語で、「眠り」ないし「眠りの神」を意味します。

「異次元の色彩」の語り手は、恐ろしいものが飛来した空を仰いで不安になり、「魔女屋敷で見た夢」の主人公ギルマンは、空の一点の奇妙な誘引力に抗《あらが》います。この作品では、登場人物が空の冠座のあるあたりに恐怖をおぼえます。

このように、天空や天体の恐怖ないし魅惑というモチーフはラヴクラフトの世界に顕著なもので、彼の〝宇宙的恐怖《コズミック・ホラー》〟の一面を表わしていると言って良いでしょう。本篇はその傾向を代表する作品として、ここに訳出しました。

「セレファイス　Celephaïs」(1922)

本篇と「銀の鍵《かぎ》」は、現実世界に倦《う》んだ人間が夢の世界へ逃避する同じ一つの物語の変奏と言えるでしょう。すなわちクラネスはランドルフ・カーターの分身でありま す。

注目すべきは本篇の舞台がイギリスであることで、インスマスという地名が出て来ますが、こちらのインスマスは、文脈からしてロンドンに近い海辺の村と思われます。ラヴクラフトはのちに同名の町をニューイングランドに持って来ましたが、イギリスの地名がアメリカの土地につけられるのは、現実に多々あったことです。

ちなみにDunwichという町もイギリスに実在し、ラヴクラフトが敬愛したアーサー・マッケンの中篇「恐怖」に出て来ます。イギリスのDunwichは「ダニッチ」という風に発音しますから、「The Dunwich Horror」を「ダニッチの怪」と表記する翻訳もあるのです。しかし、アメリカ人にはダンウィッチと発音する人が多いようですし、それにダニッチでは諸星大二郎の漫画の「段一知《だんいっち》先生」が困ってしまいますから、わたしはダンウィッチを取りました。

「アザトホート　Azathoth」（1938）

発表されたのは遅いけれども、この作品が書かれたのは一九二二年のことです。作者は長篇ファンタジーを構想していましたが、残されたのはこの断片だけでした。けれども、これはこれで一つの散文詩として読めると思います。

「ポラリス　Polaris」(1920)

本篇はロマールの地を舞台とし、「未知なるカダス」に集大成される初期の神話世界の一端を成しています。ダンセイニの作品を髣髴《ほうふつ》とさせますが、これを書いた時、ラヴクラフトはまだダンセイニを読んでいませんでした。

ちなみに、現在北極星と呼ばれる星は小熊座α《アルファ》星（ポラリス）ですが、地球の自転の回転軸が円を描くように振れるため、二千年ほど経《た》つとケフェウス座γ《ガンマ》星が、さらに二千年ほど経つとケフェウス座β《ベータ》星が、という具合に、天の北極にもっとも近い星は時の流れと共に変わって、およそ二万六千年で元の星に戻ります。

謎めいた詩の文句はそのことを踏まえており、天文学に明るかったラヴクラフトらしい作品です。

「ウルタルの猫　The Cats of Ulthar」(1920)

本篇から「霧の高みの奇妙な家」までは、いずれもダンセイニ風の作品と言われています。

アイルランドの作家ダンセイニ卿《きょう》（1878-1957）は、「ペガーナの神々」などで独創的な神話世界を作り上げたファンタジー界の巨匠であります。ここにその作風を詳しく御説明する暇《いとま》はありませんが、ラヴクラフトは彼の作品と出会って深い影響を受け、多かれ少なかれ似たものを書きはじめました。それでも、ただの模倣に終わらず、彼自身の個性を示しているのはさすがです。

ラヴクラフトは猫が好きでした。「闇にささやくもの」や「狂気の山脈にて」を見ますと、犬は散々な目に遭っていますが、あの凄惨《せいさん》な「異次元の色彩」の中でさえ、「優美な猫族」は惨劇の起こる農場からさっさと逃げ出してしまいます。本篇の冒頭は猫への讃歌というべきものです。

「べつの神々　The Other Gods」（1933）

これは「ウルタルの猫」よりもやや後に書かれた姉妹篇といって良く、非力な大地の神々の描写といい、人間の増上慢が懲《こ》らしめられる展開といい、ダンセイニの影響がはっきりと見てとれますが、そこに大地の神々とはべつの異界の神々が出て来るところが、やはりラヴクラフトだと言えましょう。

「恐ろしき老人　The Terrible Old Man」（1921）

本篇は『狂気の山脈にて』に収めた「祝祭」や次の「霧の高みの奇妙な家」と共に、いわば〝キングスポート物語群〟をなしています。触れてはいけないものに手を出す小悪党の運命をユーモアたっぷりに描いた小気味の良い作品ですが、三人の強盗紳士の名前がいずれも南欧やポーランドからの移民を思わせる名で、作者の人種的偏見をあらわしている点が瑕瑾《きず》であります。

「霧の高みの奇妙な家　The Strange High House in the Mist」（1931）

ラヴクラフトの作品世界では民間伝承が大きな役割を果たします。「クトゥルーの呼び声」や「闇にささやくもの」では、邪神と人間との交渉を暗示する材料として用いられますが、物語の構造や語り口自体が民話的な性格を持つものもあり、「ウルタルの猫」「べつの神々」そして本篇はその典型であります。

人々の忌む断崖《だんがい》へ登ってゆくトマス・オルニーは、ちょっととぼけているけれども常人にない能力を持つ昔話の主人公のようではありませんか。なにしろ、彼はあの恐ろしき老人とさえ仲良しになってしまうのですから。

「セレファイス」や「銀の鍵」の主人公は、夢の世界に行ったきりになりますが、オルニーは浦島太郎のように人間の世界へ戻って来ます。けれども、彼の魂は以前とは違うものになっている。このあたりも妖精譚《ようせいたん》の主人公を思わせます。

「銀の鍵　The Silver Key」（1929）

本篇は最初「ウィアード・テイルズ」誌に発表された時、不評だったといいますが、それも不思議ではありません。理屈っぽくて抽象的な話が続くこの作品の導入部を冗長で場違いだと感じる方は、本書をお読みのみなさんの中にもいらっしゃるのではないでしょうか。

しかし、これは取ってつけたものではなく、作者が書かずにいられなかった一種の信仰告白だと思います。

哲学は天使の翼を剪《き》り、
すべての神秘を定規と細綱で征服し、
魔物のいる空や土精のいる鉱山を空《から》にし——
虹の織り糸を解きほぐす。かつて
手弱女《たおやめ》レイミアを溶かして影にしてしまったように。

Philosophy will clip an Angel's wings,
Conquer all mysteries by rule and line,
Empty the haunted air, and gnomed mine——
Unweave a rainbow, as it erewhile made
The tender-person'd Lamia melt into a shade.

これはラヴクラフトが愛した詩人キーツの物語詩の一節ですが、わたしは「銀の鍵」を読んでも、「べつの神々」などを読んでも、この詩句を思い出さずにいられません。

ラヴクラフトが根本的にうぶなロマンティストだったことは、初期の作品を見れば一目瞭然《りょうぜん》ですが、その彼が幼少期から抱いていた夢の世界への憧《あこが》れも、先祖が信じた宗教への親近感も、近代知によって土台を掘り崩され、汚《けが》されてしまいました。魂の拠《よ》り処《どころ》を失った彼はニヒリズムに陥り、怪奇と戦慄の刺激を求めますが、心の底にはつねに自分自身と地球の幼年期への郷愁があります。

こうした事情は彼の作品に色濃く反映されているけれども、これをランドルフ・カーターという自らの分身を通じて赤裸々に告白したのが、本篇だといって良いでしょう。

「ランドルフ・カーターの陳述」に初めて登場したカーターは、ホフマン・プライスとの共作である「銀の鍵の門を超えて」と長篇「未知なるカダスを夢に求めて」でも活躍します。

「名状しがたいもの　The Unnamable」(1925)

これはアーカムを舞台として、コットン・マザーの著書を小道具に使いながら、人と獣の血が混じった生物の怪異を語る見事な恐怖譚です。語り手はやはりカーターといいますが、果たして「銀の鍵」のカーターと同一人物でしょうか。その点は人によって意見が分かれるかもしれませんが、いずれにしても、作家が性格の異なる人物に同じ名前をつけるのは時々あることで、アルジャノン・ブラックウッドのジム・ショートハウスなども、その一例です。

わたしは昔、並木二郎名義で本篇を訳しましたが、今回は全体的に改訳し、題名も少し変えました。

「家の中の絵　The Picture in the House」（1921）
人肉嗜食《ししょく》を扱ったこの短篇はアーカムが初めて登場する作品です。作中に出てくるフィリッポ・ピガフェッタの本は実在の書物で、挿絵も本当に入っており、細部に一致しない点もありますが、おおむね語り手が言うような図柄です。

「忌まれた家　The Shunned House」（1928）
ラヴクラフトは彼が生まれて死んだプロヴィデンスの街をこよなく愛し、作品の舞台にもしました。彼の最後の小説「暗闇の出没者」は、ブラウン大学のあたりから見た街の夕景を妖《あや》しく描写しています。長篇「チャールズ・デクスター・ウォード事件」にも、幼い頃に見た思い出の風景が描かれています。本篇はこの町の歴史と地理を書き込んでいる点で、ラヴクラフトの作品世界の大事な一画を成すものだと思い、ここに訳出しました。
話自体は吸血鬼譚をSF仕立てにしたものといえますが、異様な蕈《きのこ》が生えているじめじめした地下室の描写がじつに印象的です。人の生気を吸う怪物が地面の中にいるという発想は、ブラックウッドの短篇「転移」を連想させます。

「魔女屋敷で見た夢　The Dreams in the Witch House」(1933)

フランスの作家ミシェル・ウエルベックは、『H・P・ラヴクラフト――世界と人生に抗って』の中に「HPL神話の絶対的核心部」として八つの作品を挙げています。拙訳の訳題で言いますと、その八つとは「クトゥルーの呼び声」「異次元の色彩」「ダンウィッチの怪」「闇にささやくもの」「狂気の山脈にて」「魔女屋敷で見た夢」「インスマスの影」「時間からの影」です。

本篇は迫力という点からすると、他の七つに見劣りするかもしれませんが、独特の味わいを持っていると思います。

作者は時空の旅というテーマをここでも追究しながら、魔女と魔女裁判を物語の糸口として、「黒い男」(悪魔のことです)、使い魔、生贄《いけにえ》、魔女のサバトといった古典的な題材を、いわばクトゥルー神話の世界観で料理してみせました。

ニャルラトホテプが黒い男、アザトホートが魔王、それに「狂気の山脈にて」の「古きものら」が出て来るのを見て、ラヴクラフトの愛読者はついニンマリしてしまうでしょう。作者本人も何か余裕を持ち、楽しんで書いているような気がしてなりません。

翻訳の底本には現行のアーカム・ハウス版を用いました。訳出に際しては、それぞれ数種類の既訳を参照させていただきました。一々お名前は挙げませんが、それらの訳者諸氏に深く感謝いたします。

二〇二二年晩春　編訳者しるす

本書は編訳者のセレクトによる新潮文庫オリジナル作品集である。

本作品中には今日の観点からは明らかに差別的表現ともとれる箇所が散見されますが、作品の持つ文学性ならびに芸術性、また、歴史的背景に鑑み、原書に忠実な翻訳としたことをお断りいたします。

（新潮文庫編集部）

フロイト
高橋義孝訳
夢判断（上・下）
日常生活において無意識に抑圧されている欲求と夢との関係を分析、実例を示して詳しく解説することによって人間心理を探る名著。

ナボコフ
若島正訳
ロリータ
中年男の少女への倒錯した恋を描く誤解多き問題作にして世界文学の最高傑作が、滑稽でありながら哀切な新訳で登場。詳細な注釈付。

T・ハリス
高見浩訳
羊たちの沈黙（上・下）
FBI訓練生クラリスは、連続女性誘拐殺人犯を特定すべく稀代の連続殺人犯レクター博士に助言を請う。歴史に輝く〝悪の金字塔〟。

T・ハリス
高見浩訳
ハンニバル（上・下）
怪物は「沈黙」を破る……。血みどろの逃亡劇から7年。FBI特別捜査官となったクラリスとレクター博士の運命が凄絶に交錯する！

R・トーマス
松本剛史訳
愚者の街（上・下）
腐敗した街をさらに腐敗させろ――突拍子もない都市再興計画を引き受けた元諜報員。手練手管の騙し合いを描いた巨匠の最高傑作！

M・ブルガーコフ
増本浩子
V・グレチュコ訳
犬の心臓・運命の卵
人間の脳を移植された犬、巨大化したアナコンダの大群――科学的空想世界にソ連体制への痛烈な批判を込めて発禁となった問題作。

新潮文庫最新刊

芦沢央著
神の悪手
棋士を目指し奨励会で足掻く啓一を、翌日の対局相手・村尾が訪ねてくる。彼の目的は一体。切ないどんでん返しを放つミステリ五編。

望月諒子著
フェルメールの憂鬱
フェルメールの絵をめぐり、天才詐欺師らによる空前絶後の騙し合いが始まった！ 華麗なる罠を仕掛けて最後に絵を手にしたのは!?

午鳥志季・朝比奈秋
春日武彦・中山祐次郎
佐竹アキノリ・久坂部羊著
遠野九重・南杏子
藤ノ木優
夜明けのカルテ
―医師作家アンソロジー―
その眼で患者と病を見てきた者にしか描けないことがある。9名の医師作家が臨場感あふれる筆致で描く医学エンターテインメント集。

霜月透子著
祈願成就
創作大賞（note主催）受賞
幼なじみの凄惨な事故死。それを境に仲間たちに原因不明の災厄が次々襲い掛かる――日常を暗転させる絶望に満ちたオカルトホラー。

大神晃著
天狗屋敷の殺人
遺産争い、棺から消えた遺体、天狗の毒矢。山奥の屋敷で巻き起こる謎に満ちた怪事件。物議を呼んだ新潮ミステリー大賞最終候補作。

カフカ
頭木弘樹編訳
カフカ断片集
―海辺の貝殻のようにうつろで、ひと足でふみつぶされそうだ―
断片こそカフカ！ ノートやメモに記した短く、未完成な、小説のかけら。そこに詰まった絶望的でユーモラスなカフカの言葉たち。

Title : THE OUTSIDER AND OTHER STORIES
Author : Howard Phillips Lovecraft

アウトサイダー
クトゥルー神話傑作選

新潮文庫　ラ－19－3

Published 2022 in Japan
by Shinchosha Company

令和四年八月一日発行
令和六年五月二十五日二刷

編訳者　南《なん》條《じょう》竹《たけ》則《のり》
発行者　佐藤隆信
発行所　株式会社 新潮社

郵便番号　一六二―八七一一
東京都新宿区矢来町七一
電話　編集部(〇三)三二六六―五四四〇
　　　読者係(〇三)三二六六―五一一一
https://www.shinchosha.co.jp

価格はカバーに表示してあります。
乱丁・落丁本は、ご面倒ですが小社読者係宛ご送付ください。送料小社負担にてお取替えいたします。

印刷・錦明印刷株式会社　製本・錦明印刷株式会社

ISBN978-4-10-240143-9 C0197